J. S. WONDA

CATCHING BEAUTY

du entkommst mir nicht

DARK ROMANCE

CATCHING BEAUTY
Du entkommst mir nicht
BAND ZWEI

Bildmaterial: Shutterstock
Korrektorat: Claudia Matheis

Bestellung und Vertrieb:
Nova MD GmbH, Vachendorf

ISBN: 978-3-96443-972-7

Druckerei: Smilkov Print Ltd
Pokrovnishko shose
2700, Blagoevgrad

Jane S. Wonda
Nektarweg 8
30900 Wedemark
mail@janeswonda.com
www.facebook.com/janeswonda
www.instagram.com/janeswonda
www.janeswonda.com/shop

Für alle dunklen Herzen, die sich nach dem Schatten verzehren.
Warum seid ihr nicht geflohen, als man euch die Chance dazu ließ?

C

KEIN SUBSTITUT KANN DICH ERSETZEN.

Durch meine Gehirnwindungen fraß sich eine Welle aus Euphorie und setzte sich tief in meinen Rachen. Der Schmerz meiner Augen, das Pochen in meiner Brust, alles verschwamm wohltuend zu einem Klecks aus Unzufriedenheit, den das Pulver in meiner Nase wegwischte.

Ich legte meinen Kopf in den Nacken, sog Luft wie ein Medikament in mich ein und ließ das Prickeln durch sämtliche Gliedmaßen wandern. Der Fokus meines Willens bäumte sich erneut auf und stand vor mir wie ein Raubtier, das seine Zähne fletschte und gierig darauf wartete, zu kämpfen.

Ich ließ den Geldschein sinken, gab ihn dem Mädchen, das mir das Tablett gereicht hatte zurück und zog sie dafür an mich. Als sich unsere Zungen zu einem Tanz verbanden, lutschten gleich zwei

Frauen meinen Schwanz, während sie sich gegenseitig befummelten und stöhnten. Ein dominanter Handgriff reichte aus, dass sie zur Seite wichen und der dritten Platz machten, die sich mit ihrem Arschloch auf meinen Schwanz setzte und ihn wimmernd in sich aufnahm. Eine andere hockte sich vor sie und leckte ihre Fotze, während die dritte sich ihrer Zunge widmete.

Ich tat nichts weiter als dazusitzen, zu rauchen und das Schauspiel zu betrachten, das sich nah an meinem Körper abspielte und doch zu fern war.

Jedes Blinzeln sorgte dafür, dass ich ein Stück weit in die Dunkelheit hinabschlitterte, aus der mich das Kokain rettete.

Aber je länger ich wach blieb, desto mehr verlor es seine Kraft – und der Abgrund in mir siegte.

Um zu kommen, reichte es längst nicht, dass irgendeine Schlampe mich ritt. Ich musste in ihre Hüfte greifen, bis sie vor Schmerzen schrie, mich in sie hineinhämmern, bis es blutete, ich musste den ganzen sadistischen Scheiß in perfekter Harmonie mit meinem dunklen Gewissen ausleben, ehe mein Schwanz es fertigbrachte, loszulassen. Und selbst das fühlte sich fad an.

Als ich fertig war, stieg sie brav von mir herunter, zog das Kondom ab und lutschte meinen Schwanz zusammen mit den anderen Frauen sauber, als hätte er ihr irgendetwas Gutes getan und nicht nur Schmerzen bereitet.

Bei Amber konnte ich es verstehen. Bei ihr verstand ich die Symbiose aus Schmerz, Hingabe, Lust und wechselseitiger Dominanz.

Bei irgendwelchen Nutten konnte ich nur darauf hoffen, dass sie tatsächlich masochistisch veranlagt waren und es nicht taten, um mir zu gefallen.

Warum sollten sie ausgerechnet mir gefallen wollen?

Als die Tür aufging, löschte ich meine Kippe und griff nach dem Drink.

Ly durchdrang kaum den Schleier, hinter den ich gefallen war, als er auf mich zukam und laut redete.

Meine Waffe lag zu weit weg. Ich hätte ihn sonst gerne erschossen.

»Mann, wach endlich auf!«

Kaltes Wasser lief über mein Gesicht und ich öffnete prustend die Augen. »Was soll der Scheiß?!«, fuhr ich ihn wütend an und stellte fest, dass die Frauen nicht mehr da waren.

Wres hatte sich mit verschränkten Armen neben meinen Sessel gestellt, Ly hockte vor mir.

»Fuck«, fluchte Ly. »Für einen Moment dachte ich, du wärest verreckt!«

Zügig schloss ich meine noch immer offen stehende Hose. »Leider nicht. Was ist passiert?«

»Ich bin reingekommen, hab die Frauen aufgescheucht und du bist einfach eingepennt! Ich musste Wres holen, damit ich nicht heule, weil du so gut wie leblos warst.«

Ich rieb mir durchs Gesicht und hoffte, Ly würde auf diese Art verschwinden.

»Was zur Hölle tust du denn hier?!« Mein bester Freund ließ seinen Blick über die geleerten Flaschen, die vielen Kippenschachteln und die zahlreichen Pulverlinien wandern, dann stand er auf und öffnete das Fenster. »Wann warst du zuletzt in der Sonne?«

Ich zuckte die Achseln und schloss die Augen, um mich vor dem Licht zu schützen.

»Shit«, knurrte Wres und riss mich an der Schulter zurück in den geraden Sitz. »Du heulst wie ein Baby. Hör auf damit.«

Ich offenbarte ihm nicht, dass es gar nicht mal so unangenehm war, von ihm berührt zu werden. Eine Umarmung würde mir jetzt verdammt guttun. Einmal kuscheln bitte, für den gestörten, betrogenen, leidenden Javier, der aus dem *Småland* abgeholt werden möchte.

Ich hasste meinen Vornamen. »Also, was wollt ihr?«, fragte ich genervt.

»Dass du dich zusammenreißt.« Ly reichte mir ein Glas Wasser. »Trink das, sonst flöße ich es dir ein.«

Diese Drohung war lachhaft, aber ich hatte eh Durst.

»Was soll das eigentlich? Seit wann holst du dir gleich drei unserer Frauen aufs Zimmer? Und fuck! Ich habe schon zwei Jahre keinen weiblichen Mund in der Nähe deines Schwanzes gesehen! Ist das alles wegen dieser vermaledeiten kleinen Amerikanerin?«

»Du beobachtest mich beim Sex?«, fragte ich müde. Mittlerweile traute ich Ly alles zu.

»Nein, Mann! Du hast mir das letzte Mal, als du sturzbesoffen warst, davon erzählt, dass dich jeder Blowjob an Salena erinnert! Und jetzt? Versuchst du krampfhaft, Amber zu vergessen, und machst das absolute Gegenteil von dem, was dir helfen würde?«

Merke: Trinke niemals wieder zusammen mit Ly.

Wres reichte mir ganz überraschend die Hand. Ich starrte darauf, als wäre sie eine Giftschlange. »Du stinkst.«

»Danke«, sagte ich augenverdrehend und ließ mich von ihm hochziehen. »Wer wäscht mich jetzt? Daddy oder Daddy?«

»Das kannst du schön selbst«, knurrte Wres,

griff aber ebenso überraschend, wie er zuvor meine Hand umschlossen hatte, unter meinen Arm und schleifte mich zum Badezimmer. Ly sorgte wie eine Haushälterin dafür, dass das Wasser in der Dusche warm war und Handtücher griffbereit lagen. Mehr oder weniger allein schaffte ich es, mich auszuziehen, und trat, noch während sie im Raum waren, nackt unter die Dusche.

Als das Wasser den Rausch von meinem Körper spülte, kehrte auch das Gefühl zurück, das ich so erfolgreich mit mehreren Schichten Kokain zugekleistert hatte. Das Gefühl, auf ganzer Länge versagt und den einzigen Menschen verloren zu haben, der mir jemals unter die Haut gefahren war.

Ich litt nicht nur wegen dieser atemberaubenden Schönheit, die mich vom ersten Moment an, in dem sie mir begegnet war, gefangen genommen hatte, sondern weil mehr dahinter steckte.

Weil Beauty eben Beauty war, *meine*.

»Hey, Mann.« Ly klopfte gegen die Glaswand. Auch wenn er ein elender Hurensohn war, der mich schon seit über zehn Jahren mit seiner Anwesenheit nervte, konnte er sehen, dass das Wasser auf meinen Wangen salzig war.

Für so etwas hatten wir untereinander einfach einen Blick. Wir heulten nie, aber wenn, dann wussten wir es vom anderen instinktiv.

Das Kokain war längst nicht stark genug, um meine Gefühle zu unterdrücken. Ich hatte versagt.

Fuck. Ich hatte sie einfach verloren.

»Ich komme gleich raus«, sagte ich zur Wand und wartete darauf, dass die beiden aus meinem Badezimmer verschwanden. Zehn Minuten später war ich noch immer high, aber auch wieder etwas menschlich. Ich zog mir ein Shirt und eine Jeans an und trat zurück in mein Wohnzimmer.

Wres lehnte an der beigefarbenen Wand und ließ sein Jo-Jo in kurzen Abständen nach unten gleiten, Ly saß in einem der Sessel. Meine Einrichtung war simpel. Wenn nicht minimalistisch.

»Ich kann mir nicht mal ansatzweise vorstellen, wie es dir geht – oder warum du dich dermaßen abschießt«, sagte er und faltete die Hände, »aber wir hätten da etwas, das dich vielleicht zurück ins Leben ruft.«

Was sollte das schon sein?

»Ja, aber bevor wir das klären«, unterbrach ihn Wres, »sollten wir darüber reden, warum Scrilla sich benimmt wie ein Kind und warum ich das Gefühl habe, das Kindermädchen spielen zu müssen.«

»Das ist nicht mein Problem«, sagte ich achselzuckend. »Du übernimmst halt gerne die Rolle der Frau.«

Sein Kiefer zuckte vor unterdrückter Wut.

»Also im Klartext willst du sagen, Sawbuck«, Ly verschränkte die Arme hinter dem Kopf, »dass ihr euch erst mal eine Weile prügeln solltet, um das zu klären?«

»Nein«, sagte Wres.

»Ja«, sagte ich.

Wres blickte aus dem Fenster, als befände sich in den Palmen eine Antwort. »Okay, dann lasst mich einfach eine Sache klarstellen. Wenn man Frauen so behandelt, wie ihr es tut, und damit meine ich diesen Abfuck-Psycho-Scheiß, dann sorgt das nicht gerade dafür, dass sie bei euch bleiben wollen, klar? Also wenn ihr jemals eure behinderte Bindungsphobie überwinden wollt, fangt bei euch selbst an und werdet zu etwas, das ich gerne meine Freunde nenne, und nicht zu auf Frauen pinkelnden Super-Wichsern. Damit meine ich dich, Ly, genauso wie Crack. Haben wir das geklärt? In Zukunft sollten sich dann solche Sachen wie mit Amber vermeiden lassen. Die jetzt übrigens *tot* wäre, hätte ich nicht dagegen gestimmt, sie umzulegen, weil ihr immer nur von hier«, er zeigte von seinem Schädel, »bis hier denkt«, hinunter zu seinem Schwanz. »Ist ja nicht so, dass ich nicht auch Sex mit den Frauen habe, die sich *freiwillig* dazu entschieden haben, hier auf der Insel bei uns zu wohnen, aber nachdem sie in meinem Schlafzimmer waren, haben sie nicht gleich einen Knacks weg.«

Ly und ich warfen uns einen Blick zu. Für einen Moment herrschte Stille.

»Alles klar, danke für diese Rede«, sagten wir gleichzeitig und richteten uns jeweils auf. Ly nahm die Hände herunter, legte sie auf den Lehnen des Sessels ab, ich streckte die Schultern durch und vergrub die Hände in den Taschen.

»Worum geht es?«, fragte ich Wres.

»Camacho. Sein Schiff ist am Horizont bereits auszumachen. Er hat uns angefunkt und kommt ...«

»... angeblich in Frieden«, beendete Ly den Satz für ihn. »Problem ist, dass er überhaupt kommt, denn er dürfte eigentlich nicht wissen, wo wir uns befinden.«

Ich nickte. »Stimmt. Er muss in der Zwischenzeit herausgefunden haben, dass die Bohrinsel nur eine von zwei Inseln in der Karibik ist, auf der wir leben. Das ist nicht besonders schwer, herauszufinden, man braucht nur ein paar Kontakte nach Washington D.C. und weiß Bescheid. Ihr hättet den Idioten mit seinem GPS-Sender eben nicht zu uns lassen sollen. Aber egal, das ist Geschichte. Camacho wird es auch sein. Legen wir den Scheißer um.«

»Was?!«, fragte Ly erstaunt. »Ich meine, ja, das

war genau meine Idee, aber seit wann bist du dafür, jemanden aus einem der Ringe zu töten? Ist ja nicht so, als würdest du uns nicht schon seit drei Jahren vorbeten, vorsichtig zu sein.«

»Ich habe keinen Bock mehr auf Frieden«, knurrte ich. »Entweder die Wichser sterben oder ich. Dann bin ich wenigstens sinnvoll tot.«

Wres runzelte die Stirn, aber Ly sprang zufrieden auf. »Ich wusste es!«, sagte Ly. »Die kleine Beauty ist eben doch zu was gut! Endlich kommen wir voran!«

»Nicht meine Vorstellung davon, *wie wir vorankommen*«, brummte Wres unzufrieden.

»Ach, komm schon.« Ich ging auf ihn zu und klopfte auf seine massige Schulter. Auch wenn ich doppelt so viel Sport treiben würde wie er, hätte ich noch nicht dieses Schulterblatt. »Du willst es genauso wie ich. Die CIA haben wir erfolgreich von uns ablenken können. Oder sind sie uns besuchen gekommen, seitdem wir Amber ausgesetzt haben? Nein. Daher können wir es uns erlauben, ein paar Blutlachen auf der Insel zu verteilen. Schießen wir Camacho und seine Hurensöhne aus Gefolgsleuten nieder und werfen ihre Leichen auf einen Scheiterhaufen, bis die ganze Insel süßlich nach verfaulten Früchten riecht.«

Wres lachte. »Ihr seid wirklich stoned, wenn ihr

auch nur eine Sekunde glaubt, Camacho käme, um zu sterben.«

»Weswegen sollte er sonst kommen?«, fragte Ly unbekümmert. »Um sich nachträglich für Valentina und Amber auszahlen zu lassen? Natürlich werden wir das Geld für ihn bereitlegen. Das wird ein schönes Grillfest unten am Pool. Unsere Frauen verschwinden, sobald wir ihnen ein Zeichen geben.«

Wres schüttelte den Kopf. »Er hat etwas in der Hinterhand. Und eigentlich habe ich keine Lust, herauszufinden, was es ist.«

AMBER

HÄTTE ICH GEAHNT, WO DU BIST, ICH HÄTTE DIE KARIBISCHE SEE BLUTROT GEFÄRBT.

Mir kam es schon gar nicht mehr so vor, als würde ich mich auf einem Schiff befinden. Seit Tagen hatte ich den Himmel nicht gesehen und kein einziges Schaukeln gespürt. Die Luft roch modrig, es war stickig und schwül und gleichzeitig befremdlich still.

Der Dampfer schien sich zäh über das Meer zu bewegen oder vielleicht stand er auch schon seit Tagen im Hafen und man hatte mich nicht darüber informiert. Camachos Leute sprachen kaum mit mir. Das meiste musste ich mir aus ihren Gesprächen zusammenreimen, die sie hinter meiner Tür hin und wieder führten.

Als sie mich dieses Mal holten, war etwas anders. Ihre Gesichter wirkten angespannt, die

Westen um ihre Schultern waren mit Waffen und Munition gefüllt.

»Mitkommen«, murrte der eine von ihnen und ich stand augenblicklich auf. Egal, wohin es ging, alles war besser als das Loch einer Kabine, in dem ich meine Zeit hatte absitzen müssen.

Kurze Zeit später öffneten sie mir die Tür am Ende des Ganges und ich blinzelte, weil Sonnenlicht den Raum flutete. Eine altmodische Einrichtung, ein großes Bett, ein breiter Schreibtisch vor den bodentiefen, schrägen Bugfenstern und ein Camacho, der galant in seinem schmierigen Anzug auf den Landstrich blickte, der in weiter Ferne vor uns lag.

»Lasst mich mit ihr allein.«

»Aye«, sagten die Männer, ließen mich los und schlossen hinter mir die Tür.

Camacho drehte sich zu mir herum und spreizte seine Lippen zu einem widerwärtigen Lächeln. »Na, meine Hübsche? Hat man sich gut um dich gesorgt?«

»Es hätte mir kaum besser gehen können«, antwortete ich ironisch. Sogleich schoss mir Cracks Warnung in den Kopf, den Mann, in dessen Hand ich mich befand, nicht herauszufordern, wenn ich nicht wollte, dass er mich versuchte zu brechen. Ich schob die Erinnerung an die Worte unserer ersten Begegnung beiseite.

»Wir sind kein Fünf-Sterne-Frachter, verstehe schon. Würdest du dich dann bitte ausziehen?« Camacho wies mit der Hand auf meinen Körper.

Ihm dürfte nicht entgangen sein, dass meine Augen vor Hass und Abscheu Funken sprühten, aber ich gehorchte. Ich hatte sowieso keine Wahl. Langsam schob ich mein Top nach oben und löste meinen BH. Dann streifte ich meine Hose und den Slip ab. »Zufrieden?«

Er nickte und ließ seinen schmierigen Blick über meinen Körper wandern. »Jetzt verstehe ich endgültig, warum er dich unbedingt beschützen will.«

»Wer?«, fragte ich.

»Du weißt schon, wen ich meine.« *Woher weiß er von Crack?* »Dreh dich um.«

Ich presste meine Zähne zusammen und tat es.

Er kam näher und ich hasste es, nicht zu wissen, wo genau er sich hinter mir befand. Als er eine Hand auf das Muttermal an meiner Taille legte, zuckte ich heftig zusammen.

»Wie gerne ich diesen wunderschönen Körper unter mir liegen sehen würde ... aber das heben wir uns für später auf, meine Süße. Außer du möchtest vielleicht etwas tun, damit ich bereit bin, ihn zu verschonen?«

»*Wen* denn?«, fragte ich wütend und fuhr herum. Es machte mir nichts, vor ihm nackt zu sein. Und warum glaubte er, dass er eine Chance gegen Crack und seine Freunde hätte? Die waren mindestens genauso tödlich und ausgebufft wie er selbst. *Spricht er überhaupt von ihnen?*

»Deinen Lover«, sagte Camacho leichthin und ging um mich herum. Er fuhr mit dem Finger über die Narbe an meinem Unterarm. »C Scrilla, ein guter Kunde von mir – jedenfalls hätte er das werden können. Aber offenbar hält er doch lieber zu meinen amerikanischen Feinden als zu mir. Jammerschade, dass er dafür sterben muss.«

»Ich habe keine Ahnung, von wem Sie sprechen.«

»Natürlich nicht.« Camacho lächelte freundlich. »Du bist klug.« Ganz plötzlich streckte er eine Hand aus, umschloss damit mein Handgelenk, verdrehte den Arm, sodass ich auf die Knie gezwungen wurde und vor Schmerz keuchen musste, dann ließ er ihn wieder los und griff dafür fest an meinen Hals. »Vielleicht könnte ich ihn verschonen, wenn du mir ein paar Informationen über ihn gibst. Dann muss ich die lästige Folter nicht abwarten, die wir benötigen, um ihn zu knacken, sondern komme viel leichter und schneller an die Lösung meines Problems – und damit an mein Ziel.«

»Ich weiß nichts«, presste ich hervor. Das war nicht mal gelogen. Der CIA hätte ich die Aufenthaltsorte und Namen der drei Freunde verraten können, wäre ich nicht hypnotisiert worden, aber Camacho schien diese ja sowieso schon zu kennen. Was wusste ich sonst über die Machenschaften der drei Männer? Nichts. Absolut gar nichts.

»Ganz sicher?«

»Ich kann mich an nichts erinnern!«, jedenfalls an nichts von großer Bedeutung. »Man hat mir Drogen eingeflößt, das Letzte, das ich weiß, ist, dass ich in einem Käfig gefangen war!«

»Du bist eine gute Schauspielerin. Komm, blas mir wenigstens einen. Dann töte ich die Freunde deines Lieblings sofort, statt ihren Tod qualvoll hinauszuzögern.«

Ich starrte mit geschlossenem Mund auf seinen Schritt. Freiwillig würde ich garantiert nicht meine Lippen öffnen.

»Auch nicht? Und wie wäre es, wenn du deine Schenkel spreizt und ich dich so brutal ficke, bis Scrilla das Blut von hier aus riechen kann? Würde dir das gefallen? Dein gesamter Körper schreit nach abstrusen Sexspielen, ich erkenne solche Merkmale.«

»Ich habe keine Ahnung, wer Scrilla überhaupt ist. Vielleicht verwechseln Sie mich.«

Er lachte kalt und stieß mich hart zu Boden. »Nein, keine Angst. Ich mache keine Fehler.«

C

FALLEN HABEN DAS ÜBEL AN SICH, DASS MAN FÄLLT.

Es behagte mir nicht, Camacho und seine Arschlöcher mit einem unserer Beiboote abholen zu lassen. Ich fragte mich, ob ich Manolo und Paco jemals lebend wiedersehen würde, die ich mit einer Viertel Million Dollar Richtung Dampfer entließ, um Camacho zu uns einzuladen und unser Friedensangebot vorzuschlagen.

Wir spekulierten darauf, dass er mehr Geld wollte und daher kommen würde. Die Viertelmillion reichte kaum aus, um Valentina und Amber zu bezahlen. Aber er wusste durch diese Geste, dass wir bereit waren zu verhandeln.

Dreißig Minuten später kehrte unser Boot zurück. Manolo und Paco waren an Deck und lebten. Ich warf Ly einen Blick zu, dessen Einschätzung ich in dieser Situation am meisten vertraute.

Er ließ seine Fingerknöchel knacken. Im Gegensatz zu Wres und mir war er zwar keine Killermaschine, die man an vorderster Front aufstellte, damit sie die gegnerische Linie durchbrach, aber es juckte ihm genauso in den Fingern wie mir, seine Kleinkaliberpistolen zu benutzen und den Sand der Insel rot zu verfärben.

»Endlich«, murmelte er nur, als er sich aus unserer Gruppe löste und auf Camacho zuging. Die Hand ausgestreckt, sein strahlendstes Lächeln aufgesetzt. Nur die zehn Männer, die uns heimlich hinter den Büschen umstellt hatten und geradewegs auf die Neuankömmlinge zielten, ließen mich ruhig atmen. Wres hatte recht; diese Begegnung konnte ebenso ein Hinterhalt sein und Ly könnte in jedem Moment leblos vor uns zusammensacken.

Scheiße, dann würde ich mit ihm sterben.

Es war noch nie eine besonders gute Idee gewesen, Feinde zu uns auf die Insel einzuladen. Aber wir taten es öfter, als uns lieb war. Die Leichen verbrannten wir für gewöhnlich in einem offenen Feuer.

»Willkommen, willkommen!«, rief Ly fröhlich und breitete die Arme aus. »Ein hoher Gast für unsere beschauliche Insel.«

Camacho blickte zuerst zu den Frauen, die in

einer Reihe aufgestellt am Steg standen, bevor er Lys Hand ergriff. »Das nenne ich einen Empfang. Sind das alles Ihre?«

»Eine beachtliche Sammlung, nicht wahr?«

Die Mädchen hatten strikte Anweisungen und sie würden folgen. Auch sie wussten, dass viel davon abhing und die Täuschung funktionieren musste. Camacho durfte nicht erfahren, dass sie freiwillig hier waren – aber sie sollten sich auch nicht allzu gequält geben. Sie mussten die perfekte Rolle eines langjährigen Opfers vorspielen; zum Sex gezwungen, haben sie sich irgendwann aufgegeben. Da ich zig solcher Frauen kannte, war es nicht schwer gewesen, die Mädchen zu briefen.

Maria und Regina, die neuen, waren da schon eher ein Problem. Mir gefiel es nicht, dass sie keinen blassen Schimmer hatten, was hier abging und wie sie sich verhalten mussten, damit sie uns nicht verrieten. Ich hatte ihnen einen Platz ganz hinten am Pool zugeteilt, fernab von Camacho und seinen Männern.

Als Camacho auch mir die Hand drückte und ich das Gefühl hatte, er würde sie am liebsten zerquetschen, spürte ich das Kokain durch meine Adern tanzen. *Ist es nun klug oder völlig daneben, vor einem Massaker zugedröhnt zu sein?*

Wir gingen in geschlossener Gruppe über den Steg, am Gästehaus vorbei zu unserem Pool. Die Frauen blieben still, ihre Blicke hingen am Boden und sie stellten sich, halbnackt in ihren Bikinis, neben die Tafel, die wir errichtet hatten, und servierten eisgekühlte Drinks. Ly und Camacho machten Smalltalk und beide schafften es tatsächlich, zu lachen.

Einer unserer besten Kämpfer warf den Grill an – er hatte sich als Kellner verkleidet und summte munter vor sich hin, während er das Radio lauter schaltete.

Wir warteten nur noch auf den passenden Moment, um die Mädchen aus der Schusslinie zu schicken und zuzuschlagen.

»Ich glaube, der Neid der gesamten Männerwelt ist euch gewiss«, sagte Camacho, griff nach seinem Glas und trank, ohne uns zuzuprosten. »Gleich sechzehn Frauen, nur für euer Glück, alle exzellent erzogene Sklavinnen ... Wie lange habt ihr dafür gebraucht?«

»Das ist die falsche Frage«, entgegnete Ly scherzend. Auch Camachos Männer saßen mit am Tisch. Insgesamt waren wir also zu sechst, die anderen flankierten unsere Seiten. Wir waren deutlich in der Überzahl. Camacho schien sich sicher zu fühlen. Er glaubte, er hätte nichts zu befürchten, weil in Mexiko seine Verbündeten darauf warteten, ihn zu rächen. Aber in Mexiko legte sich niemand mit dem Sohn von Miguel Santiago García Ramírez an; dass wiederum ich dieser Sohn war, offenbarte ich erst dann, wenn es darauf ankam. Sich sicher zu fühlen und auf seine Racheengel im Hintergrund zu vertrauen, war unklug. Auf diese Weise endeten zahlreiche Leben mächtiger Männer.

»Die Frage sollte eher lauten«, fuhr Ly fort, »wie viel hat es uns gekostet?«

Camacho lachte schallend und auch Wres verzog seine Lippen. Unrecht hatte Ly nicht. Jede einzelne Frau hatten wir freikaufen müssen, jede einzelne Frau verdiente bei uns darüber hinaus Geld. Nicht viel, aber auch nicht wenig. Ein teurer Luxus, den wir uns, ganz die asozialen Arschlöcher, die wir waren, gönnten, um uns wie Machos aufführen zu können und uns nicht an eine einzige binden zu müssen. Nur brauchten wir die Frauen im Gegensatz zu Camachos Vermutung nicht zu zwingen, hier mit uns zu leben, statt in New York zu arbeiten. Dafür entließen wir sie nach drei bis fünf Jahren in ein freies Leben. Es war ein scheißteurer Spaß.

»Ja, richtig, richtig!« Camacho trank sein Glas

mit einem Zug leer. »Das ist die treffendere Frage. Daher hat es mich gewundert, als ich erfahren habe, dass ausgerechnet ihr zwei meiner Mädchen gestohlen habt.«

»Haben wir nicht.« Ich schaltete mich ein.

Seine feuchten Augen glitten zu mir. Mich wunderte nicht, dass er glaubte, nur eine Frau, die er zwang, würde mit ihm schlafen. Es war garantiert auch so.

»Wir wurden selbst überrascht. Die zwei Frauen haben versucht unseren Wagen zu stehlen. Sie sind in dem Durcheinander des Abends entkommen. Das haben wir aber erst erfahren, nachdem wir sie mitgenommen hatten.«

»Wir hätten uns daraufhin melden sollen«, sagte Wres und faltete die Hände. Eine ungewöhnliche Geste, die bei so ziemlich jedem wirkte. Er war ein bekanntes Gesicht; jeder, der Sport mochte, kannte auch ihn und seine ›tragische‹ Geschichte. Wenn er sprach, schmolz so gut wie jeder Feind dahin und hatte Hemmungen, ihm etwas anzutun. Schließlich bestand die Hoffnung, dass er wieder an den strahlenden Himmel des Spitzensports zurückkehrte. Natürlich wusste kaum jemand, dass er lebte, wenn er ihm nicht in einem solchen Rahmen begegnete. Kurz darauf waren die meisten tot. »Wir wollten sie schließlich behalten, aus Trotz, aus Leichtsinn, aber uns blieb gar keine Zeit, den Kauf ordentlich abzuwickeln.«

»Nein?«, fragte Camacho freundlich. »Warum nicht?«

»Eine von ihnen ist noch am ersten Tag umgekommen.« Wres sagte diese Worte mit einer solchen Ernsthaftigkeit, dass niemand an ihnen zweifelte. »Sie ist ins Meer gestürzt, als sie fliehen wollte.«

»Unser Fehler«, sagte Ly.

»Und die zweite wird von der CIA gesucht«, ergänzte ich. »Wir können uns keinen Ärger erlauben, also haben wir sie ausgesetzt. Aber da auch das in unserer Verantwortung lag, halten wir die Summe von einer viertel Million Dollar für beide zusammen als Entschädigung für angemessen und hoffen, dass wir damit friedlich auseinandergehen können.«

»Tatsächlich«, sagte Camacho und wirkte auf mich nicht überrascht genug.

»Ist es das nicht?«, fragte Ly. Er bemerkte, dass mich etwas störte. »Angemessen?«

Camacho drehte sein Glas, als befände sich im gebrochenen Sonnenlicht eine Antwort. »Ich denke schon. Nur vielleicht solltet ihr endlich euren Scharfschützen sagen, dass sie nicht länger auf mich zu zielen brauchen. Es war sehr freundlich von euch, dieses Theaterstück eines Barbecues vorzuführen. Aber ihr wollt nicht, dass ich heute Nachmittag sterbe.«

»Ich erlaube mir eine blöde Frage«, sagte Ly schief lächelnd. Die Frauen taten so, als bekämen sie nichts von unserem Gespräch mit und stiegen nacheinander in den Pool, als wäre eine Runde Abkühlung genau das, was sie jetzt brauchten. »Warum sollten wir das nicht wollen?«

Ich bemerkte bereits, wie Lys Hand zuckte, und dann hörte ich die Worte, die in meinem kokainversifften Körper wie ein Feuerzeug den Ölteppich in Brand setzten.

»Weil Amber Moore auf unserem Schiff nur darauf wartet, dass mein Leben mit ihrem vergolten wird.«

Ich sprang auf und stieß Lys Arm gerade noch rechtzeitig nach rechts, sodass der Schuss den Rasensprenger knapp verfehlte. Ohne große Mühe drückte ich seine Hand nach unten, denn er war zwar geschickt und flink, aber kein guter Kämpfer. Alle Männer, die uns umstanden, hatten ihre Waffen gezückt und warteten auf einen Befehl, sich gegenseitig zu erschießen.

»Was zur Hölle soll das hier werden?«, fuhr ich Camacho an. »Amber Moore wurde erstens längst an die CIA übergeben und zweitens würden wir wohl kaum einen Plan ihretwegen nicht durchziehen. Hat die Viertelmillion nicht gereicht? Willst du mehr? Dann sag es einfach und bring meinen Freund nicht dazu, dass er leichtsinnig auf dich schießt, weil er die Nerven verliert. Die Scharfschützengewehre bleiben auf deinen Kopf gerichtet, bis du die Insel verlässt – reine Vorsichtsmaßnahme. Wir wollen keinen Ärger.«

»Nein«, sagte Camacho gedehnt, »sieht man.«

In den Augenwinkeln bemerkte ich Wres, der sich leicht bewegte, und ich ließ Lys Arm endlich los, nicht ohne ihm die Waffe aus der Hand zu nehmen. Er rieb sich verärgert das Handgelenk.

»Deswegen ist die Kleine ja auch bei der CIA gelandet«, sagte Camacho säuselnd. »Die einzige Möglichkeit, wie sie weiterleben kann, ohne allzu große Spuren zu erzeugen. Schön mit einer Droge versorgt, die ihr das Gedächtnis vernebelt, aber in ›Sicherheit‹. Ich konnte einfach nicht anders, ich musste mich selbst davon überzeugen, dass ausgerechnet ihr der CIA in die Hand spielt – bis mir klar wurde, dass es gar nicht um die Amerikaner bei dieser Sache geht – sondern um das schöne Mädchen selbst. Es ist doch so, oder?«

»Ich gebe es nicht häufig zu, aber ich habe keinen blassen Schimmer, worum es hierbei geht«, knurrte ich. »Sprich Klartext oder ich lasse dich töten.«

Camacho zog zufrieden die Mundwinkel zu einem Lächeln auseinander. Alle bis auf ihn waren angespannt. Die Waffen im Anschlag, die Frauen im Pool verstummt. Jeder wusste, dass es nicht lief wie geplant. *Warum zur Hölle bringt dieses Arschloch Amber ins Spiel? Er kann sie unmöglich haben. Unmöglich!*

»Ich habe deine kleine, hübsche Freundin aus den Fängen des amerikanischen Geheimdienstes gerettet und hierhergeschifft. Sie wartet nur darauf, zurück in deine Arme zu fallen oder mir einen zu blasen, je nachdem, wie kooperativ du dich zeigst.«

»Warum zur Hölle denkst du, das würde mich interessieren?«

»Weil jeder andere meiner Käufer jede seiner Frauen, die vom Geheimdienst gesucht wird, längst getötet, verbrannt und unter die Erde geschaufelt hätte, ohne eine einzige Spur zu hinterlassen. Aber nein ... Amber nicht. Sie lebt, als Einzige auf der Liste, als hätte irgendein Schutzengel die Hand über sie gelegt. Dafür gibt es nur zwei gute Gründe: Man möchte sich bei der CIA und damit in Washington D.C. erkenntlich zeigen oder man will unbedingt, dass sie überlebt. Und nicht nur deine Reaktion, sondern auch ihre verrät mir, dass es hierbei *nicht* um die CIA geht. Niemand wäre so dumm, ein verschlepptes Mädchen wie Amber gehen zu lassen, wenn ihm sein Leben nicht weniger bedeuten würde als ihres. Soll ich sie herbringen lassen? Dafür müssten sich aber wirklich allmählich deine Leute meinen Männern ergeben. Ich hasse dieses Kopf-an-Kopf-Halten von Schusswaffen. Dadurch kommt es zu so überaus sinnlosen Toden.«

Mein Mund wurde trocken. »Der einzige sinnlose Tod an diesem Tag wird der des Schweins sein, das gerade auf dem Grill verkohlt. Uns ist irgendeine von deinen Frauen egal und wir lassen uns nicht länger zum Affen machen. Sag, worum es dir wirklich geht, oder verlasse diese Insel, ohne jemals zurückzukehren.«

»Ah, du glaubst, ich bluffe.« Camacho lehnte sich genüsslich zurück. »Aber überleg doch mal. Wenn ich die kleine Amber *nicht* auf meinem Schiff als *Gast* hätte, wüsste ich dann, dass sich die Wunde eines Messers von ihrem Ellenbogen bis hinunter zum Handgelenk zieht?« Meine Brust gefror. »Und wüsste ich dann, dass sie zwei weitere Schnitte hat ... einen an ihrem Bauch, den anderen zwischen ihren überaus schönen, straffen Brüsten? Und wüsste ich, dass ihr Haar seidig glatt ist, aber leider nicht weit genug über ihren Hintern reicht, um die Spuren von Handabdrücken darauf zu verbergen?«

Mir war klar, dass mir nur eine Millisekunde blieb, um Ambers Leben zu retten. Gleichzeitig richtete ich meine Waffe auf den kleinen Dschungel, der an unsere Terrasse anschloss, drückte ab, um die Scharfschützen zu warnen, und rammte eine Gabel knapp neben Wres' Arm in den Tisch, sodass er daran gehindert wurde, seine Hand unter die Weste zu schieben.

Damit hatte ich die Scharfschützen und Wres gleichzeitig außer Kraft gesetzt. Mir blieb nichts anderes übrig, als die Waffe anschließend an Lys Kopf zu halten.

»Hey, was soll das, Mann!«, fuhr er mich wütend an.

»Ich will sie sehen«, verlangte ich von Camacho.

Camachos Feixen biss sich wie ein Giftigel bis in meine Venen. »Aber natürlich. Darauf habe ich nur gewartet. Wie wäre es zum Nachtisch? Ich habe nämlich wirklich Hunger.«

»Jetzt«, knurrte ich.

»Aber es ist so überaus appetitanregend, dass du einem deiner eigenen Leute eine Pistole an den Kopf hältst. Kellner? Auch wenn Sie keine Ahnung vom Servieren haben, tun Sie sich bitte keinen Zwang an.« Camacho griff nach der weißen Serviette und legte sie über seinen Schoß. Sein öliger Anzug glänzte in der Sonne.

Ich warf Hank am Grill einen Blick zu, der sich für einige Sekunden nicht rührte, dann aber nach der Grillzange griff, damit Fleisch auf einen Teller häufte und diesen Camacho brachte.

Alle anderen hatten vor Anspannung die Luft angehalten, aber der Mexikaner biss genüsslich in seinen Spieß.

»Aaah, ziemlich gut.« Er winkte mit seiner Gabel. »Also gut, Leute. Holt sie her.«

Noch immer hielt ich die Waffe an Lys Schläfe, der die Arme vor der Brust verschränkt hatte und Camacho gelangweilt beim Essen zusah. Würde ich ihn nicht bedrohen, wäre Wres längst aufgesprungen und hätte sich auf Camacho gestürzt – wir hätten überlebt, aber Amber nicht.

Die Minuten vergingen qualvoll langsam. Camacho verspeiste eine Grillspezialität nach der anderen, die Frauen schwammen unruhig im Pool. Er schenkte sich Wein nach, während die Luft um uns herum dünner zu werden schien. Niemand wagte zu atmen.

»Ihr dürft die Viertelmillion übrigens behalten.« Camacho tupfte sich den Mund ab. »Ich habe kein Interesse an amerikanischem Papiergeld. Sonst wäre ich sicherlich nicht hier.«

»Was ist es dann?«, fragte Wres ruhig.

»Ach, ich weiß es auch nicht.« Camacho griff nach der Gabel und puhlte sich eine Sehne der Spareribs aus dem Vorderzahn, gerade als seine

Männer zurückkamen und den Poolbereich erreichten. »Ich glaube, ich genieße es einfach sehr, auf meine Art zu erläutern, dass man mich besser nicht hintergeht. Haben Sie sich entschieden, Scrilla? Geben Sie mir, was ich will?«

AMBER

TRAUST DU DEINEM URTEILSVERMÖGEN?

Wieder und wieder rieb ich die Fesseln über das Heizungsrohr, das in meiner Hoffnung rau genug war, um die Seile irgendwann zu durchtrennen. Ich sah keine andere Möglichkeit, als mich auf diese Art zu befreien.

Wenn meine Hände einmal frei genug wären, würde ich mir Gedanken darüber machen, wie ich die Tür zu dem Raum, in dem ich eingesperrt war, von innen öffnen konnte. Und wie ich dann an den bewaffneten Männern vorbeikommen und das Schiff verlassen sollte. Eigentlich war die Frage eher, warum ich überhaupt *versuchte* zu fliehen. War die Wahrscheinlichkeit, dass mir nichts passierte, nicht höher, wenn ich kampflos aufgab?

Trotzdem scheuerte ich das Seil immer wieder über das raue Metall und lauschte gleichzeitig in die

Stille vor meiner Kabine hinein. Waren die Männer verschwunden? Bewachten sie mich nicht länger?

Als sich die Tür nur einen Spalt öffnete, verbarg ich meine Handgelenke schnell hinter meinem Rücken und setzte einen resignierten Blick auf, der in dem Moment auseinanderfiel, als ein schmaler Schatten durch den Raum glitt und schließlich ein junges Mädchen offenbarte, das an mich herantrat.

Sie trug einen schweren Karton und ließ ihn vor ihre Füße fallen. Nachdem sie die Tür geschlossen hatte, wühlte sie darin herum und zog ein Messer.

Ich wich zurück, als sie auf mich zukam, was sie dazu veranlasste, die Augenbrauen nach oben zu ziehen.

»Hast du etwa Angst vor mir?«, fragte Valentina mich in einer Stimmlage, die nicht ihre war. Ich erstarrte, als sie mich berührte und die Fesseln an meinem Rücken durchschnitt. »Oder hat dir dieses perverse Oberwichserschwein mit seinem kleinen Pimmel was angetan und du stehst unter Schock?«

Unter Schock stehe ich definitiv.

»Valentina?«, fragte ich verstört und blickte ihr direkt ins Gesicht. Sie hatte ihre braunen Haare zu einem wilden Knoten am Hinterkopf zusammengebunden und sah ansonsten noch genauso aus, wie ich sie das letzte Mal gesehen hatte. Ihre Wimpern waren dunkel, die Wangen leuchteten rosig auf der südländischen Hautfarbe, die Augen braun und klar. Und doch gab sie sich vor mir nicht wie das hilflose Kind, das ich befreit hatte.

»Nein«, antwortete sie. »Cira.« Sie warf das Messer zurück in die Kiste. »Das ist Schrott, das kannst du nicht gebrauchen.«

»Und wer bist ...?«

»Valentina ist meine jüngere Schwester.« Cira hockte sich vor mich und überprüfte mein Aussehen, als ob sie nach Malen von Gewalt Ausschau hielte. »Die Spuren an deinem Hals, sind die von Scrilla?«

»Du bist ihr wirklich wie aus dem Gesicht geschnitten«, antwortete ich mit belegter Stimme. *Muss ich ihr jetzt sagen, dass Valentina tot ist? Oder weiß sie es bereits? Woher kommt sie, zur Hölle? Wie hat sie es geschafft, mich zu befreien?* »Hat Scrilla dich geschickt?«

Sie lachte schäbig. »Oh Gott, nein. Die denken immer noch, ich wäre tot. Völliges Unvermögen, eine Frau richtig einzuschätzen.«

»Wie meinst du ...?«

»Ach, Amber, ich bin *keine zwölf*, o.k.? Wir haben keine Zeit für so was. Pablo will dich benutzen, um Scrilla zu erpressen. Wir müssen weg, bevor sie dich holen kommen.«

»Pablo?«

»Pablo Camacho, so nennen ihn seine Männer.«

»Weg wohin?«

»Ich habe mich mit den Männern an Bord geschlichen, die dich holen kommen sollen, und ihnen eine Falle gestellt. Sie sind für ein paar Minuten unten in der Küche eingesperrt, aber wir haben nicht viel Zeit.«

Ich hatte immer noch Schwierigkeiten damit, zu verkraften, dass Valentina – Cira – kein Kind war, sondern eine junge Frau. »Wie alt bist du wirklich?«, wisperte ich.

»Achtzehn.« Durch ihre Augen wanderte ein Schimmer, der sie mir deutlich älter vorkommen ließ. Erfahrungen tanzten darin. Schlimme. »Ich habe nur so getan, als wäre ich meine jüngere Schwester, als ich gekidnappt wurde, und es hat funktioniert«, erklärte sie mir in schnellem Spanisch, sodass ich ihr kaum folgen konnte. »Auf der Straße behaupte ich immer, ich sei sie.«

Eine dunkle Ahnung beschlich mich. »Um sie vor jemandem zu beschützen?«

»Hm?« Cira sah mich verwirrt an. »Ich wollte, dass mich irgendein Pädophiler mitnimmt, die meisten ›Daddys‹ sind echt nett. Es gibt sogar einige, die gar nichts von einem wollen, sondern nur ein bisschen an einem rumspielen …«

Ihre Worte rissen einen Krater in meine Brust. »Du hast Erfahrung …?«

» Es verdient sich außerordentlich gut, wenn die Männer denken, man sei ein Kind. So bin ich in diesem beknackten Käfig gelandet. Ich wurde einfach von der Straße weggeschnappt.«

Tränen füllten meine Augen, aber ich versuchte mir einzureden, dass ihre Erlebnisse immerhin die einer Achtzehnjährigen waren und nicht die eines Kindes. »Wie hast du es von der Bohrinsel auf dieses Schiff geschafft?«

»Gar nicht, falls du hoffst, ich hätte ein Schnellboot vor Anker, mit dem wir abhauen können. Wir müssen uns einen anderen Plan ausdenken.«

»Was soll das heißen, ›gar nicht‹?«

»Auf der Bohrinsel habe ich mich zur Hälfte ausgezogen, meine Klamotten ins Meer geworfen und mich versteckt. Du hast mich überhaupt erst auf die Idee gebracht und tada, es hat funktioniert.«

Ich war fassungslos, noch immer nicht zu hundert Prozent bereit zu glauben, dass Valentina – Cira – am Leben war, gleichzeitig aber auch von einer tiefen Freude erfüllt. *Ich bin nicht schuld an ihrem Tod, denn sie lebt.*

»Ich bin euch auf die Yacht gefolgt«, fuhr sie fort. »Dann habe ich mich nachts auf die Insel geschlichen und in diesem unbewohnten Gästehaus gleich in Stegnähe geschlafen. Ich wusste nicht, was ich tun sollte, und als mir klar wurde, dass die Männer wirklich Huren ...« Sie stockte und wurde bleich. »Ich habe alles für eine Flucht vorbereitet. Aber als ich endlich so weit war, zu wissen, wie ich an den Wachen vorbeikomme, wie ich eines der Schiffe steuern muss, wie man das unbemerkt macht – ich musste mich in eine Hütte der Frauen schleichen, um zu googeln, und habe extra darauf geachtet, mich nicht durch Suchanfragen zu verraten – warst du weg.«

»Ich ...«

»Ohne dich konnte ich nicht fliehen. Ich hätte es niemals alleine hinbekommen und ich konnte dich nicht zurücklassen.« Sie zog die Kiste heran und schob sie mir zu.

Ich hob den Kartoffelsack an und linste darunter. *Denk nach, du brauchst einen Plan.*

»Wir haben keine Zeit mehr«, drängte Cira mich. Im Gang hörten wir Schritte.

Schnell fasste ich an ihr Handgelenk. »Mach dich unsichtbar.«

»Glaubst du nicht, dass du sie angreifen und uns freischlagen kannst ...?«, fragte sie mich voller Hoffnung.

Nach meinen lächerlichen Kampfkünsten Scrilla gegenüber zu urteilen? »Nein.«

»Aber wie …«

»Bitte bring dich nicht mehr in Gefahr«, flüsterte ich. »Halt dich raus und ich versuche, das Blatt für uns zu wenden. Versteck dich hinter der Tür, sobald sie reinkommen.«

»Was ist dein Plan?«, fragte sie ebenso leise.

»Ich werde kämpfen.« Und dieses Mal würde ich nicht verlieren. »Für unsere Freiheit.«

AMBER

ICH HÄTTE NOCH MEHR FÜR DICH GETAN. VIEL MEHR.

Ich konnte kaum glauben, was sich vor meinen Augen abspielte. Als ich um die Hauswand trat und zwischen den Rücken der Männer hindurchschielen konnte, die mich hierherbugsiert hatten, ließen kurz darauf sämtliche Männer, die hinter Crack, Ly und Wres standen, die Waffen sinken, und viel schlimmer noch, Crack hielt seine eigene auf Lys Kopf gerichtet.

Was passiert hier?

Je näher ich der Tischgruppe kam, desto deutlicher verstand ich Camacho, der fröhlich auf Crack einredete.

»... das schließt alle Frauen ein, die sich gerade im Pool vor den Kugeln verstecken. Ich nehme sie mit.«

Crack nickte, blickte in meine Richtung und

nahm seine Waffe herunter. Sofort traten vier von Camachos Männern um ihn herum und richteten mit etwas Sicherheitsabstand ihre Maschinengewehre auf Lys, Wres' und Cracks Rücken.

Ly sah aus, als hätte ihm jemand die übliche gute Laune aus dem Gesicht geätzt, Wres wirkte ernst und dunkel wie sonst auch. Beide mieden meinen Blick, nur Crack sah zu mir.

»Ah, da ist sie ja.« Camacho drehte sich zu mir um und strahlte breit. »Komm, meine Teure, jetzt ist es Zeit für unsere kleine Vorführung.«

Ich wurde zu ihm an den Tisch geführt und er riss mich hart an sich.

»Aaah, dieses weiche Fleisch«, sagte er schmierig und streichelte meine Oberschenkel. »So jung und so zart. Meine Männer warten nur darauf, sich nacheinander in deiner süßen Fotze versenken zu können.«

Ich tat so, als würde ich vor Angst zittern, während ich wie paralysiert zu Boden starrte. *Die Schutzlose mimen. Schwäche zeigen.* In den Augenwinkeln bemerkte ich, dass Cracks Miene zu Stein gefroren war.

»Lass uns doch mal herausfinden, wie sehr das Scrilla stören würde.« Camacho riss mich vor sich und hielt mir den Lauf einer Waffe an den Kopf. »Holt mir die Frauen, die ihr bei mir gekauft habt!«

In der ersten Sekunde rührte sich niemand. Dann murmelte Crack etwas zu einem seiner Männer auf Spanisch und dieser ging auf Camachos Nicken hin los, Richtung Pool.

Kurze Zeit später brachte er die verschreckt wirkende dünne Regina und die schockiert vor sich hinstarrende rassige Maria zurück.

Camacho betrachtete die beiden Frauen für eine Weile, dann grinste er breit. »Erschieß sie.«

»Was?«, fragte Ly fassungslos.

»Komm schon, Scrilla. Die beiden Sklavinnen oder dein Herzblatt. Entscheide dich.«

Crack rührte sich nicht.

»Du zögerst?«, fragte Camacho säuselnd. »Wie schade.« Er entsicherte die Waffe an meinem Kopf und in diesem Moment nahm Crack seine Waffe wieder auf, richtete sie auf Regina und zielte auf ihren Schädel.

»Nicht!«, schrie ich, doch er drückte ab. Fassungslos sah ich zu, wie Regina tot zusammensank, Maria in Panik geriet und wie ein wild gewordenes Tier versuchte, wegzulaufen, doch auch sie entging Cracks Kugel nicht.

Als sie, vom zweiten Schuss getroffen, wie ein Sack zu Boden fiel, herrschte ohrenbetäubende Stille. Blut rauschte in meinen Adern, mein Herz schlug wild. *Das hat er nicht getan. Nicht für mich. Nicht wirklich.*

»Ich bin beeindruckt«, säuselte Camacho an meinem Ohr. »Eine halbe Million Dollar tot und verbrannt, um das Leben eines einzelnen Mädchens zu schützen. Warum hat er dich dann überhaupt gehen lassen, wenn du ihm so viel bedeutest?«

Das ist eine erschreckend gute Frage.

Camacho nahm die Waffe herunter und zerrte mich zu sich herum. »Zieh dein Höschen aus und leg dich auf den Tisch.« Camacho fuhr mit der Hand über meine nackten Schenkel, dann schlug er hart darauf. »Los jetzt!«

Ich zuckte zusammen und griff bebend an meine Shorts. Mir der zwanzig Augenpaare bewusst, die mich dabei beobachteten, wie ich mich entblößte, ließ ich das Stück Stoff fallen.

Camacho richtete sich auf und schob die Teller und Gläser achtlos vom Tisch, sodass sie am Boden zersprangen.

»Du darfst sehr gerne schreien, meine Kleine, ich glaube, das wäre Musik in Scrillas Ohren.«

Ich musste nicht erst zu Crack sehen, um zu wissen, dass er seinen Kiefer zusammengepresst hatte. Selbst wenn ich ihm egal wäre, er hasste es, wenn man so mit ihm umging.

Als Camacho an meine Hüften griff und mich

hart herumwarf, sodass ich mit der Brust auf dem Tisch landete, wimmerte ich. »Bitte beschütze mich!«

Ich sah nur zufällig in Cracks Gesicht hoch, als ich die Worte hervorbrachte. Aber auch wenn seine Iriden sich verdunkelten, meinte ich nicht ihn.

»Bitte beschütze mich vor ihnen, Pablo!«

Ich spürte bereits, wie Camacho sich zwischen meinen Beinen an seiner Hose zu schaffen machte, als er innehielt. »Wie bitte?«

Ich drehte mich zügig zu ihm um. »Ich bin ihnen viel zu nah!« Mit meiner Mimik zeigte ich deutlich, wen ich meinte: Crack, Ly und Wres, die nur ihren Arm auszustrecken brauchten, um mich zu berühren. »Willst du wirklich zulassen, dass sie sich noch einmal an meiner Hilflosigkeit aufgeilen können?«

Camacho runzelte für eine Sekunde die Stirn und das war meine Chance.

Schnell richtete ich mich auf und griff an seinen Hemdkragen.

»Falls du hoffst, dass es sie stört, wenn du das hier mit mir tust, irrst du dich. Ich kann mich wieder an alles erinnern und ich weiß, dass sie sich daran aufgeilen, mich so zu sehen. Du willst Rache? Das ist keine für sie!«

Camacho wollte mich abschütteln, aber ich hielt mich panisch an ihm fest.

»Ich hasse sie«, flüsterte ich ihm ins Gesicht. »Ich hasse sie so sehr, dass ich nichts lieber will, als dass du sie vor meinen Augen quälend langsam tötest, aber bevor du das tust, solltest du ihnen beweisen, dass ich ihnen nicht gehöre. Ich weiß, dass diese Bastarde das am meisten ärgert ... Du willst mich vor ihren Augen vergewaltigen? Nein, das wird nichts bringen. Viel schlimmer wäre es für sie, wenn ich freiwillig mitmache. Denn das werden sie von mir niemals bekommen.«

»Ah ja?«, fragte er mit gehobener Augenbraue. »Wo ist da der Sinn?«

»Wirst du sie töten?«, flüsterte ich hilfesuchend.

Camacho zögerte.

»Bitte! Ich will, dass du diese frauenverachtenden Bastarde vor meinen Augen abknallst und ich will zuvor ihre letzte Ehre zerstümmeln!« Ich fuhr mir mit der Zunge über die Lippen und frohlockte innerlich, weil Camacho mich nicht stoppte. »Ich zeige dir, was ich meine.« Zügig ließ ich mich zu Boden sinken und riss an seinem Gürtel.

Camacho lachte überrascht auf und auch einige Männer in unserer Nähe gaben anerkennende Laute von sich. Ich drückte Camacho nach vorn, sodass er in den Stuhl hinter sich sank. Ich hatte gleich gewusst, dass ich Verwendung für seinen Vornamen finden würde.

Ich riss seine Hose nach unten und entblößte seinen mickrigen, halbschlaffen Schwanz. Mir wurde übel allein bei diesem Anblick und ich wollte nicht wissen, wie viele Bakterien ich gezwungen war, in mich aufzunehmen, als ich die Augen fest zupresste und seinen Penis mit den Lippen umschloss.

Der Würgreiz war kaum zu unterdrücken, aber ich überspielte ihn mit gierigen Bewegungen.

Camacho stöhnte und umfasste meinen Kopf. Noch immer wurde er nicht wesentlich härter und ich fragte mich, ob er überhaupt hart werden konnte, aber dass ich eine gute Show lieferte, erkannte ich an dem Grölen der Männer um uns herum.

Zum Glück verschwand der widerlich salzige, nach Pisse und Krankheit schmeckende Belag einigermaßen schnell, sodass ich meine Augen wieder öffnen und ein weiteres Mal meine Umgebung sondieren konnte, ohne vor Übelkeit einen schwummrigen Blick zu haben.

Scrilla, Ly und Wres saßen hinter mir, noch immer von den bewaffneten Männern an den Tisch gezwungen. Die Frauen befanden sich größenteils im Pool oder hockten zitternd am Beckenrand.

Cracks Männer hatten sich ergeben und die Waffen abgegeben. Deswegen trugen die meisten von Camachos Männern gleich mehrere in der Hand oder in den Gürteln.

Als Camachos Schwanz endlich etwas hart wurde, sodass ich mir sicher sein konnte, dass ihn die sexuelle Gier beschäftigte, glitt ich mit meinen Händen über seine Beine und fasste an meine Brüste. Ich tat so, als würde ich sie massieren und stöhnte mit ihm, während er meinen Kopf führte, dann endlich griff ich in meinen Ausschnitt, zog den kleinen Handrevolver hervor und drückte ihn ihm in den Schritt.

Das war viel zu einfach.

Ich ließ seinen wurmartigen Ekelpenis aus mir herausgleiten und bohrte den Lauf der Waffe tief in seine Eier. *Es musste an Scrilla liegen, dass ich keine Angst verspürte. Er hatte aus mir eine Frau gemacht, die sich nicht unterkriegen ließ. Er hatte mich das Kämpfen gelehrt. Mir gezeigt, dass ich viel weiter gehen konnte, als ich ursprünglich geglaubt hatte.*

»Wenn ich dich nicht kastrieren soll, wirst du dich nicht einen Millimeter bewegen«, zischte ich.

Camacho erstarrte.

»Du bleibst genau so sitzen, während deine Männer ihre Waffen in den Pool werfen. Die

Frauen dürfen gehen. Niemandem geschieht etwas.«

Er atmete zischend ein und blickte mich aus schmalen, hasserfüllten Augen an. »Kleine Schlampe, ich hätte es wissen müssen. Wer hat dir den Scheißrevolver gegeben? Einer meiner Leute?«

»Und zwar jetzt!«, schrie ich wütend zu ihm hoch und hätte ihm gerne den Gammelbelag seines Schwanzes zurück ins Gesicht gespuckt.

»Ihr habt sie gehört«, rief er gepresst. »Nehmt die Waffen runter.«

Niemand rührte sich, woraufhin ich den Revolver entsicherte.

»Nehmt verdammt noch mal die Waffen runter!«, schrie Camacho über den gesamten Poolbereich. »Und lasst die Frauen gehen! Werft das Zeug ins Wasser! Bewegt euch, ihr Hurensöhne!«

Schwere Schritte folgten, die wimmernden Frauen, das Spritzen von Wasser und dann das Aufschlagen der Waffen auf der Wasseroberfläche.

»Macht schneller, und wehe, einer von euch ist verantwortlich dafür, dass ich ohne Schwanz diese gottverdammte Insel verlasse!«

Ich konnte ein Grinsen nicht verbergen. Mein Plan hatte funktioniert. Als sich die Türen ins Hausinnere hinter den Frauen geschlossen hatten und auch die letzten Waffen ins Wasser geworfen waren, herrschte für den Bruchteil einer Sekunde Stille.

Da ich mit dem Rücken zu dem Geschehen saß, konnte ich nur an Camachos aufgerissenen Augen erkennen, dass sich das Blatt gewendet hatte, denn im nächsten Moment ging der Kampf los.

Stühle wurden zurückgeschoben, der Tisch flog durch die Gegend und Knochen traf auf Knochen. Die Waffe zitternd in der Hand betete ich dafür, dass die Richtigen die Oberhand behielten. Wobei ich nicht besonders sicher war, ob Scrilla, Silver und Sawbuck überhaupt die Richtigen waren.

Als vereinzelt Schüsse flogen, presste ich mich an Camachos Beine, in der Hoffnung, dass niemand auf ihn zielen würde – und damit auch nicht auf mich.

An seinem bleichen Blick erkannte ich, dass er ähnlich dachte, und plötzlich duckte er sich zu mir herunter. »Das wirst du verdammt noch mal bereuen«, zischte er vor meinem Gesicht. »Wer hat dir die verfickte Waffe gegeben?«

»Jemand, mit dem selbst ich nicht gerechnet hätte«, erwiderte ich schmunzelnd, während die Kampfgeräusche um uns herum immer lauter und brutaler wurden. Ich meinte, Wres ganz in der Nähe wahrzunehmen, was mich einigermaßen beruhigte – denn wenigstens er lebte noch. »Und jetzt hör auf dich zu bewegen, sonst schieße ich doch noch.«

Camacho kräuselte abfällig die Lippen, bevor ein lauter Knall die Luft zum Schwingen brachte und mich zusammenzucken ließ.

Für eine Millisekunde hatte ich vor Angst die Augen geschlossen. Als ich sie wieder öffnete, drang Rauch vor meine Lider und ein Messer blitzte direkt vor meinem Gesicht auf.

Ich ließ in der Sekunde den Schuss los, als Camacho sich aufrichtete. Er grinste breit, als ich ihn knapp verfehlte, dann hatte er mich schon nach hinten geworfen und landete über mir. Die Nebelwolke aus der Rauchgranate ließ uns unsichtbar werden. Ich sah nur noch, wie sich der Schleier vor Cracks mit bloßen Händen kämpfendem Körper schloss, dann spürte ich auch schon die Klinge an meinem Hals.

»So schade um dieses hübsche Gesicht«, säuselte er und strich über meine Haut. Ich spürte bereits ein Brennen, so tief ging der Schnitt. Tränen schossen mir in die Augen und ich versuchte mit aller Macht, gegen ihn anzukämpfen. »Ach Mädchen, wehr dich doch nicht immer ... Vielleicht nehme ich deine Leiche mit an Bord und vögle dich doch noch, solange du dich lebendig und warm anfühlst ...«

Camachos Lächeln gewann an utopischer Breite, als sein Körper unerwartet zusammenzuckte und sein Kopf mit voller Wucht auf meinen fiel.

Dunkelheit drohte mich zu überrollen, ein höllischer Schmerz setzte ein, aber ich kämpfte mich zurück ins Licht. Er hätte genauso gut mit einem Hammer auf meinen Schädel einschlagen können, aber ich wusste, dass es keine Absicht gewesen war.

Camacho zuckte erneut, bis er sich fing und zur Seite rollte. Gerade wollte er auf meine Retterin losgehen, da hob ich geistesgegenwärtig meinen Arm, schob ihm den Revolver in den offenen Mund und drückte ab. Die Kugel drang in sein Gehirn und er sackte endgültig zusammen.

»Fuck.« Ich keuchte, weil ich nicht schnell genug realisieren konnte, wie knapp ich mit dem Leben davongekommen war und dass ich einen Mann getötet hatte. Ein Blutschwall drang aus seinem Schädel und überzog meine Hand, die ich nicht schnell genug zurückziehen konnte.

»Sag ihnen nichts.« Cira hockte wieder über mir, so flink, grazil und unscheinbar wie eine Gazelle. »Du hast dich für sie entschieden, aber ich mich nicht! Sag ihnen nicht, dass ich lebe!« Damit verschwand sie im Rauch und ich sank kraftlos zurück ins Gras.

Mein Schädel rumorte, als hätte jemand ein Schlachtlied darauf getrommelt.

Ich beobachtete die vielen Füße unter dem sich nur langsam lichtenden Nebel der Rauchgranate dabei, wie sie über den Rasen wirbelten. Schreie, Rufe, quälende Laute, bis es zunehmend ruhiger wurde und sich der Nebel schließlich ganz verzog. Das Schlachtfeld vor meinen Augen würde sich für immer in mein Gedächtnis einbrennen.

Leichen. Tote. Gegenstände, die in den Bäuchen und Brüsten der Männer steckten. Aufgeplatzte Schädel. Abgetrennte Glieder. Sehr viele abgetrennte Glieder.

Bevor ich sie schließen konnte, weil der Anblick zu viel für mein bis vor wenigen Wochen vollkommen normal tickendes Gehirn war, spürte ich zwei starke Hände an meinem Körper und von der anderen Seite lief jemand auf mich zu und sank neben mir ins Gras.

»Amber!«, rief Crack, als müsste er mich dadurch zurückholen, und befühlte mit bebenden Händen meinen Puls. Er sah schlecht aus. Nicht vom Kampf, der schien ihn nicht sonderlich in Mitleidenschaft gezogen zu haben, aber von seinen Augen her. Sie wirkten matt, das Grün war von einem rötlichen Tuch überzogen, die Wangen eingefallen, die Augenränder schwarz. »Bitte sag etwas«, raunte er. Vermutlich fand er meinen Puls nicht, dafür war er viel zu unruhig.

»Ich lebe noch«, röchelte ich und spürte sogleich den Schmerz an meinem Hals. »Aber ich glaube, ich blute.«

Crack presste den Kiefer zusammen, und wenn ich es nicht besser wüsste, würde ich denken, dass er gerade in Selbstvorwürfen ertrank – dabei hasste er die Situation vermutlich nur deswegen, weil nicht er selbst mir diese Schmerzen zugefügt hatte. »Bring sie ins Haus.«

Er stand auf und die Hände, die sich von hinten genähert hatten, schlossen sich um meinen Körper.

Überrascht stellte ich fest, dass es Wres war, der mich auf seine Arme lud. Erst als wir ein paar Schritte gegangen waren und ich mich so geborgen und sicher fühlte wie noch nie, bemerkte ich die tiefe Wunde, die sich über Cracks Rücken zog und unter dem zerschlissenen Shirt zu sehen war. Er ging vor uns Richtung Haus. An jedem seiner Arme glänzte Blut.

Ich schloss die Augen, denn auch dieser Anblick wurde mir zu viel.

Vielleicht, flüsterte eine Stimme in mir, vielleicht war ja alles nur ein Traum.

Wie hättest du sonst überleben können?

C

DER TOD ZIEHT SEINE KREISE ENGER UM UNS. HAST DU NOCH IMMER KEINE ANGST, BEAUTY?

Nachdem Ly mich einigermaßen zusammengeflickt und ich ihm seine Schulter wieder eingerenkt hatte, reinigten wir unsere Wunden und traten anschließend nach draußen.

Viel lieber wäre ich zu Amber gegangen, aber sie war bei Wres in guten Händen. Ly hätte ich zugetraut, dass er sie auch jetzt noch umbringen würde, um mich für das zu bestrafen, was ich getan hatte – oder um in Zukunft etwas Derartiges zu vermeiden. Aber Wres war derjenige gewesen, der von Anfang an dagegen gewesen war, ihr Leben zu opfern.

Außerdem brauchten meine Männer draußen unsere Hilfe.

Ly und ich schritten den Poolbereich ab und

richteten die Waffen auf jeden, der sowieso schon halbtot war. Wir beendeten die Qual unserer Feinde, die von uns im Nahkampf ausgeknockt und verstümmelt worden waren. Bei vielen von ihnen erkannte ich Wres' Durchschlagkraft. Er hatte eine metallene Schutzvorrichtung aus dem Grill gerissen und sie als Hiebwaffe verwendet. Einige von Camachos Männern waren daraufhin halb geköpft oder an der Brust mit der harten Spitze durchbohrt worden.

Wenn es ums Töten ging, wurde Wres zu einem unberechenbaren Tier. Ich sollte aufhören, ihn zu unterschätzen.

»C!« Ly riss mich an dem Stoff meiner blutdurchtränkten Jeans zu sich herunter. Ich bückte mich neben ihn und begutachtete Hanks Wunden. Er hatte den Kellner gut gespielt, aber nicht gut genug. Sein Bein war irreparabel abgetrennt und mehrere seiner Glieder schienen gebrochen.

»Du hast gut gekämpft, Hank«, sagte ich zu ihm.

Er atmete scharf ein und aus. Sein Körper kämpfte gegen den Tod.

»Wir können dich mit dem Hubschrauber aufs Festland schicken und den besten Chirurgen organisieren, aber auch dann kann ich dir nicht versprechen, dass du deine Hände jemals wieder wie gewohnt benutzen, geschweige denn laufen können wirst.«

Hank atmete heftiger.

»Wir könnten dir auch den Gnadenschuss setzen, dann wäre es sofort vorbei.«

»Molium«, keuchte er und bekam dabei die Lippen kaum auseinander.

Ly sah mich ratlos an.

»Morphium«, wiederholte ich und nickte.

Hank entspannte etwas, weil ich ihn verstanden hatte.

»Ich besorge etwas.«

Fünf Minuten später hatten sich zwei unserer Frauen zu ihm auf den Boden gesetzt und ihm gekonnt das Schmerzmittel verabreicht. Die Überdosis ließ ihn ruhiger werden und die Frauen taten ihr Übriges, um seinen Tod zu begleiten.

Sie gehorchten wirklich gut.

»Chemo und Paco werden bereits in ihren Häusern verarztet.« Ly schloss zu mir auf, nachdem er die letzten Leichen überprüft hatte. »Möglich, dass Jonathan für die nächsten Tage im Bett liegen muss, jemand hat ihm einen der Pooltische gegen den Schädel gerammt. Aber die Wunde ist schon genäht. Und dann wären da noch Bill und Elias, die beide von dem kleinen Bastard, der seine Pistole nicht in den Pool geworfen hat, getroffen worden sind. Aber ihre Kugeln werden gerade entfernt und sie können sogar noch laufen. Alles halb so schlimm.« Er blieb über den Frauen stehen, deren Leichen durch den Kampf in Mitleidenschaft gezogen worden waren. Sogar ich war mindestens einmal über Marias Kopf gestolpert. »So schade. Sie waren wirklich niedlich.«

»Wer holt die Waffen aus dem Pool?«, fragte ich, um abzulenken, und blickte in das blutrote Wasser, auf dessen Grund die schwarzen Läufe der Maschinengewehre unschuldig glitzerten. Daneben trieb eine Leiche im Wasser, das Gesicht typischerweise nach unten gerichtet. Es war einer von Camachos Männern. Aber es hätte genauso gut Wres, Ly oder mich treffen können.

»Der Pool-Boy, wer sonst.« Ly zuckte schief lächelnd die Achseln und reichte mir eine Zigarette.

Schweigend standen wir da und rauchten.

»Was machen wir mit dem Schiff, das draußen vor Anker liegt?«, fragte ich nach einer Weile.

»Wir schicken Amber hin, die regelt das schon für uns.«

Allein bei der Vorstellung kochten derart viele Emotionen in mir hoch, dass ich Ly am liebsten geschlagen hätte. Die Erinnerung daran, wie Amber sich Camacho angebiedert hatte und ich für einen Moment glauben musste, sie meine ihre Worte ernst, und die Sekunden, in denen sie ihm einen geblasen hatte, während meine Welt endgültig in ihre Einzelteile zersprungen war, würde mich noch in viele Albträume hinein begleiten.

Ich hatte mit unendlicher Wut festgestellt, dass Camacho bereits tot gewesen war, als der Kampf zu Ende ging, denn ich hätte ihm gerne jedes einzelne Ei einzeln herausgerissen, in seinen Arsch gestopft und die Haut an seinem gesamten Körper entfernt, bis er den Abschaum erkannt hätte, aus dem er bestand.

Ich war einerseits so unendlich wütend, dass Amber sich überhaupt in Gefahr begeben hatte und ich dafür verantwortlich war, während andererseits ein befremdlich warmes Gefühl Raum in meiner Brust fand.

Es bestand aus einer merkwürdigen Mischung, Amber auf der Stelle ficken zu wollen und sie noch hier und jetzt zu heiraten, was vermutlich sowieso fast zeitgleich möglich wäre. Ich wollte ihren Körper zurückerobern, aber da war auch dieser Drang, ihre Seele für immer an meine zu binden.

Wenn ich es nicht besser wüsste, würde ich glauben, dass ich die lächerlichen Worte des ›Verliebtseins‹ endlich zu begreifen schien – dabei war ich nicht verliebt.

Ich war besessen. Und ich hasste Amber gleichermaßen, wie ich sie zu meinem Besitz machen wollte.

»War nur'n Witz, Alter.« Lys Miene hatte sich auf ungewohnte Weise verzogen, nachdem ich zwei Minuten vor mich hingestarrt hatte. »Es war nur ein schäbiger Witz. Als würde ich jemals wieder mein Leben in die Hand dieser Frau geben.«

»Sicher?« Wres tauchte in der Terrassentür auf und nickte uns zu sich. »Denn genau das wäre mein Vorschlag.«

AMBER

DEINE ÄUSSEREN WUNDEN MÖGEN SCHNELL HEILEN, ABER WIE SIEHT ES MIT DENEN AUS, DIE ICH DIR INNERLICH ZUGEFÜGT HABE?

Wres' Apartment strahlte eine typisch amerikanische Gemütlichkeit aus. Das Bad war geräumig, der Badvorleger flauschig, die Handtücher weich. Nachdem ich von dem Bett aufgestanden war, auf das Wres mich wie eine Porzellanfigur gebettet und in dem ich so lange vor mich hingedöst hatte, bis es dunkel geworden war, hatte ich mir über fünf Minuten die Zähne geputzt, um auch die letzten Spuren von Camachos Schwanz aus meinem Mund zu spülen. Danach war ich unter die Dusche gegangen, hatte mich so ausgiebig wie noch nie zuvor geduscht, gründlich abgetrocknet und war in das Shirt geschlüpft, das

Wres mir bereitgelegt hatte. Ich zog es wie ein Kleid an, darunter nur den Slip.

Die restliche Kleidung, die ich seit meinem Erwachen am Strand getragen hatte, warf ich in den Müll.

Ich überprüfte mein Aussehen im Spiegel. Wres hatte mir eine Kompresse mit einem großen Pflaster auf die Wunde am Hals geklebt und auch sonst sah ich nicht gerade so aus, als könnte ich in den nächsten Tagen einen Schönheitswettbewerb gewinnen.

Als die Tür aufging, hielt er mir durch den Spalt ein Körbchen entgegen. »Hier«, sagte er, ohne ganz einzutreten, »ich habe die Frauen gebeten, ein paar ihrer Sachen aus den Hütten zu holen. Vielleicht kannst du etwas davon gebrauchen.« Ich nahm ihm den Korb ab und er zog die Tür wieder zu.

Ich schüttete den Inhalt kurzerhand auf dem Waschtisch aus und begutachtete die Kosmetika. Deo, Parfum, getönte Hautcreme. Nach kurzem Zögern verwendete ich alles davon und schminkte mich, wie ich es aus New York gewohnt war. Zum ersten Mal blickte mich mein altes Ich durch den Spiegel an.

Nur war die reale Amber nun eine andere.

Ich hatte das Blatt in einem aussichtslos scheinenden Kampf gewendet.

Ich hatte einen Mann getötet.

Ich war wieder bei Crack.

Der letzte Gedanke ärgerte mich, denn während ich meinen Plan gefasst hatte, hatte ich mir geschworen, es für Wres zu tun, der laut Cracks Worten der Einzige gewesen war, der gegen meinen Tod gestimmt hatte. Und auch wie er Cira behandelt und um sie getrauert hatte, war für mich Grund genug gewesen, gegen Camacho zu kämpfen.

Warum denke ich dann an Crack?

Meine Lippen dunkelrosa nachziehend, versuchte ich die Narbe an meinem Unterarm zu ignorieren, die mir durch den Spiegel entgegenstrahlte. Das Schlimmste an ihr war, dass sie meinen Hass nicht schürte, sondern nur meine Neugier weckte, ob Scrilla mich jemals wieder schneiden würde ...

Mein Wahnsinn kann nur vom Adrenalin kommen, das noch immer nicht ganz abgebaut ist.

Als ich aus dem Badezimmer trat, schrumpfte mein Herz zusammen. Alle drei saßen in Wres' Wohnzimmer vor mir an dem hölzernen Tisch und blickten in meine Richtung.

Lys Gesichtzüge waren ironisch wie gewohnt, Cracks Miene hingegen blieb undurchschaubar hart und nur Wres wirkte einladend.

»Bitte«, sagte er und deutete auf den vierten Stuhl.

Ich fühlte mich verdammt unwohl, als ich darauf zuging. Aber da ich bereits wusste, was sie taten, um ihren Willen zu bekommen, gehorchte ich. Die Alternative wäre wohl, auf dem Boden vor ihnen zu sitzen, damit sie mit mir reden konnten – oder was auch immer sie von mir wollten – und da war mir ein Stuhl auf gleicher Augenhöhe lieber.

»Also …« Wres eröffnete das Gespräch und grinste ungewöhnlich zufrieden. »Wie wollen wir sie nennen?«

Lys Kinnlade fiel. »Was?!«

»Wie wollen wir sie nennen? Sie braucht einen Namen. Vorher können wir nichts von den wichtigen Dingen besprechen.«

»Du willst ihr einen verdammten Namen geben?«, fuhr Ly Wres gereizt an. »Wozu? Damit auf ihrem Grabstein keine Spur ihrer wahren Identität zu finden ist? Ich dachte, wir versammeln uns, um sie zu fragen, wie sie am liebsten sterben möchte, und nicht, um irgendein verschissenes Geplänkel zu veranstalten.«

»Kein Geplänkel.« Wres faltete die Hände und lehnte sich zurück. »Und auch kein Grabstein.«

Ly schnaubte. »Sie …«, er zeigte mit der Hand auf mich, als wäre nicht ersichtlich, welche *Sie* er meinte, »ist verantwortlich dafür, dass Crack dich *und* mich daran gehindert hat, die verfickte Waffe auf Camachos Kopf zu richten. *Sie* ist schuld daran, dass zwei Frauen tot und mehrere unserer Leute verletzt sind, einer gerade im Sterben liegt, und, verdammt noch mal, *sie* macht aus Crack einen hormongebeutelten Superaffen«, Cracks Kieferpartie verkrampfte sich zunehmend, »der unser aller Leben für sie opfert.«

»Das sehe ich genauso.« Wres zuckte mit den Achseln. »Aber C hat das Richtige getan –«

»Was?!«, rief Ly wutentbrannt dazwischen.

»– wenn man davon ausgeht, dass sie mit zu unserem Team gehört. Und das gehört sie eben jetzt.«

»Du hast noch einen viel größeren Oberaffenknall als er«, presste Ly zwischen den Zähnen hervor.

Wres verlor seine Lockerheit und seine Miene verschloss sich. »Wir haben die Wahl dazwischen, Crack auszuschließen, was nicht passieren wird, weil ich niemals dafür stimmen würde, sie zu töten, was nicht passieren wird, weil Crack niemals dafür stimmen würde, oder sie aufzunehmen. Und da das bereits passiert ist, als er unser aller Leben ohne Einwilligung und Rückfrage riskiert hat, was wir nur dann tun, wenn jemand mit zum Team gehört, ist sie dabei. Dass er uns vorher nicht gefragt hat, weckt noch immer die größte Lust in mir, ihm sämtliche Glieder zu brechen, aber wir müssen wohl damit leben, dass wir nicht vor Amber kommen, sondern, wenn überhaupt, auf derselben Stufe stehen. Wenn Amber mit im Team ist, können wir wenigstens damit arbeiten und sind nicht davon abhängig, ob sie und Crack gerade ein Beziehungsaus haben oder Kinder zeugen. Sie ist genauso gleichwertig mit dabei wie wir anderen. Einfache Geschichte. Planbar. Und fair.«

Ly starrte Wres für einen Moment an, dann lachte er laut los. Er bekam sich gar nicht mehr ein, was für mich diese Situation noch unangenehmer werden ließ. Beschämt blickte ich auf meine Fingernägel und mied so die Konfrontation mit ihren Gesichtern.

»Sie hat bewiesen, dass sie es kann«, redete Wres mit seiner tiefen Stimme gegen Lys Lachen an. »Verdammt! Sie hat es besser hinbekommen als wir drei zusammen! Jetzt hör auf zu lachen oder ich ramme dir meine Faust in den offenen Mund!«

Ly verstummte sofort. »Na, dann fragen wir doch mal *Amber*, was sie von dem ganzen Scheiß hält.«

Gezwungenermaßen musste ich aufsehen,

vermied es aber, auch nur ansatzweise in Cracks Richtung zu schauen.

»Wärest du gerne dabei und würdest zukünftig dein Leben, deine Geschäfte, deine Sexualpartner und alles sonst mit uns teilen? Darum geht es bei diesem Club nämlich. *Wir atmen und ficken gemeinsam.*«

»Bullshit«, knurrte Wres. »Außerdem hat sie keine Wahl. Sie ist sowieso schon dabei, weil wir wegen Crack ein Interesse daran haben, dass sie sicher ist, und das wird sie erst sein, wenn wir uns alle zusammentun. Wir brauchen jetzt verdammt noch mal nur einen Namen für sie.«

»C!« Ly riss an Cracks Schulter. »Jetzt leg dein verficktes Veto ein und beende diese witzlose Farce! Wenn sie mit dabei ist, wirst du sowieso nicht mehr klar denken können! Wenn sie unbedingt überleben muss, dann sperr sie irgendwo ein! In einen Keller, drei Schlösser davor, Ketten an den Händen und Wänden, jetzt sag endlich was!«

Nervös drehte ich meinen Kopf in Cracks Richtung, der mich die ganze Zeit über unverwandt angesehen hatte. Mir seines Blickes bewusst zu werden, der fest an meinen Augen hing, ließ mich innerlich heiß werden, auch wenn ich am liebsten alle Gefühle eingefroren hätte.

»Ihr solltet nicht nur sie töten.« Seine Stimme

klang rau wie Schmirgelpapier und erinnerte an eine durchzechte Nacht – oder mehrere. »Wir sind beide eine Gefahr für euer Leben.«

Ly stöhnte und selbst Wres schnaubte laut.

»Über alles andere muss ich nachdenken.« Dafür, dass er zuvor noch stark am Rücken geblutet hatte, stand er überraschend wendig auf und schob den Stuhl zurück. »Möglicherweise habe ich seit drei Tagen nicht geschlafen. Ihr entschuldigt mich.« Er nickte uns zu, als wären wir nichts weiter als ein paar Fremde, und verließ den Raum.

Ly vergrub daraufhin das Gesicht in den Händen, Wres schob seine Hände in die Taschen und holte ein Jo-Jo hervor.

Erstaunt betrachtete ich seine große Hand dabei, wie sie das kleine, runde Ding immer wieder hoch- und runterschnellen ließ.

»Okay, ich bin dabei.« Ly ließ die Hände sinken und blickte an Wres' rechtem Ohr vorbei aus dem Fenster Richtung Meer. »Wenn sie zustimmt. Ich will ein offenes, freiwilliges, aktiv hervorgebrachtes, unerzwungenes, deutliches ›Ja‹ von Amber hören. Dann bin ich einverstanden. Oder *ich* steige aus.«

Wres fing das Jo-Jo ein. Erst nach ein paar Sekunden warf er mir einen Blick zu, nachdem Ly schon aufgestanden war.

»Ich geh duschen«, informierte Ly uns, ging zur Tür und schlug sie lautstark hinter sich zu.

Wres seufzte und ließ das Jo-Jo wieder nach unten fallen. »Wenn ich dieses Spielzeug nicht hätte, hätte ich sie alle längst zu Tode gewürgt«, murmelte er, fing es auf und steckte es in seine Hosentasche zurück. »Wie geht es deinem Hals?«

»Gut.«

»Deinem Kopf?«

»Bestens.«

»Liebst du ihn?«

Ich würgte. »Wie bitte?«

Wres fuhr sich mit den Händen über die kurz geschorene dunkle Kopfhaut. »Ich habe meine echte Familie verlassen müssen. Sie denken, ich wäre tot, und für mich gibt es kein Zurück. Aber wie das fucking Schicksal es so will, haben Ly und C diese Familie für mich ersetzt. Wenn er will, dass du dazugehörst, und sich dementsprechend verhält, gehörst du für mich ebenfalls dazu. Ich weiß, dass die anderen das Prinzip von ›Familie‹ nicht verstehen, aber ich tue es. Und ich traue dir zu, dass auch du es begreifen wirst.«

»Was tust du mit den Kindern, die du ... die für dich aussortiert werden?« Die Worte stolperten über meine Lippen. Vielleicht weil ich von mir ablenken wollte. Ich hatte alles dafür getan, den drei

Männern zu entkommen, und jetzt bestand Wres darauf, dass ich bei ihnen mitmachte? Wie würde dieses ›Mitmachen‹ überhaupt aussehen? Ehrlich gesagt wollte ich gerade nicht darüber nachdenken …

»Die Kinder?«, fragte er tonlos.

»Du hast mir von ihnen erzählt. Ich sollte den anderen nichts sagen, das habe ich auch nicht. Aber was tust du mit ihnen?«

Seine dunklen Augen blieben matt. »Ich kann dir nicht vertrauen.«

»Aber ich soll es tun?«

Er knurrte auf und beugte sich plötzlich vor. Ich wich vor ihm zurück, denn sein Körper war mächtig, so mächtig, dass ich Angst vor ihm bekam. »Warum hast du diese Show abgezogen, wenn du es noch nicht tust? C hat dich unter Drogen gesetzt, Ly lügt die ganze Zeit und mir vertraust du ebenfalls nicht. Warum hast du es getan?«

Ich blieb stumm. Zuerst sollte *er* mir auf *meine* Frage antworten.

Aber so, wie er aussah, würde ich ihn dazu wohl nicht bekommen. Wir formten unsere beiden Zungen im Mund zu Stahl.

»Also schön«, stöhnte ich. »Erzähl es mir eben nicht. Wir sind quitt. Ihr habt mein Leben gerettet, ich rettete eures. Morgen will ich von dieser verdammten Insel runter und wir müssen uns nie wieder sehen.«

»Deswegen?«, fragte Wres. »Du wolltest damit deine Schuld begleichen?«

»Im Grunde hatte ich doch keine Wahl, oder?«, fragte ich ihn zürnend. »Ich musste darauf zählen, dass ihr den Kampf gewinnt, sonst hätte Camacho mich jetzt als Fickpuppe bei sich an die Reling gefesselt und einen eurer Köpfe als Dildo benutzt, oder etwas ähnlich Krankes.«

Wres verzog das Gesicht.

»Ich gehe jetzt.«

»Nein, bleib.« Seine Hand schoss vor und legte sich auf meine, sodass ich sitzen blieb. Langsam zog er sie wieder zurück. »Du erzählst es niemandem«, raunte er. »*Niemandem.*«

»Okay.«

»Das ist kein Versprechen, das man brechen kann. Wenn du es erzählst, werden schlimme Dinge passieren, klar?«

Sterben wir, sterben sie.

»Du hast mir diese Information eingeimpft!«, rief ich, als es mir plötzlich klar wurde. »Du hast mir das eingetrichtert, diese unfassbare Angst, dass jemand sterben könnte! Sie! Die Kinder!«

Er fuhr sich mit der Zunge über die Unterlippe. »Ich war der Einzige, dem du noch vertraut hast, als wir dich vor drei Tagen aussetzen mussten, also konnte nur ich die Suggestionen während der Hypnose in dein Unterbewusstsein pflanzen.«

Mir fiel wieder ein, dass auch Wres es war, dessen Namen ich als einzigen unter der Hypnose hatte sagen können, aber den Gedanken daran schob ich beiseite. »Was bedeuten diese Worte?«

»Ich riskiere seit einem Jahr meine Freundschaft zu C und Ly und mache mein eigenes Ding. In Mexico City führen alle Handelswege über José Sanchez, jedenfalls war das so, bevor Camacho den Laden gestürmt hat. Alle Frauen landeten zunächst im Sammelpunkt, dem Lager, in dem auch du warst.«

Ich nickte.

»Ich habe es anonym einrichten lassen, dass die Kinder, die dort ankommen, an mich gehen. Die elf-, zwölf-, dreizehnjährigen Mädchen. Die jüngsten.«

»Und dann?«, fragte ich angespannt.

»Dann kommen sie in ein Heim.«

»In ein Heim für Kinder?«

»Für was sonst?«, fragte er ruhig. »Was hast du geglaubt, was ich mit ihnen tue? Sie aufessen?« Ein seltenes Lächeln breitete sich auf seinen Lippen aus, das mich gleich um einiges wohler fühlen ließ, und ich musste lachen. »Ich versuche, ihnen eine

Perspektive zu bieten, und wenn sie wollen, können sie wieder gehen. Ich lasse den ganzen Scheiß, den Scrilla und Silver für euch tun. Keine Kontrolle, keine Aufpasser, keine Chips, keine Überprüfung. Deswegen der Satz. Sterbe ich, weil du uns verrätst, wird sich keiner mehr um sie kümmern können, und sie sterben auch. Alles das habe ich dir schon einmal erzählt. Aber du kannst dich nicht daran erinnern.«

»Wieso hältst du das alles vor Ly und C geheim?«

Wres blickte nachdenklich an meinem Kopf vorbei. »Ich will es nicht zu unserer Sache machen. Es ist ganz allein meine.«

»Weil sie die Kinder nicht wieder freilassen würden? Glaubst du, sie hätten auch Valentina zum Abarbeiten ihrer Schulden gezwungen?«

»Natürlich *nicht*«, knurrte er. »Wir haben genug Möglichkeiten, ihnen in New York ein neues, sicheres Leben zu bieten.«

»Wo sie die Sprache nicht können.«

»Sie sind jung, sie werden sie lernen.«

»Aber für eine gute Lösung hältst du das nicht.«

Er zuckte mit den Achseln. »Im Alleingang kann ich mehr erreichen.«

»Deswegen hast du parallel versucht, die Kinder gar nicht erst zusammen mit Ly und Crack freikaufen zu müssen?«, kombinierte ich. »Eigentlich würdest du sie gerne in Mexiko lassen, am besten zurück zu ihren Familien bringen …«

Er beugte sich ein weiteres Mal vor. »Was wir tun, ist große Scheiße. Man will mit dem Menschenhandel nichts zu tun haben, nimmt man sich aber vor, etwas dagegen zu unternehmen, wird man jedes Mal wieder mit dem Leid der Mädchen konfrontiert. Mir ist schon klar, dass es genug Kinder gibt, denen es noch schlechter geht als denen, die von irgendeinem Perversen gekauft werden, aber *vorbeizugehen*, das ist das Unmögliche. Sie nicht freizukaufen. Sie nicht mitzunehmen. Deswegen tue ich es. Weil ich gar nicht anders kann.«

»Danke, dass du es mir erzählt hast.«

»Du könntest bei uns einsteigen und uns helfen.«

»Ich weiß nicht …«, entgegnete ich ehrlich.

»Du bist sowieso schon dabei. Jetzt geht es nur noch darum, dass du kein Klotz am Bein, sondern ein eigenständiger Fuß wirst.«

»Schöne Metapher«, sagte ich mit einem gequälten Lächeln.

Er grinste. »Finde ich auch. Du hast mich heute sehr beeindruckt. Ich würde mich freuen, wenn du zukünftig an unserer Seite kämpfst.«

C

DU. SOLLTEST. NICHT. HIER. SEIN.

Mein Vater hatte mir zu meinem sechsten Geburtstag einen Revolver geschenkt. Zu meinem zehnten eine Kalaschnikow. Zu meinem sechzehnten hatte er verlangt, dass ich einem seiner Feinde in den Kopf schieße, und bei meinem achtzehnten schenkte er mir fünf nackte Huren und einen Koffer voll Koks.

Möglicherweise glaubte er, er hätte damit alles richtig gemacht. Fakt war, dass ich so beiläufig tötete, wie nach einer Mücke zu schlagen, die sich auf meine Haut setzte. Ich kannte keine Skrupel. Für mich bedeutete Krieg, dass ich tat, was getan werden musste, um zu gewinnen. Das Verlieren hatte mir mein Vater nicht beigebracht.

Als ich die Schnittwunde an meinem Rücken offenlegte und betrachtete, spürte ich die Mordlust erneut in meine Hände zurückkehren. Ich hatte den Kerl, der dafür verantwortlich gewesen war, auf der Stelle getötet, aber das reichte nicht, um das Raubtier in meiner Brust zu befriedigen.

Ich brauche mehr.

Ich brauche mehr Tod.

Mehr Verderben.

Mehr Abgrund.

Und ausgerechnet Wres erkannte nicht, dass ich es eher verdient hätte, zu sterben, als dabei zuzusehen, wie Amber ein Teil von ... uns wurde?

Nicht, dass das nicht ebenso quälend war wie die Vorstellung, ihre Leiche begraben zu müssen. Wobei ich das früher oder später sowieso würde tun müssen, denn ich erahnte Wres' Plan.

Langsam streifte ich mir mein Shirt wieder über und reinigte ein letztes Mal die Lederarmbänder, die ich schon seit einer Ewigkeit an meinen Handgelenken trug, vom Blut. Im Spiegel wirkte es, als hätte ich meine Augen mit schwarzem Kajal nachgezogen, so düster waren die Schatten um meine Höhlen.

Als ich die Tür zu meinem Schlafzimmer aufstieß, blieb ich wie angewurzelt stehen. Ich war nicht mehr allein und mein Bett war nicht wie die letzten Tage unberührt.

Stattdessen saß die einzige Frau darauf, von der ich geglaubt hatte, sie nie wieder zu sehen.

Als sie meinen Blick offen und unverhohlen erwiderte, krampfte sich mein Körper zusammen. Ein Teil von mir wollte sie abstoßen, damit die Schmerzen nicht noch schlimmer werden konnten, ein anderer wollte das noch viel mehr.

Das wenige Licht in mir, das nach den Drogen, dem Sex und dem Morden noch übrig geblieben war, äußerte sich in einer gefährlichen Sucht nach ihren Schreien.

In meinem Inneren war alles dunkel.

Selbst die Helligkeit glich einem Schatten.

Als ich die Badezimmertür hinter mir zuzog und langsam auf Amber zuging, bewegte sie sich nicht einen Millimeter.

Sie sollte fliehen.

Ihre langen frisch gewaschenen Haare fielen ihr auf die schlanken Schultern und unter Wres' überdimensioniertem T-Shirt wirkte ihr verhüllter Körper noch viel verführerischer.

Als ich Amber erreichte, öffnete sie die Lippen. Es schien, als wollte sie etwas sagen, aber ihr entwich nur ein überraschter Aufschrei, als ich sie fest an mich zog – geben wir zu, es war verdammt fest – und ihrem Körper kaum Platz zum Atmen ließ.

Nicht ganz das, was ich mir vorgenommen hatte, mit ihr zu tun. Ich wollte sie spüren. Ich wollte sie küssen. Ich wollte, *dass sie wieder mir gehörte.*

Aber das darf ich nicht zulassen.

Die kochenden Emotionen in mir verwandelten sich zu explosivem Gas. Ich ließ sie los, nahm ihren Hals fest zwischen meine Hände und sah sie an.

»Ich –«

»Schweig«, unterbrach ich sie.

Warum ist sie gekommen?

Warum sitzt sie vor mir?

Warum will sie unbedingt, dass ich sie ins Verderben treibe?

»Es war ein Fehler, sich auf mein Bett zu setzen.«

In ihren Augen bemerkte ich eine Wärme, die sie mir nicht entgegenbringen durfte, schon gar nicht, wenn ich von der Dunkelheit mitgerissen wurde, die meine Brust erfüllte. Als sie etwas erwidern wollte, packte ich Amber um die Taille, warf sie herum, sodass sie mit dem Bauch auf der Matratze landete, und zog grob ihren Hintern bis zur Bettkante. Das Boxspringbett besaß die perfekte Höhe, darauf hatte ich beim Kauf geachtet.

»Ich sagte, schweig!«, knurrte ich, schob ihr T-Shirt nach oben und zerriss kurzerhand den Slip.

Weich und saftig strahlte mir ihr nackter Hintern entgegen und ich konnte es nicht lassen, zwei harte Schläge auf jeder Backe zu verteilen.

Meine Eier zogen sich zusammen, als sich Ambers cremefarbene Haut rötlich verfärbte. Sie lag wie erstarrt da, die Finger in die Bettdecke verkrampft.

Ich will sie ficken und sie soll bei jedem Stoß vor Schmerz schreien.

»Warum hast du noch nicht begriffen, wer ich bin?«, rief ich jetzt, um die dunkle Stimme in mir zu übertönen. Die Stimme, die Menschen zerstörte. Frauen zerstörte.

Mich.

»Warum kommst du hierher und wartest auf mich, als hätte ich mehr für dich übrig als Schmerz?« Ich drückte mit einer Hand ihre Taille aufs Bett, mit der anderen griff ich an ihren Arm, verdrehte ihn nach hinten, sodass sie vor Schmerz keuchte. *Ich will ihr jeden Knochen brechen, zur Strafe, weil sie noch nichts begreift.*

Sie leiden sehen.

Dafür, dass sie herkommt und so tut, als würde sie mir vertrauen.

Glaubt, mir vertrauen zu können!

Ich sollte sie gegen ihren Willen ficken, bis ihr

jeder Hoffnungsschimmer genommen wurde, dass ich *gut für sie sein würde.*

Bis sie endlich versteht.

»Ich wollte nur mit dir reden!«, rief sie, den Körper in eine unbequeme Haltung gezwungen, weil ich nach wie vor ihren Arm fest umschlossen hielt. »Verdammt! Ich wollte reden!«

»Du dummes, dummes Mädchen.« Ich hinterließ einen weiteren roten Handabdruck auf ihrem nackten Hintern, sodass sie aufschrie, dann öffnete ich meinen Gürtel, befreite meinen pulsierenden Schwanz und stieß in sie vor.

Fuck. Es hätte wohl kaum etwas erlösender, kaum etwas mit mehr Erleichterung verbunden sein können. Ich wusste, dass ich sofort kommen würde, das erste Mal seit Tagen, das erste Mal wieder *echt*, und ich nahm keine Rücksicht, als ich mich immer wieder tiefer und tiefer zwischen ihre feuchten Wände schob und es genoss, wie sie unter mir dalag, vollkommen von mir dominiert, gefangen, eingenommen.

Wenn ich will, kann ich sie beherrschen.

Wenn ich will, kann ich sie besitzen.

Wenn ich will, kann ich tun und lassen …

Ihr Stöhnen zerrte mich zurück in die Realität. Wallung um Wallung quetschte meinen Schwanz in ihrem Gang zusammen und ich stellte ungläubig fest, dass sie kam. Dass sie mich geradezu dazu brachte, mich ebenfalls in ihr zu ergießen.

Das Kondom, du Vollarsch!

Ich dachte nicht daran, diese Situation zu unterbrechen, stellte nur ungläubig fest, dass ihr Körper unter mir erschauderte und schließlich liegen blieb. Über die Reibung ihrer Pussy an der Bettkante war sie gekommen.

Fuck.

»Ich will das noch mal«, flüsterte ich leise und hielt für ein paar Sekunden inne.

Sie hatte ihren Kopf von mir abgewandt, ich konnte ihre Augen nicht sehen.

»Noch mal!«, verlangte ich hart, nahm sie mir wieder und dieses Mal achtete ich ganz bewusst darauf, wie sich die Reibung an ihrer Perle in lustvollen Schüben entlud, während mein Schwanz in sie hineinhämmerte.

Ich wartete auf den perfekten Zeitpunkt, dann spritzte ich ab und kam mit ihr.

Ihr Stöhnen ließ meine Eier zusammenkrampfen, ich pumpte und pumpte und pumpte, wurde mir bewusst, was ich tat, was ich zuließ, und war mir über nichts klarer als darüber, dass ich genau das wollte.

Sie zu meinem Besitz machen.

Mit Haut und Haar.

»Du bist ein Arsch«, wisperte sie plötzlich, als ich noch in ihr war.

»Ich habe nie etwas anderes behauptet.« Langsam zog ich mich zurück und fuhr mit meinen Fingern über die Rötungen an ihrem Hintern.

Sie lag kraftlos da und es wunderte mich nicht, als eine Träne ihre Wange hinablief.

Ich musste mich vorbeugen, um ihr Gesicht betrachten zu können, das sie von mir abgewandt hatte. Schnell drückte sie ihren Kopf nach unten in die Matratze, damit ich ihre Tränen nicht bemerkte.

»Es war mein Gedanke dahinter, dass du weinst«, sagte ich leise. Nicht nur ihr Gesicht zeugte von Wut und Schmerz, auch ihre Hände hatten sich dermaßen fest in die Decke gekrampft, dass die Knöchel weiß hervortraten. »Mir geht es darum, dass du endlich begreifst, wer ich bin. Sag nicht, du hast etwas anderes erwartet.«

Sie schwieg.

»Verdammt, rede!«

Ich ließ sie frei und schloss zügig meinen Gürtel. Der Geruch nach Sperma lag in der Luft, schwängerte meine Sinne. Die Stille, die folgte, war nicht nach meinem Geschmack.

Noch immer lag sie halbnackt und verkrampft auf dem Bett, als hätte ich sie in eine unüberwindbare Starre gevögelt.

»Hast du endlich gelernt?«, fragte ich, nicht mehr ganz so überzeugt von meiner Idee, ihren Anblick erregend zu finden. Ungeduldig griff ich an ihren Arm und zog sie zu mir herum. Blitzschnell folgte sie meinem Griff, etwas Silbernes blitzte auf, ihre Hand flog zu meinem rechten Auge, ich war nicht vorbereitet.

Ich erstarrte, denn mein Augenlicht war mir heilig. Das Einzige, was ich bewegte, war meine Augenbraue über dem Auge, dem sie sich mit was auch immer gefährlich genähert hatte. Ich vermutete, dass es sehr spitz war.

»Du glaubst, ich habe nicht gelernt?«, zischte sie. »Und du glaubst, ich heule, weil du mich zweimal zum Orgasmus gebracht hast? Du bist ein Vollidiot!«

»Offensichtlich.« Vor allem, da ich mir nicht sicher sein konnte, mein rechtes Auge zu behalten, sollte ich versuchen, sie von mir zu stoßen. »Wer hat dir das Messer gegeben?«

»Ich trage die Nagelschere schon seit dem Verlassen des Badezimmers bei mir. Glaubst du wirklich, ich komme euch noch einmal zu nahe, ohne mich zu bewaffnen?«

»Ja, das habe ich tatsächlich geglaubt.«

»Ich sollte dir wirklich ein Auge ausstechen, damit *du* endlich begreifst, dass ich davor nicht zurückschrecken würde.«

Gott, sie macht mich an. Meine Eier zogen sich zusammen, mein Verstand vernebelte. Am Rande meines blutleeren Gehirns bekam ich mit, dass Amber ihre Augen verengte.

»Worüber denkst du nach?«, fragte sie verunsichert. »Ich warne dich …!«

Sie konnte meinen Kopf so oft warnen, wie sie wollte, jetzt bestimmte mein Schwanz. Ich stieß ihren Arm beiseite, packte ihren Kopf, spürte einen scharfen Schnitt oberhalb meines Auges, registrierte einen Schmerz, der nicht annähernd so groß war wie der Verlust, den ich die letzten Tage gespürt hatte, und zog sie an mich.

Lippen trafen auf Lippen, Mund auf Mund. Ich verschlang sie. Tauschte meinen Atem gegen das Gefühl, sie inhalieren zu können.

Meine Gedanken wichen, mein Puls hämmerte. Ihre weiche Zunge ergab sich meiner, tanzte um mich, als wäre sie dafür geschaffen worden. Ich vergaß mich in diesem Moment, in ihrem Körper.

Sie küssend, als wäre sie mein Lebenselixier, drückte ich sie zurück aufs Bett und schloss sie fest in meine Arme. Natürlich war mein Schwanz hart, aber er verriet mich, es ging ihm nicht um Sex. Nicht um Lust.

Sondern um sie.

Elender Bastard!

Ich konnte nicht aufhören, Amber zu küssen. Zu streicheln. Zu berühren. Sie zu *spüren*. Hatte ich es wirklich riskiert, sie gehen zu lassen? Hatte ich sie auf ein Schiff gebracht, an einem Strand aussetzen lassen? Hatte ich das *alles getan*? Was war ich für ein gottverdammter, sich selbst und seine Gefühle verleugnender Loser.

»Javier!«, keuchte sie plötzlich, ihre Stimme drang ans Äußere meines Bewusstseins und preschte nach vorn in meine Stirn. »Bitte lass mich am Leben!«

Augenblicklich ließ ich locker, ich hätte sie beinahe zu Tode gequetscht.

Sie holte tief Luft und starrte mich aus großen Augen an. »Du blutest.«

»Egal.«

Amber streckte eine Hand nach meiner Wange aus und fing mit dem Daumen etwas Blut auf. »Es sollte mir egal sein, aber ...«

»Es ist dir nicht egal«, stellte ich zufrieden fest und geißelte mich im nächsten Moment selbst. *Das war nicht dein Plan hinter dieser Aktion!*

»Nein«, sagte sie nüchtern. Sie hob Wres' Shirt an – sie sollte meine Shirts tragen, verdammt – und drückte es blutstillend auf die Wunde.

Offenbar blutete ich ziemlich schlimm.

»Vertraust du mir?«, fragte sie.

Ich war mir nicht sicher, ob sie diese Frage ernst meinte.

Als sie allerdings leicht gegen meine Brust drückte, folgte ich dem Schub und stand auf. Überraschend stellte ich fest, dass sie sich wendig neben mich stellte, nach meiner Hand griff und mich ins Bad zog. Nach dem Ganzen war das wohl das Skurrilste von allem und ich fragte mich kurz, ob sie hoffte, im Badezimmer eine Waffe zu finden, mit der sie mich umbringen konnte.

»Setz dich dorthin.« Der Befehlston stand ihr, sie wäre sicherlich eine sehr gute Sklaventreiberin.

»Und wenn ich es nicht …?«, begann ich scherzhaft, dann sah ich mich im Spiegelbild. Die Hälfte meines Gesichts war bereits von Blut aus der Wunde an meiner Stirn überzogen. Dieses Mal setzte ich mich also und wartete darauf, dass sie ihr Werk beendete und das Messer dorthin rammte, wo es auch wirklich hingehörte.

In mein Herz zum Beispiel.

»Spürst du wirklich gar keinen Schmerz?«, fragte sie mich, als sie ein Frotteetuch befeuchtete, sich vor mich stellte und mein Gesicht zu säubern begann.

»Ich spüre genug Schmerz. Da ist so eine winzige Schere nichts dagegen.« Dass mein Körper nach wie vor mit Kokain vollgepumpt war, verschwieg ich lieber. Ich hatte mein Zimmer reinigen lassen, während wir alles für Camachos Ankunft vorbereitet hatten, aber es war schließlich keine fünf Stunden her, dass ich eine Line so lang wie meinen Unterarm gezogen hatte.

»Hast du Drogen genommen?«, fragte Amber prompt und wusch das Blut aus dem Handtuch aus. Sie könnte definitiv auch eine gute Krankenschwester abgeben. Das T-Shirt von Wres fiel ihr nur bis zu den Schenkeln. Ich träumte davon, dass sie immer so herumlief ... »Hm?«, hakte sie nach.

»Wie lautete die Frage?«

»Wenigstens wurden sie dir nicht gewaltsam eingeflößt, oder?«, fragte sie und näherte sich der Schnittwunde an meiner Augenbraue. Jetzt brannte es etwas.

»Nein, tatsächlich mache ich keine so dummen Fehler, dass jemand gezwungen wäre, mir Halluzinogene zu spritzen.«

Ihre Augen wanderten für eine Millisekunde in meine, dann widmete sie sich wieder der Wunde. »Der Schnitt sollte genäht werden.« Sie ließ von mir ab und öffnete nacheinander sämtliche Badezimmerschränke. Ich saß weiterhin auf der Ablagebank und sah ihr einfach dabei zu.

Schließlich fand sie völlig überraschend in

irgendeiner Schublade ein paar einzeln verpackte Pflegeartikel unseres Hotels auf der Bohrinsel, darunter auch ein Set mit Nadel und Faden.

»Ernsthaft jetzt?«, fragte ich sie fassungslos, als sie schon dabei war, den Faden in die Nadelöse einzufädeln.

Sie antwortete nicht, als sie die Nadel an meine Augenbraue ansetzte, und ich glaubte, es sei besser, ihr Handeln nicht infrage zu stellen. Wieder einmal hatte sie mir die Eier entrissen und selbst angezogen. *Wunderbar, so mutierst du also zu einem zurückgebliebenen Liebestrottel.*

Stört dich das gar nicht?

»Und?«, fragte ich sie beiläufig. »Wie lauten deine Pläne, jetzt, da du uns Schweine doch noch gerettet hast und der CIA entkommen bist? Was kann ich für dich tun?«

Amber antwortete nicht.

»Du hast deine Schulden beglichen, keiner von uns wird dich festhalten wollen. Wres hat ...«

»Psch ... sch«, murmelte sie, »ich muss mich konzentrieren.«

Natürlich, wie komme ich auf die Idee, sie dabei zu stören.

Geduldig wartete ich ab, bis sie mit ihrer Arbeit fertig war. Ich spürte nichts. Die gesamte Wunde war so gut wie taub. Amber trat zurück und reckte stolz ihr Kinn. Vermutlich nicht deswegen, weil sie gerade meine Wunde genäht hatte, sondern weil sie sie mir überhaupt zugefügt hatte.

»Wieso hat er dich mit mir erpresst?«, fragte sie plötzlich, als müsste ich ad hoc wissen, wovon sie sprach. »Camacho hat dich mit meinem Leben erpressen können. Ganz schön schräg, wenn man bedenkt, dass es kaum ein paar Tage her ist, dass du mich am liebsten getötet hättest, oder?«

»Worauf willst du hinaus?«, fragte ich angespannt. Mir war klar, dass sie nicht zum Trotz mit mir spielte – sie versuchte sich zu rächen. Mich an den Eiern zu packen, die ich nicht bewiesen hatte. Mich auseinanderzunehmen, zu dem Kern vorzudringen, der unergründlich als einzig Positives irgendwo in meinem Herzen verschlossen war.

Sie blieb wortlos vor mir stehen und hob schließlich ihren Arm. Natürlich war es absehbar gewesen, aber der Nachhall des Kokains machte mich träge und ich hielt sie nicht davon ab, mir die erste Ohrfeige meines Lebens zu geben. Mir war klar, dass ich eine Quittung zu akzeptieren hatte, jetzt, da der erste Druck verschwunden war und ich sie unbedingt hatte küssen müssen, als würde sie mir etwas bedeuten, obwohl ich ihr gleichzeitig mit aller Macht zu zeigen versuchte, dass sie das nicht tat. Sie schlug gleich ein zweites Mal zu, sodass auf meiner Wange ein leichtes, nervtötendes Kribbeln entstand.

»Die habe ich wohl verdient.«

»Das hast du!«, zischte sie.

Der Wunsch, sie zu küssen, überkam mich erneut.

»Willkommen zurück«, sagte ich nur. »Jetzt können wir uns wieder gegenseitig hassen und auf die Nerven gehen.«

»Oh, hasst du mich, ja?«, bohrte sie. Ihre funkelnden Augen fest auf meine gerichtet. »Oder bist du einfach nur zu schwach zu sagen, was du wirklich fühlst?«

»Wie war das noch gleich ... Als du meintest, du wärest verliebt in mich, hast du gelogen, um mich zu verführen. Als ich es meinte ...«

»Hast du mich keine zwei Minuten später gepackt und unter Folter gezwungen, dir die Wahrheit zu sagen!«

»Folter?«

»Du hast mir wehgetan!«

»Es ist schwer, bei dir die Grenze zu erkennen, da du es einfach nicht schaffst, mich zu bitten, aufzuhören.«

Sie hob erneut ihre Hand.

Ich griff an ihr Gelenk. »Lass gut sein, ja?«

»Ich sollte dich kastrieren, anstatt deine Wunde auch noch zu nähen!«

»Das wäre doch aber viel zu schade für deine gerade erst erwachte Libido. Wieso sinkst du nicht zum Abschluss deiner Krankenschwesterausbildung auf die Knie und liebkost das Einzige, das du immer bedingungslos an mir lieben wirst?«

»Da träumst du wohl von!«

Oh ja, und wie.

»Du bist gerade echt wie Ly! Was hast du genommen, dass du diesem Arsch so sehr ähnelst?«

Mist, sie hat recht.

Sie sah mich eine Weile stumm an, dann verdrehte sie stöhnend die Augen. »Zeig mir deinen Rücken.«

»Warum ...?«

»Ich will ihn sehen.«

»Du hast doch ...« Aber ich konnte mich nicht wehren. Der Absturz, der Abfall von Adrenalin und der prompt darauffolgende Anstieg von zufriedenen Glückshormonen, weil sie lebend bei mir war, machten aus mir ein halbtotes Opfer. Amber ließ sich nicht davon abhalten, an meinen Rücken zu greifen und das Shirt nach oben zu ziehen.

Dass meine Wunde schlimm war, sah ich an ihren sich öffnenden Lippen, ihren Augen und den

Tränen, die darin entstanden und die sie schnell wegblinzelte. »Du musst in ein Krankenhaus.«

»Nein.«

»Das sieht aus, als *müsse* es sich entzünden. Warum wurde die Wunde nicht richtig gesäubert? Und wer hat das genäht? Es ist krumm und schief.«

»Ly.«

»Du musst wenigstens das T-Shirt ausziehen, damit ich die Nahtstellen reinigen kann!«

Ich verdrehte die Augen. Warum konnte sie mich nicht einfach als das Übel sehen, das ich war. »Wenn du meinst …« Beschwerlich setzte ich mich um und ertrug den Schmerz, den das Desinfektionsmittel an meinem Rücken entstehen ließ. Er war nichts gegen das leise Geräusch ihres Schluchzens. Amber weinte und verbarg es nicht. Vermutlich war dies der emotionalste Moment, den wir jemals zusammen erlebt hatten und für eine ganze Weile erleben würden, denn es war klar, dass ich es nüchtern niemals so weit hätte kommen lassen.

»Warum schweigst du?«, fragte sie schließlich aus heiterem Himmel.

Ich war mir nicht sicher, ob ich vielleicht kurz eingenickt war, denn es hatte doch gar keine Antwort auf eine Frage von ihr ausgestanden?

»Warum erklärst du dich nicht endlich?« Sie warf das dreckige Handtuch in die Dusche zu den anderen vollgebluteten und setzte sich erschöpft auf den Wannenrand des Whirlpools. »Warum sitzt du da und schweigst? Ich meine, wie lange, wie intensiv willst du mich noch quälen?«

Ambers Tränen liefen ungehindert ihre Wangen entlang und zogen mich magisch an. Ich stand auf, trat auf sie zu und fing sie einzeln mit meinen Fingern auf. Dabei berührte ich zum ersten Mal wieder ganz bewusst die Haut ihrer Wangen. Die Form ihres Kiefers. Die Muttermale an ihrer Schläfe. »Was soll ich erklären?«, fragte ich ruhig.

»Warum du das alles getan hast. Warum du mich angelogen hast, warum du behauptet hast, du hättest deine Exfrau –«

»Freundin.«

»Deine Ex und dein Kind getötet! Du hast es mir genau so gesagt und dann erwartet, dass ich damit cinfach so klarkomme!«

»Ich hätte das nicht erwarten dürfen.«

»Nein!«

»Aber ich werde mich nicht dafür entschuldigen. Komm mit ins Bett. Wir brauchen beide dringend Schlaf.«

Die Tränen in ihren Augen vermehrten sich.

Gottverdammt.

»Gut, *ich* werde ins Bett gehen. Mein Körper ist nur menschlich. Komm mit oder lass es bleiben.«

Sie seufzte schwer, als ich sie losließ, aber ihre sanften Schritte über den Dielenboden verrieten mir, dass sie folgte.

Vor dem Bett blieb ich stehen. Mir war klar, dass ich auf dem Bauch würde schlafen müssen, aber das machte mich auch angreifbar und ich wusste nicht, was sich meine Beauty als Nächstes überlegte, um ihren Willen zu erreichen.

Den Kuss hatte sie bekommen, jetzt ging es um die Wahrheit.

Nur würde es mir sehr viel schwerer fallen, mit ihr darüber zu sprechen, wenn sie einfach vor mir saß und jederzeit weglaufen konnte. Eben das war meine unterschwellige Angst, die sie bisher bereits einmal bestätigt hatte: Ich war ein verdammtes Monster und mich konnte man nicht lieben. Ly und Wres blieben bei mir, weil das Anstreben ihrer Ziele sie dazu zwang, aber Amber würde gehen. Sie würde wieder gehen und mir war es sehr viel lieber, wenn sie ging, ohne die Wahrheit über Salena zu erfahren. Die ganze.

Als sie mich erreichte, tat sie etwas, das so unbegreiflich für mich war, wie es sich gut anfühlte. Sie wiegte mich in Sicherheit, schob ihre Hand in meine und sah von unten zu mir herauf. »Was brauchst du?«, fragte sie leise. »Was brauchst du von mir, damit du mit mir darüber reden kannst?«

»Du darfst mir nicht entkommen können«, sprach ich schneller aus, als mir lieb war. Fuck, ich wollte sie unter meine absolute Kontrolle bringen, damit ich mich nur auf das konzentrieren musste, was ich niemals ganz kontrollieren würde können: ihren Geist.

Sie schluckte. »Das bedeutet?«

»Leg dich aufs Bett und sei still.« Ich wusste, dass ich viel von ihr verlangte. Zu viel. Denn nach dem, was ich getan hatte, verdiente ich ihr erneutes Vertrauen nicht. Aber Amber war eine Masochistin, wie geschaffen für das Schwarze, das in meiner Seele wuchs, und sie gehorchte.

»So?«, fragte sie, als sie sich auf die Kissen legte.

»Sei still«, knurrte ich und öffnete die Schubfächer meines Nachttisches. Plötzlich fragte ich mich, wieso ich jemals eine andere Frau an mein Bett hatte fesseln wollen. War mir gar nicht bewusst gewesen, wie wenig mich all der gefühllose Sex befriedigt hatte?

Offensichtlich nicht.

Ich kannte ja bis vor kurzem keine Gefühle.

Ambers Brust hob und senkte sich, als ich an ihre Fußgelenke griff, die weichen Lederschellen darumlegte und schloss. Sie musste ihre Beine spreizen, damit ich die Fesseln jeweils an eine ans Bett angebrachte Öse binden konnte. Danach widmete ich mich ihren Händen und Armen. Ich spannte sie weit auseinander, sodass sie dieses Mal keinerlei Spielraum besaß und die Fessel der anderen Hand nicht berühren konnte. Schließlich holte ich eine Augenbinde hervor. Ich erkannte an ihrem Blick, dass sie nicht begeistert von meiner Idee war, aber sie ließ es zu, dass ich ihre Augen damit verband.

Mir gefiel, dass sie durch meine sanften Berührungen zu entspannen schien, auch wenn ihr Herz nach wie vor kräftig schlug. Da lag sie also vor mir und nur ich würde entscheiden können, wann sie wieder freikam.

Natürlich hatte ich sie schon öfter unter meine Kontrolle gebracht, aber jetzt war es anders. Jetzt wartete sie nicht darauf, dass ich sie vögelte, sondern dass ich mit ihr sprach.

In der mittlerweile halbleeren Schublade lag auch eines meiner alten Messer. Es war jahrelang mein liebstes Spielzeug gewesen, bis es seinen Reiz verloren hatte, Frauen zu schneiden, die ich niemals wieder nackt sehen würde, weil ich der Regel gefolgt war, keine Frau ein drittes Mal zu vögeln. Seitdem war es in der Schublade versauert.

Ich hob es hervor, reinigte es und wärmte es leicht mit meiner Hand. Als ich die Klinge flach auf Ambers Schenkel legte, durchzog ein Schauer ihren Körper und in meinen Gedanken blitzten Erinnerungen auf, die mir mehr Schmerz zufügten, als es diese Klinge jemals könnte.

»Bevor ich anfange, will ich, dass du weißt, dass diese Sache nur eine von vielen ist, die mich zu einem schlechten Menschen machen.«

Sie nickte.

»Und ich will, dass du stillhältst.« Ich drückte die Klinge in ihre Haut. »Furchtbar still.«

»Okay«, wisperte sie.

»Du willst es wirklich wissen? Glaubst du nicht, dass es besser wäre, so zu tun, als hätte es meine Vergangenheit nie gegeben?«

»Ich will es wissen.«

»Du lässt dich wirklich auf viel ein, nur um einen Blick hinter meine Maske werfen zu können. Da ist nichts als Dunkelheit.«

»Ich weiß«, flüsterte sie.

»Ich hoffe für dich, dass du es nicht bereuen wirst.« Langsam glitt ich mit der flachen Seite der Klinge höher, bis ich den Saum ihres mittlerweile an einigen Stellen blutdurchtränkten Shirts erreichte. Sie atmete zischend ein, blieb ansonsten aber ruhig. Ganz vorsichtig, leicht, schnitt ich in ihre Haut, sodass ein kaum sichtbarer, heller Streifen zurückblieb. »Ich habe Salena das erste Mal getroffen, als ich achtzehn Jahre alt wurde. An meinem Geburtstag.«

Ambers Atem beschleunigte, aber sie blieb stark und still.

»Nur das war der Grund, weshalb sie meine Freundin wurde. Ich brauchte eine Ausrede vor meinem Vater, sein Geschenk nicht anzunehmen.«

»Was war sein Geschenk?«

»Huren. Frauen, verschleppt aus Ländern, die ich damals noch nicht kannte, vor mir dargeboten, als wäre ich ein kranker Psychopath.«

Sie holte zischend Luft.

»Das war nicht das Schlimmste an diesem Geschenk.«

»Sondern?«, fragte sie stimmlos.

»Als ich deutlich gemacht habe, dass ich mich für die Tochter seines Freundes interessiere, reichte er die Frauen im Zorn weiter an seine Gefolgsleute. In dieser Nacht wurde ich volljährig und schwor mir, jeden einzelnen Schrei, der durchs Haus gedrungen war, an ihm zu rächen.«

Ich streichelte mit dem Messer über die Spur, die ich ihr zugefügt hatte und die schon wieder am Verschwinden war. All die Schwüre hatten nichts genutzt. Heutzutage war ich meinem Vater ähnlicher, als mir lieb war. *Ich brauche Schreie. Ich brauche Leid. Ich bin ein Sadist.*

»Wir waren von diesem Tag an mit Unterbrechungen über zehn Jahre zusammen«, erklärte ich weiter. »Als ich für eine Weile nach New York ging und Ly und Wres kennenlernte, verschwendete ich keinen Gedanken an sie. Aber als mein Vater starb und ich meine Mutter zu uns holen musste, sah ich sie wieder und bat sie kurzerhand, mit uns zu kommen. Damit endete meine Laufbahn als Aufreißer. Im Gegensatz zu Ly und Wres habe ich mich in meinen Zwanzigern nicht durch die Weltgeschichte gevögelt.«

Amber blieb stumm.

»Wir haben uns manchmal wochenlang nicht sehen können, aber ich habe sie nicht betrogen. Damals ... mit meinem Hintergrund hielt ich es für angemessen, eine Frau gut zu behandeln. Meine ganze Jugend hatte ich mit den Huren meines Vaters verbracht, mir erschien es angebracht, mich früh an eine Frau zu binden.«

Aber ich habe mich nicht wirklich gebunden.

»Das Problem ...«

»Ja?«, fragte Amber vorsichtig.

Fuck, warum wollte sie diesen Scheiß unbedingt erfahren? Warum wollte sie es unbedingt wissen? Danach würde nichts mehr sein wie zuvor! War nur mir das klar? Ignorierte sie diese Tatsache völlig?

»Das Problem war, dass ich noch ein verdammtes Kind war und zutiefst traumatisiert.

Ich habe sie nicht gut behandelt. Ich habe nur geglaubt, es zu tun.«

Ambers Brust bebte. Ich wollte wissen, was sie dachte, und doch wollte ich es nicht.

»Ich schwor mir, vorsichtig ihr gegenüber zu sein. Zurückhaltend. Aber immer wieder brach mein Verlangen durch, die einzige Maßnahme zu ergreifen, die ich im Umgang mit Menschen gelernt hatte; sie zu kontrollieren, bevor sie es tun. Da ich Salena nicht liebte, konnte ich ihr nicht geben, was sie brauchte. Da ich aber wiederum auf ihre Liebe angewiesen war, band ich sie an mich, dominierte sie, es war ... Ich verlangte Dinge von ihr, die sie zerstörten. Purer Sadismus gepaart mit jugendlicher Dummheit. Alles, was ich von meinem Vater gelernt hatte, war, Menschen zu manipulieren, damit sie taten, was man von ihnen erwartete. In der Zeit, in der ich getrennt von Salena war, merkte ich schnell, dass es nicht gut war, wenn ich Frauen in einem New Yorker Club kennenlernte und sie dann mit zu mir nahm. Ich war wie ein Vulkan. Ich brach ständig aus.«

»Und daher hast du Salena wieder zu dir geholt?«, fragte Amber vorsichtig.

»Nein. Nicht deswegen. Ich musste meiner Mutter beweisen, dass ich an meinem Vorsatz, nicht wie mein Vater zu sein, festhielt. Also holte ich

Salena nach dem Tod meines Vaters zu uns, als auch meine Mutter zu uns auf die Insel zog. Salena fiel mir geradezu in die Arme, als hätte sie Jahre nur auf mich gewartet. Sie war ein Mittel zum Zweck und so behandelte ich sie, auch wenn ich mir einbildete, gut zu ihr zu sein. Ich hatte vermutlich keine Vorstellung davon, wie das überhaupt gehen sollte. Dazu kam, dass sie drauf stand, wenn ich sie dominierte, sie mich darum bat, ihr Schmerzen zuzufügen. Und ich habe nie begriffen, warum sie es verlangt hatte. Ich habe es nicht verstanden, bis zu ihrem Tod.«

»Warum soll sie es sonst verlangt haben, wenn sie keinen Gefallen daran fand?«

»Es war die einzige und krankhafte Form von Zuneigung, die ich ihr zuteil werden ließ.«

Amber schwieg. »Warst du zu ihr wie zu mir?«

Warum muss sie diese Frage stellen?

»Ich meine, warst du zu mir wie ...«

»Nein«, knurrte ich. »Du bist anders. Du unterscheidest dich wie Tag und Nacht von allen Frauen, die ich kenne.«

»Aber bin ich ein Ersatz ... für sie?«

»Amber, wie kommst du auf diese Scheiße? Meine Mutter ist tot! Allein deshalb brauche ich vor niemandem mehr so zu tun, als könnte ich eine Frau lange genug an mich binden.«

»Hast du Salena auch gesagt, dass du sie besitzen willst? Ich meine, hast du sie ›besitzen wollen‹?«

Mein Kiefer verspannte, ich fühlte mich durch und durch einer Kraft ausgesetzt, die ich nicht zu bezwingen wusste. »Natürlich habe ich das.« Ambers Atem stockte. »Aber ich habe es noch nie so gemeint wie bei dir.«

Schweigen füllte den Raum, als hätte ich Worte verwendet, die eine solche Tragweite besaßen, dass sie andere zurückdrängten.

»Bitte löse wenigstens eine Fessel«, flehte Amber plötzlich.

»Warum?«, fragte ich alarmiert.

»Ich will dich berühren. Bitte.«

»Du willst versuchen, mich anzugreifen. Du hast keine Chance.«

»Nein, Crack! Nein, will ich nicht!«

Ich schluckte hart, nicht sicher, ob ich ihr vertrauen konnte.

»Ich will deine Hand nehmen! Bitte!«

Sie erwartete zu viel von mir. Ihr die Freiheit zu lassen, ihr zu vertrauen, nein, es war unmöglich. Aber ihr Wunsch erfüllbar. Ich legte mich zu ihr aufs Bett und streckte eine Hand nach ihrer aus. Als ich ihre Finger berührte, griff sie sehnsüchtig nach meiner Hand und umschloss sie fest. Geräuschvoll atmete sie aus und schmiegte sich in dem Radius, der ihr möglich war, an mich. Ihre Nippel zeichneten sich unter Wres' dünnem Shirt ab, obwohl die Klimaanlage ausgeschaltet war.

»Ist dir kalt?«, fragte ich besorgt.

Sie schüttelte den Kopf. »Red weiter.«

Seufzend ließ ich zu, wie sie meine Hand umklammerte, und führte mit der anderen das Messer über den Stoff des Shirts, rund herum um ihre Nippel. Wenn sie das Gespräch auch noch erregte, sollte wohl eher *ich* vor *ihr* Angst haben.

»Als sie schwanger wurde«, fuhr ich fort, »wusste ich nicht, wie ich damit umgehen sollte. Aber schließlich war ich schlicht und ergreifend glücklich. Ich begriff, dass ich wie für eine Familie geschaffen war. Ich habe die meisten Geschäfte meines Vaters übernommen, aber das war etwas, das ich nicht von ihm hatte lernen können. Instinktiv wusste ich, dass es meine Bestimmung war.«

Ambers Finger zuckten, dann umschlossen sie meine Hand fester. Ich wünschte, sie würde es nicht tun. Ich verdiente ihr Mitleid nicht. Ich verdiente ihre Fürsorge nicht.

»Vier Monate später stürzte Salena sich von unserem Dach in New York.«

Stille.

Tödliche, alles verzehrende Stille.

»Aber wieso?«, fragte Amber leise an meinem Ohr.

»Glaubst du, sie hat mir einen Abschiedsbrief hinterlassen?«, fuhr ich sie an. »Ich weiß es nicht!«

»Deswegen machst du dir so große Selbstvorwürfe?«, fragte Amber vorsichtig. »Du weißt es nicht, aber …«

»Was soll jetzt diese Psychoscheiße?«, knurrte ich.

Sie zuckte befriedigend heftig zusammen.

»Ich habe sie wie Dreck behandelt, habe das Kind in ihr schon ungeboren mehr geliebt als alles sonst, was sie ausgemacht hat! Ich habe sie, nachdem sie schwanger wurde, nicht mehr angerührt, als wäre sie Gift für mich. Sie war für mich ein *Objekt*, ein *Ding*, etwas Lästiges, das ich nur behielt, im Glauben, mir selbst beweisen zu können, dass ich Frauen nicht wie mein Vater benutzte. Und doch habe ich in mir nur meinen Vater gesehen, wenn ich mit ihr zusammen war. Ich habe sie mehr gehasst als mich. Ein schlimmeres Gefühl kann ich nicht in einem Menschen erzeugen. Und deswegen hat sie sich in den Tod gestürzt. *Ich* bin schuld. Schuld an ihrem Tod, an ihrer Angst, keinen anderen Ausweg zu finden.«

»Aber es war doch ihre Entscheidung, mit dir zusammen zu sein, oder? Hast du sie wirklich *gezwungen,* bei dir zu bleiben? Hast du sie eingesperrt, gefesselt, genötigt? Hast du ...«

»Warum geben wir nicht zu, dass wir Salena beide hassen?«, unterbrach ich sie gepresst. »Du hasst sie, weil ich dich auf jede erdenkliche Art entjungfert und dich gerade der blühenden Hoffnung beraubt habe, du wärst ebenfalls die erste richtige Frau für mich gewesen. Und ich hasse sie, weil sie sich in den Tod gestürzt hat, mit der vollen Absicht, sich an mir zu rächen. Wir hassen sie beide und damit können wir das Thema beenden.«

»Glaubst du wirklich, dass dein Einfluss auf sie so groß war? Hast du sie jemals zu etwas gezwungen, was sie nicht wollte? Das hast du bisher doch nicht mal bei mir geschafft, du glaubst immer nur, schlimm zu sein, aber dann vögelst du mich wieder in den Himmel.«

Ich ließ abrupt ihre Hand los und unterdrückte das Gefühl, sie zu schlagen. *Beruhige dich. Beruhige dich!*

»Sorry«, ergänzte sie kleinlaut.

Amber kann nichts dafür, betete ich mir vor. *Vermutlich hat sie sogar recht. Du sprichst Drohungen aus und hältst dich nicht an sie. Du versuchst dominant zu sein und bist doch der Schwächste von allen. Du bist ein Loser. Du begreifst es nicht. Du bist machtlos. Niemand und kein Mensch unterliegt wirklich deiner Kontrolle.*

»Ich denke, Ly hat das schon gut erkannt«, erwiderte ich tonlos. Ich hätte dieses Gespräch niemals zulassen dürfen. »Ich habe Salena misshandelt. Anstatt meinem sadistischen Hirn Einhalt zu gebieten, hat sie so wie du nicht auf mich gehört und ist an ihren eigenen Grenzen gescheitert. Ich bin schuld an ihrem Tod. Sich etwas anderes einzureden ist verblendeter Schwachsinn. Vielleicht sollte dir das eine Warnung sein. Oder du ignorierst sie, wie alle anderen.«

AMBER

DU UND ICH HABEN EIN PROBLEM. ES NENNT SICH »DAS ANDERE GESCHLECHT«.

Schockiert schlug ich die Augen auf. War ich mitten im Gespräch eingeschlafen?

Ich verfluchte mich. Ich hatte mir so sehr geschworen, wach zu bleiben, aber nach drei schlaflosen Nächten auf Camachos Schiff und einem Marathon aus Adrenalinschüben hatte sich mein Körper offensichtlich über meine Entscheidung hinweggesetzt. Wie immer, wenn ich mich in Cracks Nähe befand.

Als ich, ohne mich dabei zu bewegen, erfühlte, wie ich dalag, spürte ich erneut eine unruhige Beklommenheit in mir aufkommen, die sich mit einem feurigen Ziehen in meinem Schritt paarte.

Ich war nicht mehr gefesselt.

Crack lag neben mir, seine Arme fest um

meinen Körper geschlungen, sein Schwanz direkt an meinem Venushügel.

Sein Atem kitzelte mein Ohr, sein Herzschlag pochte an meiner Schulter.

Als ich mich um ein paar Millimeter regte, wachte er auf. Es gruselte mich, wie selbstverständlich sich unsere Münder fanden. Ich stöhnte, als er eine Hand unter mein Shirt wandern ließ, mich auf den Rücken rollte und meine Beine spreizte.

»Gott, ja«, kam ungehindert über meine Lippen. Sein Schwanz pulsierte hart und schob sich langsam in mich vor. Ich war mir nicht sicher, ob er überhaupt schon aufgewacht war, als er begann, mich mit kleinen Stößen zu ficken.

»Tiefer«, forderte ich. Was unnötig war, denn er stieß, noch bevor ich das Wort ausgesprochen hatte, mit einem festen Stoß in mich hinein. Ich verkrampfte mich unter ihm und ließ ebenso schnell wieder los. Sein Körper schob sich über meinen, sein Mund suchte gierig nach mir. Wir küssten uns und trieben es animalisch auf dem Bett, bis das gesamte Bett sich bewegte und er mich mit festen Schüben gegen meine Klit zum Orgasmus rieb.

»Fuck«, keuchte ich, als dieser über mich hereinbrach. Auf eine ganz andere Weise als beim Sex zuvor, aber ebenso befriedigend überrollte mich die Welle aus Emotion und Glücksgefühl. Besonders, da er erneut mit mir kam, sich in mir ergoss und mich mit zwei letzten Schüben tief fickte.

Er hörte nicht auf, mich zu küssen, löste seine Lippen erst, als unser Atem sich wieder normalisierte. Dann grinste er und ich wusste, dass er sich insgeheim dafür beglückwünschte, mich überfallen zu haben.

Ich bin schuld an ihrem Tod.

Verdammt. Lag es an Scrilla oder lag es daran, dass er einfach gut bestückt war, dass ich mich nicht von ihm fernhalten konnte?

Sich etwas anderes einzureden, ist verblendeter Schwachsinn.

Ich drehte mich unter ihm hervor und stand auf. Dadurch fiel Wres' T-Shirt zurück über meinen Körper und verhüllte einige der Verletzungen, die Crack mir zugefügt hatte. Aber dennoch hatte er mir welche zugefügt und das sollte ich verdammt noch mal nicht vergessen.

Vielleicht sollte dir das eine Warnung sein.

Die Feuchtigkeit ignorierend, die zwischen meinen Schenkeln beim Sex entstanden war, trat ich vor Cracks Spiegel, der neben den bodentiefen Fenstern im Raum stand, und hob das Shirt bis über meine Pobacken an.

Oder du ignorierst sie, wie alle anderen.

Das Rot meiner Haut ließ die Lust in meinem

Schritt pulsieren. Es war krank, dass ich so empfand, und ich durfte nicht zulassen, dass er so weit ging.

Er hatte mich vergewaltigt. Genau das hatte er getan. Wieso war ich zu blöd, das zu erkennen? Wieso schlief ich nach dem Aufwachen gleich ein zweites Mal mit ihm? Verarztete seine Wunde? *Sorgte mich?*

Ich sollte nicht so aussehen, nur weil ich es gewagt hatte, auf Cracks Bett auf ihn zu warten. Er sollte mich nicht spanken dürfen, obwohl es keinen Grund dafür gab.

Schon gar nicht sollte nur *er* bestimmen, wann er aufhörte.

Ich musste ihm verbieten, noch mal so mit mir umzuspringen.

Ich musste ihm verbieten, mich zu schlagen.

Mich zu schneiden.

Mich ohne mein Einverständnis zu ficken.

Denn es gefiel mir nicht.

Nicht wirklich.

Oder vielleicht doch?

Fuck.

»Was tust du da?« Scrillas Stimme klang verschlafen, aber ich wusste, dass er die Augen immer noch geöffnet und auf mich gerichtet hatte. Hin- und hergerissen zwischen dem Bedürfnis, ihm zu gestehen, dass ich unbedingt wieder an sein Bett gefesselt werden wollte, und dem Gedanken, besser auf seine Warnung zu hören, blieb ich stumm und betrachtete wehleidig meinen geröteten Hintern.

Ich kann noch mehr ertragen.

Er soll mir zeigen, wie viel mehr, und mich im Anschluss hart und erbarmungslos ficken.

Halt! Etwas Haut, ganz nah an meiner Pofalte, war aufgeplatzt.

Stay cool! Du lässt zu viel zu! Er geht zu weit!

»Amber?«, fragte er erstaunlich sanft, dafür dass ich nicht geantwortet hatte.

Will ich etwa, dass er sauer auf mich wird? »Ich sehe mir an, wie weit du gehst, um deinen inneren Schmerz auf mich zu übertragen«, antwortete ich. *Es ist zwar psycho, aber ich finde es enorm geil.* »Wie weit dein Ego geht.« *Ich liebe dieses Ego. Dieses dominante, tödliche Etwas.* »Deine Sucht, mich zu verletzen.« *Meine Sucht, von dir verletzt zu werden.* »Und ich überlege, warum ich dich eben nicht getötet habe, als du schlafend neben mir gelegen hast.« *Das war eine sehr ernst zu nehmende Frage.* Und ungefähr das Falscheste, das ich hätte erwidern können. Warum blieb ich nicht wenigstens bei der Wahrheit? Dass ich ihn niemals töten können würde?

»Diese Sucht geht noch weiter«, antwortete er

leise. *Oh Gott, zeig mir verdammt noch mal, wie weit!*

Ich ließ das Shirt sinken und betrachtete stattdessen die Wunde an meinem Hals.

»Lass das Pflaster dran.« Ein Knurren.

Und was, wenn nicht? »Warum kümmert es dich? Du liebst es doch, zu sehen, wie ich blute. Oder wenn ich vor Schmerz weinen muss –«

Energisch die Bettdecke zurückschlagend stand er auf und war innerhalb weniger Sekunden bei mir. »Lass das Pflaster dran«, raunte er gefährlich und griff an meine Handgelenke.

Über den Spiegel blickte ich ihn an.

Bestrafe mich.

Mist. Schon wieder ein falscher Gedanke. »Und was, wenn nicht?«, fragte ich mit bebender Stimme, die hoffentlich meine Lust einigermaßen verbarg. *Was, wenn ich nicht gehorche? Wirst du mich dann züchtigen? Wie weit wirst du gehen, damit ich lerne?*

»Es gibt kein ›nicht‹«, antwortete er dunkel. »Du lässt das Pflaster verdammt noch mal dran, bis ich Zeit finde, mir mit entsprechendem Equipment die Wunde anzusehen.«

Ich lachte spöttisch. »Du?! Alles, was du tun würdest, wäre, dein Messer noch tiefer hineinzubohren.« *Das wäre in der Tat nicht besonders erotisch.*

Cracks Augen blitzten düster auf. »Du müsstest eigentlich viel entspannter sein, nachdem du zigfach gekommen bist und geschlafen hast. Wieso bist du gerade jetzt so kratzbürstig?«

»Ich habe nicht geschlafen«, log ich trotzig, »und die Orgasmen habe ich vorgetäuscht.«

Ein kehliges Lachen entwich ihm und er wirkte ehrlich amüsiert. Dann ging alles ganz schnell. Vielleicht drückte er mich, vielleicht sank ich freiwillig zu Boden, doch alles andere ging eindeutig von ihm aus. Er griff an meinen Nacken und schob seinen Schwanz zwischen meine Lippen.

»Fick ihn mit deinem Mund, bis ich komme«, befahl er rau.

Gott, ja. Ich öffnete meine Lippen so weit, wie ich konnte, und ließ ihn in mich ein. Saugend umschloss ich seinen harten Schwanz, um ihm das beste Gefühl geben zu können. Ich wollte, dass er nicht aufhörte, bis ich würgen musste. Er sollte mich ganz und gar dominieren und nur durch meinen – und in meinem – Mund ein weiteres Mal kommen.

Crack vögelte mich so hart zwischen die Lippen, dass ich mein Gleichgewicht verlor und er mich festhalten musste. Und mit jedem Stoß, mit dem er sich in meine Mundhöhle schob, wurde ich zwischen meinen Beinen feuchter.

Verräterisch reagierte mein Körper auf ihn, als

wäre er wirklich das, was sein Spitzname zu bedeuten hatte.

Eine Droge.

Eine aphrodisierende, wach haltende Droge, für die man bereit war, sich selbst zu verraten, nur um den nächsten Kick zu erreichen.

Als sein Stöhnen lauter wurde und ich spürte, wie er kurz davor war, zu kommen, griff ich in seine Perlen und massierte sie. Das gab ihm den Rest.

Er knurrte meinen Namen, entlud sich auf meiner Zunge und pumpte einige Male nach, wodurch er das Sperma in meinem Mund verteilte. Der Geschmack seines Samens störte mich nicht – er war köstlich.

Devot schluckte ich jedes bisschen davon und schloss dabei sanft die Lider. Einerseits war ich voller Lust und hätte mich bereitwillig von ihm vögeln lassen, andererseits wusste ich, dass er es nicht tun würde, um mich an der kurzen Leine zu halten, und ich konnte gut damit leben. Denn die Vorfreude würde die Begierde steigern und den Moment der Erlösung umso intensiver werden lassen.

»Geht's dir jetzt besser?«, fragte Crack höhnisch und zog sich aus mir zurück.

Mein Blut geriet in Wallung, da er mich verspottete. Wusste er, dass ich mich insgeheim nach seiner Dominanz gesehnt hatte? *Woher, verdammt? Wie gut kann er in mir lesen?*

Crack ging zum Bett, bückte sich nach seiner Jogginghose und stieg hinein. Auch wenn er mir nackt sehr gefiel, mochte ich es, wenn sein Körper zur Hälfte von Kleidung verborgen war. Auf diese Weise konnte ich seine zahlreichen Muskeln betrachten und ihn anschmachten, ohne rot zu werden.

Denn das wurde ich nach wie vor, wenn ich seine Genitalien vor mir hatte.

»Du darfst aufstehen«, sagte er grinsend und nickte mir zu.

»Okay.« Ich richtete mich auf, als hätte ich tatsächlich auf seinen Befehl gewartet. »Ich gehe dann.«

»Wohin?«, fragte er verwundert, als ich auf die Tür zutrat.

Ich zuckte gleichgültig mit den Achseln. »Ich sage Wres, dass ich dabei bin.«

Er riss mich schneller zu sich herum, als ich einen erschrockenen Laut hervorbringen konnte. *Wie macht er das immer? Sich zu bewegen, als wäre er ein Vampir?* »Sehr witzig«, knurrte er.

»Wieso? Hast du etwa was dagegen?«

Scrilla verengte die Augen. »Eine Menge.«

»Oh, lass hören. Was soll ich stattdessen tun?«

»Auf der Insel bleiben und warten, bis wir sicher sein können, dass dir nichts zustoßen wird, wenn du zurück nach New York gehst. Und dann zurück nach New York gehen.«

»Warum das denn?!«, fragte ich skeptisch. »Was soll ich dort für dich tun?«

»Du *wohnst* dort«, erinnerte er mich, als wäre das eine Tatsache, die ich vergessen hatte.

»Und? Muss ich mich dort blicken lassen, damit alle Welt denkt, ich sei nicht entführt worden und längst tot?«

Crack verengte die Augen. »Nein, du kleine Zicke, du *musst* gar nichts. Meinetwegen engagiere eine Umzugsfirma und zieh aufs Land. Ich schicke dich nach Hause, sobald wir sicher sein können, dass die CIA dich in Ruhe lässt. Dafür müssen wir dich aber aus ihren Systemen löschen, und um unsere Kontakte dazu zu bringen, braucht es Geld und Zeit. Also hoffe nicht darauf, dass du den Central Park noch blätterlos erlebst.«

»Aber warum?«, fragte ich verwirrt. »Warum schickst du mich nach Hause? Was soll ich da?«

»Leben?!«, schlug er vor.

»Aber …«

Ihm schien das Licht aufzugehen, das mir noch fehlte. Plötzlich grinste er schwach, doch es war nur ein Abklatsch seines bösen Lächelns. »Du glaubst, ich will dich mit Hintergedanken gehen lassen. Nein. Du bist frei. Ich werde dir nicht nachkommen oder dich suchen, solltest du aus New York wegziehen.«

»Ich bin frei?«, wiederholte ich ungläubig.

»Ja«, brachte er tonlos hervor.

Daran gefiel mir so einiges ganz und gar nicht. Viel lieber hätte ich noch zehnmal gehört, dass er mich niemals wieder gehen lassen würde, oder dass er mir verbot, bei Wres' Vorschlag mitzumachen, weil er sich um mich sorgte. Aber das würde ich nicht zu hören bekommen, er konnte seine wahren Gefühle nicht äußern. »Na gut, also dann gehe ich jetzt zu Wres.«

Cracks Griff um meinen Oberarm wurde fester. »Nein«, knurrte er.

»Bin ich nun frei oder nicht?«, fauchte ich.

»Wres hat einen Vogel und missachtet die Regeln. Niemand entscheidet bei uns irgendetwas allein.«

»Ly ist dafür, wenn ich dafür bin!«

»Was Ly will, ist mir scheißegal!«

»Tja, damit stehst du wohl unter vier Leuten allein da!«

Cracks Nasenflügel bebten und sein gesamter Körper schien sich auf ein gefährliches Aggressionslevel einzuschwingen. »Ich sage Nein. Wenn du willst, dass die Handabdrücke auf deinem Hintern das einzige Gewaltmal auf deinem Körper bleiben, dann –«

Schnell drückte ich ihm meine Handfläche auf den Mund. Wut kochte in mir hoch, die nichts mehr mit Sex zu tun hatte. »Wag es ja nicht, mir Gewalt anzudrohen.«

Cracks gesunde Augenbraue zuckte gefährlich, als er mein Handgelenk umfasste und wieder herunternahm. »Sonst was?«

»Sonst sage ich dir, dass es wohl kaum etwas Kastrierenderes gibt, als mir in diesem Zusammenhang mit Gewalt zu drohen. Ich will mitmachen. Wres will es, Ly will es auch. Und wenn dir nichts anderes mehr einfällt, als mich mit Gewalt gefügig zu machen, solltest du dir sehr gut überlegen, ob es nicht besser wäre, die Klappe zu halten und auf bessere Argumente zu hoffen. Geh in dich und denk mal nach, statt immer nur um dich zu schlagen.«

Mit vollem Körpereinsatz entriss ich Crack mein Handgelenk, blickte ein letztes Mal in sein von Wut zerfurchtes Gesicht und floh zur Tür. Überraschenderweise kam er mir nicht hinterher.

Er ließ mich gehen.

War das ein gutes Zeichen? Hatte ich die verbale Schlacht gewonnen? Oder wappnete er sich nur dafür, noch härter zurückzuschlagen?

›Hi, Georgia …‹

›Hi, A, was ist passiert?‹

›Ich habe heute einen Mann getötet und eine Reihe anderer gerettet, aber das beschäftigt mich nicht so sehr, wie es sollte.‹

›Sondern was? Geht es um C?‹

›Jaa …‹

›Was hat er dieses Mal wieder getan?‹

›Nicht er … Ich. Er will mich zurück nach New York schicken, freilassen, mich …‹

›Er will dich nicht?!‹

›Doch, das ist es ja. Ich glaube, er denkt, nicht gut genug für mich zu sein, was ja auch stimmt, weil er ein kranker Psychopath ist, aber jedes Mal, wenn wir es tun … ist es, als würde mich jemand ins Paradies katapultieren, und ich glaube, das macht ihn zu mehr als einem Psychopathen.‹

›Oder es macht dich zu einer. Schließlich hast du dich bei deinem ersten Mal *in den Po … du weißt schon … und es hat dich nicht mal gestört.‹*

›Tja … Ich weiß einfach nicht, wie ich ihn dazu bringen kann, sich dafür zu entschuldigen, was er getan hat, und mir dann die ewige Liebe zu schwören.‹

›Er ist ein Mann, A. Er wird sich nicht entschul-

digen, denn Männer machen keine Fehler. Und sie sagen dir nicht, dass sie dich lieben, sie reden nicht über Gefühle.‹

›Wirklich schade. Findest du nicht?‹

»Hey, Hübsche.«

Ich zuckte zusammen und sah auf.

Ly umrundete lässig das Sofa im Salon, auf dem ich saß, und ließ sich neben mich fallen. »Was liest du da?«

Er griff nach dem Einband, aber ich zog es ihm weg. »Es ist spannend«, log ich. Ich telefonierte schon seit einer halben Stunde mit meiner Freundin Georgia imaginär im Kopf, statt zu lesen. Ein Gespräch, das ich in der Realität niemals mit ihr führen würde, weshalb ich auch kein Bedürfnis verspürte, sie wirklich anzurufen. Sie würde mich nicht verstehen. *Niemals.*

Ly betrachtete mich ungläubig. »Du hast heute einen Mann gekillt und alles, was dir danach einfällt, ist zu lesen?«

Nein, alles, was mir danach einfiel, war, zu Crack zu gehen und mich von ihm hart und brutal vögeln zu lassen. »Ja, warum nicht?«

»Was tust du hier? Hat C nicht …?«

»Wres hat mir hier unten ein Zimmer gezeigt.« Ich nickte hinter mich. Es war nur ein Gästezimmer mit kleinem Bad, aber ich hatte mich lieber auf der großen Couch im Wohnbereich ausbreiten wollen. *In der Hoffnung, dass Crack vorbeikommt. Sei nicht dumm, er wird dir nicht nachlaufen.*

»Wres?«

»Ich habe ihm gesagt, dass ich einverstanden bin.«

Ly hob die Brauen. »Oh, echt? Und ... ich meine ... was hat ...?«

»Crack gesagt?«

Er nickte zögernd.

»Ist das wichtig?«

Ly seufzte plötzlich, rückte näher an mich heran und nahm mir das Buch flink aus den Fingern. »Hör zu. Ich weiß, ich habe mich vorhin etwas in Rage geredet, aber eigentlich finde ich dich voll dufte, das weißt du doch, oder?«

»Ach, jetzt plötzlich? Warst du es nicht, der gemeinsam mit Crack dafür gestimmt hat, mich zu töten?«

»Ja, aber ...« Ly seufzte schwer. »Ob ich nun dafür oder dagegen gestimmt hätte, ich wusste, dass Wres dagegen war. Und wenn bei uns jemand sein Veto einlegt, sind die anderen Stimmen wertlos. Wozu sich die Mühe machen, überhaupt darüber nachzudenken?«

»Ah, klar. Das macht total Sinn.«

»Das, was vor deiner Abfahrt hier gelaufen ist, das war alles ein Missverständnis.«

Ich weiß. Zumindest glaube ich, das zu wissen.

»Crack hat da diese Ex-Freundin. Mit der war er eigentlich nur zusammen wegen seiner Mutter.«

»Seiner Mutter?«, fragte ich naiv. Lys Version interessierte mich natürlich brennend.

»Er wollte ihr beweisen, dass er nicht wie sein Vater ist. Also hat er diese Frau aus seiner Jugend angeschleppt und so was wie eine Beziehung geführt. Dabei hat er aber leider vergessen, dass man für eine Beziehung auch lieben muss. Dass es nicht nur reicht, nur die eine zu vögeln, aber darum geht es nicht einmal. Dass er sie nicht geliebt hat, war nicht das Problem, kannst du mir folgen?«

Ich schüttelte den Kopf. Das passte haargenau zu Cracks Erzählungen, aber was sollte sonst das Problem gewesen sein? »Was war denn das Problem?«, fragte ich neugierig.

»Na ja ...« Ly fuhr sich über die Lippen. »Generell ist er nicht gut zu Frauen. Wie du vielleicht ganz zufällig mitbekommen hast. Er ist sehr sparsam mit Zuneigungsbekundungen, aber überhaupt nicht sparsam mit Drohungen und Gewalt. Er ist ... speziell. Das heißt aber nicht, dass ich ihn grundsätzlich verurteile, denn leider ...« Ly wurde plötzlich bleich im Gesicht und stützte die Arme auf die Knie auf, als könnte er die folgenden Worte nur zum Boden sagen. »Leider weiß ich, dass er niemals zu weit gegangen ist. Er glaubt hingegen, die Grenze nicht erkannt zu haben, dabei hat er sie sehr wohl einigermaßen korrekt behandelt ...« Er stockte wieder und griff sich durchwühlend in die Haare. »Du musst es erfahren«, murmelte er. »Wenn ich es dir jetzt nicht sage, verliert er vielleicht die zweite.«

Eine furchtbare Ahnung beschlich mich. »Ly ...?«

Er richtete sich wieder auf, presste die Augen zusammen und sprach dann wie ein Wasserfall. »Siehatihnbetrogen.Mehrmals.Zuoft.Ichwusstees.«

Okay ... Das schien Crack nicht zu wissen. »Sie hat ihn ...?«

»Sie war eine verdammte Schlampe.« Ly hatte sich wieder auf seine Knie gestützt. »Sie hat sich eigentlich von jedem vögeln lassen, außer von Wres. Also Wres hätte es nicht getan, meine ich. Sie bestimmt.«

»Moment, willst du etwa sagen ...«

Sein zerknautschtes Gesicht verriet sein schlechtes Gewissen.

»Und er weiß es nicht?! War sie etwa von *dir* schwanger ...?«

Ly rieb sich die Augen und murmelte etwas in seine Hände. »Viel schlimmer.«

»Was?!«, fuhr ich ihn an. »Was hat es mit Salena auf sich?«

»Sie war die Hure unseres Feindes.« Ly lehnte sich schlagartig zurück und starrte auf den Couchtisch, als würde sich dort ein Bild spiegeln. »Sie hat sich bei uns eingeschleust. Sollte Dinge in Erfahrung bringen. Über Wres, C und mich.«

Ich schüttelte fassungslos den Kopf.

»Bitte glaub mir, Amber, ich wusste nicht, wie ich ihm das begreiflich machen sollte.« Ly blickte mich hilflos an. »Sie war von *ihm* schwanger, von diesem Mann, mit dem Crack jahrelang Geschäfte gemacht hat.«

»Woher weißt du das? Ich meine, wieso weißt du es, aber er nicht …?«

»Mann, verdammt, als sie anfing, den ganzen Tag zu kotzen, haben wir sie dazu gebracht, einen Test machen zu lassen. Wir wussten noch vor Crack, dass sie schwanger war. Und dann kam diese Scheiße dazu, dass ich … du weißt schon. Dass wir was hatten. Sie hat mich verführt, ich kann bei so was nicht Nein sagen.«

»Offensichtlich nicht.«

Ly verengte die Augen. »Aber dann habe ich gerechnet und konnte mir ziemlich sicher sein, dass nicht ich der Vater war. Und ich dachte, ich zerstöre Cs Glück nicht, denn er hat wirklich geglaubt, Vater zu werden, und war auf schräge Art ... glücklich. Also schwor ich mir, ihm niemals etwas zu erzählen und behielt meine Finger und meinen Schwanz bei mir.«

»Und dann?«

»Dann hat sich dieses verdammte Weibsstück vom Hochhaus geworfen und ich habe mich ernsthaft fragen müssen, ob nicht vielleicht *ich* daran schuld war.«

»Du?!«

»Weil sie Angst hatte, es C zu erzählen! Ich dachte, vielleicht hätte ich ihr helfen ... sie retten können. Ich bekam Panik, dass das Kind vielleicht doch von mir sein könnte, also ließ ich bei der Obduktion einen DNA-Test machen.«

»Und dabei hat sich herausgestellt, dass weder du noch Javier der Vater warst.«

»Gott, benutz doch nicht seinen echten Namen«, stöhnte er. »Ja, Mann. Das hat sich dabei herausgestellt. Jetzt lag es also in meiner Verantwortung, ihm zu erzählen, dass seine verstorbene Ex eine Hure war, der einzige Mensch, den er nach dem Tod seiner Mutter noch hatte ... Und dass sein bester Freund ein Betrüger, Lügner, Wichser, Schwächling, Vollidiot war und Salena gefickt hat ... Ich konnte es ihm nicht sagen.«

»Du hast ihn in dem Glauben gelassen, er hätte

seine Freundin und sein Kind getötet!«, rief ich fassungslos. »Ly, du hast ihn *glauben lassen, er wäre ein Psycho und ein Mörder!*«

»Ich weiß«, gestand er kleinlaut. Ich sollte ihn würgen.

»Wie konntest du ihm das antun?! Wie konntest du zulassen, dass *er* mir das antut? Dass er ...! Du hättest es verdammt noch mal in dem Moment auflösen müssen, als ich gefesselt auf diesem Stuhl saß und Crack kurz davor war, mir sonst was einzuflößen! Aber du hast es nicht getan!«

»Ich weiß«, jammerte er.

»Du bist der schwächste und peinlichste und betrügerischste Mensch, dem ich jemals begegnet bin! Ich denke, selbst Camacho hat sich mehr auf seinen schlaffen Schwanz einbilden können als du! Gott! Ich sollte sofort zu Javier gehen und ihm dabei zusehen, wie er dich langsam und quälend umbringt!«

Über Lys Augen huschte ein Schatten von Angst. »Amber«, seine Stimme war brüchig, »ich weiß nicht, was du dachtest, wer ich bin, aber ich bin kein guter Mensch oder so. Mir wurden als Kleinkind schon Dollarscheine in den Arsch geschoben, meine Windeln waren aus Gold. Ich bin es gewohnt, zu bekommen, was ich will, immer und immerzu. Okay? Ich habe Salena gefickt, weil es für mich ganz natürlich war, mir sie einfach zu nehmen. Schau mal, wenn du jetzt anfangen würdest, mich zu verführen …«

»Das würde ich niemals tun!«, stellte ich klar.

»Ich weiß schon, aber wenn … ich meine, mein erster Gedanke wäre, dass ich ja nichts dafür kann …«

»Gott, in deiner Welt möchte ich ehrlich nicht leben.«

»Sie ist etwas einsam.«

»Warum sollte ich dir eigentlich irgendetwas glauben?«, fragte ich. Vielleicht hatte Ly das ja alles erfunden, vielleicht band er mir einen großen Bären auf. *Anders kann es doch gar nicht sein!*

Ly setzte sich plötzlich gerader hin. »Du glaubst, ich würde so etwas erfinden?«

»Besser wäre es für dich.«

»Jetzt nimm mal meinen Namen nicht so ernst! Oder siehst du Crack jeden Tag Kokain ziehen?«

Ich hob die Schultern. Seine Augen hatten danach ausgesehen, ja.

»Ich will dir doch nur sagen, dass das eben ein heikles Thema für ihn ist und er sich grundlos die Schuld an allem gibt! Deswegen denkt er, er sei für niemanden gut, dabei war es Salena selbst, die nicht gut für ihn war, okay? Ich meine, damit will ich nicht beschönigen, was er getan hat, und eigentlich denke ich, dass du viel zu hübsch und zu klug für ihn bist, aber mir ist nicht entgangen, dass zwischen euch etwas ist, das man eine Verbindung nennt. Schon von Anfang an, an diesem Abend in dem Keller dieses Clubs.«

Hat Crack ihm nicht erzählt, dass er mich schon vorher kennengelernt hatte? In der Bar?

»Warum schaust du mich so furchtbar an?«, fragte er zerknirscht.

»Wie soll ich dich denn anschauen?«, fuhr ich ihn an. »Ich kann nicht glauben, dass du die verdammte Wahrheit erzählt hast!«

»Ich weiß. Tob dich aus und denk bei deinem nächsten Orgasmus an mich, weil du es mir so gut zeigen konntest.«

»Vergiss es!«, zischte ich. »Weder Crack noch ich sollten jemals wieder einen Gedanken an dich verschwenden!«

»Ist gut jetzt!« Er sah nicht ansatzweise so gequält aus, wie ich es gerne hätte. Nur seinetwegen hatte sich Crack mir gegenüber wie das letzte Psychowrack benommen. Nur seinetwegen war ich in Camachos Armen gelandet. Nur Lys wegen musste ich Camachos widerlichen Schwanz in den Mund nehmen! Ich holte aus und verpasste dem Mann, der sie als einziger wirklich verdiente, eine schallende Ohrfeige. Aber das reichte nicht. Das

Zwirbeln auf meiner Hand reichte nicht. Ich musste ihm wehtun. Ich musste ihm all die Schmerzen zurückgeben, die er Crack bereitet hatte. Als ich auf ihn einschlug, wurde mir erst bewusst, wie fatal Lys Geheimniskrämerei für Crack wirklich gewesen war.

Crack hatte gehofft, Vater zu werden. Ihm wurde nach wenigen Monaten dieses Glück genommen. Und sein bester Freund hatte ihn nicht nur mit Salena betrogen, er hatte ihm auch nichts davon erzählt! Zwei Jahre lang!

Ich benutzte beide Fäuste und meine Füße, um Ly zu verletzen. Erst ließ er es zu, aber als ich ein paarmal in seine Eier trat, versuchte er mich abzuwehren, war aber gleichzeitig zurückhaltend. Falls er hoffte, mich so dazu zu bekommen, aufzuhören, täuschte er sich. Ich schlug weiter und weiter, kniff, biss, kratzte, schrie, bis wir schließlich vom Sofa fielen und er mich auf den Boden niederdrückte. Durch sein Gesicht liefen einige herrliche Kratzer. So sollte es sein. Und noch mehr davon.

Atemlos lag er auf mir und hielt meine Arme fest. Gerade als ich Spucke in meinem Mund sammelte, hörten wir beide Schritte.

»Und was genau habt ihr dort unten verloren?«, fragte Wres und warf seinen beachtlichen Schatten auf uns.

Ly stand blitzschnell auf und strich seinen Anzug glatt. »Sie hat mich angegriffen«, erklärte er schnell und zeigte auf mich, als wäre ich ein Gegenstand.

Ich spuckte ihm vor die Füße. »Aus gutem Grund.« Wres' fragendes Gesicht ignorierend, ging ich um das Sofa herum und stapfte in mein Zimmer. Ich knallte die Tür hinter mir zu und sank mit rasendem Atem aufs Bett. Ly. Er hatte seinem Namen alle Ehre gemacht. Aber das bedeutete auch, dass ich gar nicht so falsch gelegen hatte, was Javier alias C Scrilla anging. Meine Instinkte hatten mich nicht getäuscht. Es war kein Fehler gewesen, ihm mehr oder weniger von Anfang an blind zu vertrauen.

Endlich hatte ich den Beweis.

C

LASS MICH KURZ AUSRASTEN, BEAUTY. ICH HASSE DEINEN FREIEN WILLEN.

Ich konnte gar nicht sagen, was mich wütender machte. Wres' dümmlicher Vorschlag, Lys Entscheidung, mir in den Rücken zu fallen und ihm zuzustimmen, oder Amber selbst, die es wagte, auf den ganzen Mist auch noch einzugehen.

Bevor ich jemanden tötete – und ich wusste, dass ich kurz davor war – lenkte ich mich mit körperlicher Arbeit ab. Zusammen mit zwei unserer Männer verbrachte ich die nächsten Tage damit, die Leichen aus unserem Poolbereich zu schaffen, sie am äußersten Punkt der Insel zu verbrennen und damit dem Schiff, das noch immer im Wasser vor Anker lag, einen klaren Hinweis zu geben. Entweder der Kapitän war blind oder Camachos zurückgelassene Männer wollten noch ein paar

Tage bei uns in der Nähe Urlaub machen. Am dritten Tag entschied ich mich dazu, meiner Wut freien Lauf zu lassen und stand in aller Früh auf.

Die körperliche Arbeit, die Reparaturen am Poolbereich, die ich selbst verrichtet hatte, und meine ungebremste Wut hatten die Drogen und den Rausch aus meinem Körper vertrieben und ließen mich zwar kurz, aber tief schlafen.

Dass ich nach dem Aufwachen und vor dem Einschlafen einen riesigen Ständer bekam, weil Amber sich in greifbarer Nähe befand und ich mir zwangsläufig vorstellte, wie sie Abhilfe schaffen konnte, verzeichnete ich unter Kollateralschaden. Genauso wie die Tatsache, dass ich mir zwar Nutten in mein Schlafzimmer bestellte, sie aber unverrichteter Dinge wegschickte und dafür selbst Hand anlegte.

Ich war an meiner eigenen Hilflosigkeit, die Dinge nicht so gestalten zu können, wie ich es gewohnt war, zerbrochen. Amber hingegen ließ sich munter von Wres und Ly trainieren. Damit bewiesen alle drei, wie sehr sie auf meine Entscheidungen einen Scheiß gaben und dass ich mich mit meinem Verhalten aus ihrer trauten Runde hinauskatapultiert hatte.

Ich wollte Amber nicht verbieten, sich ausbilden zu lassen, schaden konnte ihr das schließlich nicht. Mich störte, dass sie glaubte, ›bei uns mitmachen‹ zu können, nur weil Wres mir eins hatte auswischen wollen und Ly gleich mit dazu. Mich störte, dass sie sich meinem Willen widersetzte und dass mir die Hände gebunden waren, sie dafür zu verurteilen. Sie war frei, oder nicht? Das hatte ich mir selbst abverlangt, aber mit ihrer Entscheidung, mit dieser Freiheit umzugehen, kam ich nicht zurecht.

Fuck. Vielleicht wäre es doch besser, ich fesselte sie an mein Bett, bis sie alt und grau war und wir gemeinsam nebeneinander einschlafen konnten.

Keine wirkliche Alternative.

An jeder möglichen Stelle meines Körpers versteckte ich Munition und Waffen und zog mit einer weiteren Maschinenpistole in der Hand los. Ob mich auf dem Schiff ein Hinterhalt erwartete, war mir egal geworden.

Mich interessierte nicht, ob Wres, Ly und Amber sich über die Dinge unterhielten, die ich ihr offenbart hatte. Wo sie überhaupt schlief. Ob sie sich dem Nächsten angeboten hatte. Und was sie den ganzen Tag in unserem Fitnessstudio *wirklich* tat. Ich versuchte mich abzulenken von dem Gefühl, das sie betraf und das ich eh nicht verstand.

Wenn Wres seinen Vorschlag ernst meinte und von ihr erwartete, dass sie sich genauso wie wir drei anderen ins Risiko stürzte, war sie sowieso schon so gut wie tot. Besser, ich blieb bei meiner Wut auf diese zwei Vollidioten, anstatt mich mit der Frage zu beschäftigen, was ich tun würde, wenn ich sie erneut verlieren würde.

»Sicher, dass du alleine gehen willst, Boss?«, fragte Rick mich, ein Ex-Navy aus Ohio, der uns auf den meisten Touren mit seiner Kampfkunst unterstützte. Natürlich waren wir auf Kämpfer und Männer angewiesen, aber es stimmte nun einmal auch, dass niemand so gut kämpfen konnte wie Wres und niemand so gut zielen konnte wie Ly. Da ich in beidem mit den anderen mithalten und außerdem besser mit dem Messer umgehen konnte als Jack the Ripper, wäre jemand wie Rick nur ein Klotz am Bein.

»Ich bin mir sicher«, entgegnete ich und ließ mir von ihm zwei Paddel reichen. In frühmorgendlicher Dunkelheit steuerte ich auf Camachos Schiff zu, jederzeit bereit, mich ins Wasser zu stürzen, sollte ich entdeckt werden.

Deswegen zog ich meine Schuhe erst wieder an, als ich die Schiffswand erreichte. Ich warf einen Bootshaken am Bug nach oben zur Reling, nahm die schweren Waffen wieder auf, verstaute sie an meinem Körper und kletterte hoch. Auch jetzt erwartete ich in jedem Moment, eine Bewegung zu registrieren, die mich zwang, das Seil loszulassen, aber alles blieb ruhig.

Auch das war ein Vorteil daran, alleine zu sein.

Oben angekommen blieb ich eine ganze Weile in Deckung und wartete darauf, dass sich jemand durch ein unbedachtes Geräusch verriet.

Totenstille.

Ich schwang mich hoch und machte mich, die Maschinenpistole im Anschlag, auf in Richtung Tür. Nicht mehr ganz so leise stieß ich sie mit dem Fuß auf und wartete auf Gegenwehr. Aber auch hier war niemand.

Mich überkam der Drang, ›Hallo‹ zu rufen. Dass Camacho sein Schiff unbewacht zurückgelassen hatte, hätte ich zuletzt erwartet.

Mein Stirnband mit integrierter LED-Lampe kam zum Einsatz, als ich mich in die undurchdringliche Tiefe des Schiffsrumpfs vorstieß.

Vermutlich schliefen alle seelenruhig und erwarteten gar nicht, dass wir auf die Idee kamen, sie zu überfallen.

Es dauerte zwei Stockwerke, in denen ich mich so vorsichtig wie möglich vorwärts bewegte, bis ich das Anzeichen eines menschlichen Körpers bemerkte.

Schnell wich ich hinter die nächste Ecke zurück und suchte kurzerhand nach einem Lichtschalter.

Meine Tarnung würde sowieso jeden Moment auffliegen und es zielte sich wirklich besser bei Licht. Als die Neonröhren den fensterlosen Flur mit Licht fluteten, blieb nach wie vor alles still.

Ich atmete ein letztes Mal und trat um die Ecke herum. Mein Gewehrlauf zeigte auf einen menschenleeren Gang – wenn man von dem Mann absah, der in einer schwarz gewordenen Blutlache am Boden lag.

Plötzlich schlug mir der Gestank entgegen, den ich zuvor fast ausgeblendet hatte. Ich war schlicht und ergreifend davon ausgegangen, dass einige der Toiletten nicht besonders gründlich gereinigt wurden, aber dass hier mitten im Flur eine Leiche verweste, war kein besonders gutes Zeichen.

Warum kümmert sich niemand?

Wachsam ging ich auf den Mann zu, dessen Augen leer und starr zu mir hochblickten. Widerwillig untersuchte ich seinen verwesten Körper. Er musste hier schon länger liegen als ein paar Stunden.

In seinen Taschen fand ich nichts, nicht einmal einen Penny.

Mit einem sehr mulmigen Gefühl setzte ich meinen Weg fort. Als ich um die nächste Ecke trat, verstärkte sich meine Vorahnung. *Das hier ist gar nicht Camachos Schiff.*

In diesem Gang lagen gleich drei Leichen am Boden. Alle waren bewaffnet, alle schnell niedergeschossen worden. Eine einzige Tür stand offen. Mittlerweile war ich mir ziemlich sicher, dass so gut wie niemand mehr an Bord war, also trat ich ein.

Ein Tisch, ein paar Stühle. Der Pausenraum der Besatzung. Auf der Tischplatte, nach vorn übergekippt, der durchschossene Kopf eines Mannes.

Etwas sagte mir, dass ich bei ihm mehr finden würde.

Neben ihm lag ein Tonbandgerät. Ich spulte das Band etwas zurück und schaltete es ein.

»Einer meiner Entführer war der angeblich tote Boxchampion N...olan Seyward.« Amber. Sie war also verhört worden – und sie hatte Wres' Namen verraten. Ich schaltete das Gerät aus und steckte es ein.

Der tote Mann hieß Ashton Rootkat und war ein Agent der CIA. Aber was hatten Camachos Männer auf einem Schiff der Amerikaner verloren? Waren sie wirklich so weit gegangen, die CIA anzugreifen?

Die CIA?

Vieles sprach dafür. Und vieles sprach ebenfalls dafür, dass ich die einzige lebendige Person an Bord war. Ich nahm die Indizien und Rookats Ausweis samt Marke an mich, dann verließ ich den Raum.

Kaum hatte ich die Türschwelle übertreten, regte sich etwas rechts von mir am Boden. In der ersten Schrecksekunde fühlte ich mich in einen Zombiefilm versetzt und ballerte einem Herzinfarkt nahe auf die Leiche ein, die sich bewegt hatte.

Mein Atem beruhigte sich nur schwer und ich stand da wie festgefroren.

Fuck.

Es fiel mir verdammt schwer, meinen Beinen zu befehlen, sich wieder zu bewegen, also scannte ich die Leiche mit den Augen. Blut quoll aus den Wunden, die die Maschinenpistole verursacht hatte, und ich verglich die Farbe der Haut mit der der zwei anderen Männer. Sie schien lebendiger zu sein und an dem Fuß der Leiche hing ein großes eisernes Metallrohr, mit einer Handschelle ans Gelenk gefesselt.

Außerdem trug sie andere Kleidung.

Auch wenn es albern war, schoss ich sicherheitshalber jedem einzelnen von den drei Männern noch einmal in den Kopf, damit sie es als auferstandene Zombies schwerer hatten, mir zu folgen, und trat an die dritte Person heran.

Die Luft anhaltend, weil der Gestank mittlerweile unerträglich wurde, bückte ich mich und befühlte die Haut des Toten. Sie war warm – im

Gegensatz zu der der anderen. Der Typ hatte also noch gelebt, als ich hereingekommen war.

Wie viele Halbtote krochen hier durch die Gänge?

Jederzeit bereit, die Waffe auf die nächste Person zu richten, die aus einem Horrorfilm in die Realität platzte, ging ich tiefer ins Schiff. Dabei spielte ich alle Möglichkeiten durch. Camacho hatte das Schiff der Agenten gekapert, ein paar Männer erschossen, die anderen in irgendwelche Räume an x-beliebige Rohre gefesselt. Natürlich, ohne dafür zu sorgen, dass sie ausreichend Wasser und Essen in der Nähe hatten. Warum hatten sie überhaupt einige von ihnen am Leben gelassen? Um die Maschinen zu bedienen?

Gut möglich.

Seitdem Camacho und seine Männer auf die Insel gekommen waren, waren 72 Stunden vergangen. Eine Zeit, die man ohne Nahrung und Wasser aushielt – aber nicht in der heißen Karibik.

Ich konnte davon ausgehen, dass fast alle Männer tot oder zu schwach waren, um eine echte Gefahr darzustellen. Was allerdings ein riesiges Problem war: Seit drei Tagen ankerte ein Schiff der CIA direkt vor unserer Insel. Wenn der Standort übermittelt wurde, hatten wir jetzt ein gewaltiges Problem. *War die CIA schon auf dem Weg hierher?*

Wie lange mochte eines ihrer Schiffe bis zu unserer Insel brauchen? Wiegten sie uns absichtlich in Sicherheit?

Ob die Geräte noch intakt waren, konnte ich nur auf der Brücke feststellen. Also kehrte ich um und suchte mir einen Weg nach oben. Die Tür zur Brücke war von außen mit ein paar Bolzen verriegelt worden, die ich mit meinem Messer leicht lösen konnte. Ich trat ein und sah mich um. Auch hier stank es bestialisch nach Kot und Urin. Ein Eimer, der verräterisch roch, stand gleich beim Eingang.

Ich hielt einen Ärmel vor die Nase und sah mich um.

»Scheiße.«

Der Kapitän lag in sich zusammengekauert unter dem Bedienpult und wirkte halbtot. Ihn sollte ich besser nicht erschießen. Vorsichtig stieß ich ihn mit der Schuhspitze an, um herauszufinden, wie kräftig er noch war.

Seine Augenlider zitterten.

Ich holte meinen Flachmann hervor, den ich auf solchen Unternehmungen klugerweise mit mir trug, und befeuchtete seine Lippen.

»Sir?« Ich hielt eine höfliche Anrede für hilfreich.

Er zitterte und es dauerte eine Weile, bis er zu sich kam. »Und ich dachte schon, Sie kämen niemals.« Seine Stimme war außerordentlich schwach, aber er hatte es geschafft, die Zeit ohne Wasser zu überleben.

»Besser spät als nie. Wir sollten von diesem Geisterschiff runter. Was brauchen Sie, um Kraft zu sammeln?«

»Wer genau sind Sie?«, fragte der Captain mich, nachdem er es geschafft hatte, seine Augen ganz zu öffnen, und meine doch eher untypische Kleidung für einen Agenten oder Soldaten bemerkte.

»Nicht ihr Feind.« Ich zögerte. »Aber voraussichtlich auch nicht ihr Freund.«

AMBER

MESSER GEFALLEN MIR DESHALB, WEIL MAN GANZ LEISE MIT IHNEN TÖTET.

Ich hatte den schlimmsten Muskelkater meines Lebens. Alles tat mir weh. Selbst an Stellen, von denen ich nicht einmal wusste, dass ich dort Muskeln besaß. Wres hatte mir zwar hunderte Dehneinheiten aufgezwungen, aber diese hatten nichts gegen das harte Training genutzt, das ich mit ihm absolviert hatte.

Nach über achtzehn Stunden in dem Fitnessstudio, das im untersten Stockwerk lag und aufs Meer hinauszeigte, fühlte ich mich nicht ein Stück kräftiger als zuvor. Wres beteuerte hingegen, ich hätte Fortschritte gemacht.

Als ich mich aus meinem Bett herausquälte, kroch ich mehr, als dass ich lief, zur Dusche. Ich verrichtete nur die nötigste Körperhygiene, denn in zwei Stunden würde ich sowieso wieder wie ein Berserker schwitzen.

Doch im Frühstücksraum, der ebenfalls im untersten Stockwerk an die Küche angrenzte, war niemand. Dafür hatte eine der venezolanischen Bedientesten bereits Kaffee gekocht und den Tisch gedeckt. Es gab geschmortes Gemüse, spanische Tapas und Frühstücksflocken. Die beiden Männer aßen üblicherweise alles durcheinander und tranken dazu ein großes Glas grünen Smoothie. Wres hatte erklärt, dass er penibel auf seine Ernährung achte, da sie ein Garant für seine Sportlichkeit und Gesundheit sei. Ly hatte gemurmelt, dass er nur in Wres' Beisein so tat, als verzichte er gerne auf fettiges Fleisch.

Ich hatte daraufhin ziemlich gelacht.

Mit den beiden Zeit zu verbringen gefiel mir besser als erwartet. Vor allem half es mir erstaunlich gut dabei, nicht an Crack zu denken, der draußen Arbeit verrichtete und so tat, als gäbe es mich nicht. Lys Sprüche waren mindestens genauso blöd und Wres strahlte ebenso viel Testosteron aus, sodass sie mich durch ihre jeweilige Präsenz ausreichend ablenkten.

Auch wenn ich Ly nicht verzeihen konnte, war es niedlich zu sehen, wie sehr er sich um mich bemühte. Er glaubte wohl, wenn er mich gut behandelte, mich auf Händen trug und ein Kompliment nach dem nächsten losließ, würde Crack ihm die Wahrheit besser verzeihen können, aber ich wusste nicht, ob er sich da nicht täuschte. Ich war einige Male kurz davor gewesen, zu Crack zu gehen und ihn von seiner Schuld zu befreien, aber Ly hatte mich angefleht, das Ganze ihm zu überlassen.

Langsam verlor ich die Geduld. Ich schwor mir, Ly heute ein Ultimatum zu stellen. Auch wenn Crack auf Lys Offenbarung hin nicht so reagieren würde, wie ich es mir wünschte – nämlich seine Vergangenheit zu vergessen und mir seine allumfassende Liebe zu gestehen – dachte ich dabei nicht an mich. Es ging um sein Leiden und die Schatten seiner Vergangenheit, die ihn niemals loslassen würden, wenn Ly ihm nicht endlich die Wahrheit erzählte.

Nur noch heute, Ly, bestimmte ich in meinen Gedanken.

Während Wres mich bisher in Selbstverteidigung und dann in einigen Kampftricks geschult hatte, hatte Ly mir in den Pausen nach und nach die Funktion einer Waffe erklärt. Tatsächlich hatte ich vorher über eine Pistole nicht viel mehr gewusst, als dass man sie entsichern und abdrücken musste. Das Be- und Durchladen war mir völlig entgangen. Auch hatte er mir gezeigt, wie man einen Schalldämpfer aufschraubt, und mich aus nächster Nähe damit auf einige Gegenstände schießen lassen.

Wenn ich an die letzten zwei Tage zurückdachte, fühlten sie sich unglaublich gut an, und ich wäre sogar so weit zu sagen, dass ich Wres mochte und Ly … nun ja, aushalten konnte.

Sobald sie einer Frau auf Augenhöhe begegneten, waren sie gar keine Machos mehr. Es würde mich sogar sehr schmerzen, sollte ich wirklich nach New York zurückgehen müssen und sie niemals wiedersehen.

Verdammt, allmählich wollte ich wirklich nicht mehr zurück. Und es lag nicht mal an Crack.

Nach zwei Kaffee und zehn Minuten allein am Frühstückstisch entschied ich mich, nicht auf die beiden zu warten, und streifte durchs leere Erdgeschoss.

In der Mitte der Etage lag ein schick designtes Wohnzimmer, von dem alle anderen Räume und Flure abgingen. Von den Sesseln hatte man einen fantastischen Blick direkt auf den Pool, der silbern in der Morgensonne glitzerte. Im vorderen Bereich befanden sich eine Sauna und der Fitnessraum, im mittleren Bereich zwei moderne Gästezimmer samt Bad, unter anderem meines, und hinten lagen Küche, Esszimmer und Eingangsbereich.

Ich öffnete die Terrassentür und fand Ly, Wres und Crack am Terrassentisch sitzen.

»Du kannst nicht einfach *schon wieder* dein Leben riskieren, ohne uns überhaupt einzuweihen oder dich mit uns abzusprechen.« Ly schien ziemlich in Rage zu sein, er gestikulierte wild und seine Worte kamen gepresst. »Du bist ein Scheißegoist, wenn du meinst, dich einfach rausschleichen zu müssen und auf die notwendige Hilfe von uns zu verzichten.«

Crack arbeitete an seinem Laptop. Er schien Ly gar nicht wirklich wahrzunehmen. »Eure Hilfe war nicht notwendig und ich bin ein Egoist. Wollt ihr euch jetzt noch weiter aufführen wie kleine Babys oder erfahren, was ich herausgefunden habe?«

Wres beugte sich plötzlich vor und schlug Cracks Laptop zu. »Mir ist egal, was du herausgefunden hast, solange ich befürchten muss, dass du dich in den Tod stürzt, nur weil es dir passt. Oder uns mit reinziehst, nur weil du ein Problem mit uns hast. Hätten dich die Arschlöcher gekidnappt, hätten wir unser Leben für deines gegeben, das scheint dir verdammt noch mal nicht bewusst zu sein, und das nervt mich tierisch.«

»Wir sind eine Familie, Mann.« Ly klang verletzt. »Selbst ich habe das schon begriffen.«

Crack sank zurück in den Stuhl und streckte die

Beine aus. »Guten Morgen, Amber.«

Da er mit dem Rücken zu mir saß, zuckte ich zusammen, als er meinen Namen sagte. Aber dann schlug ich mir imaginär gegen die Stirn, denn es war gut möglich, dass der Bildschirm des Laptops mein Erscheinen gespiegelt hatte.

»Guten Morgen«, murmelte ich, nicht sicher, ob ich bleiben durfte oder wieder gehen musste.

»Setz dich«, bot Ly mir an und zog einen Stuhl zurück. »Crack möchte uns endlich erzählen, was er Spannendes im Feriencamp erlebt hat.«

Scrilla drehte den Kopf zu mir herum und betrachtete mich mit derart unverhohlenem Hass, dass ich vieles lieber tun würde, als mich zu setzen.

»Passt schon«, presste ich zwischen den Zähnen hervor und blieb stehen. Crack das Feld zu räumen würde mir ebenfalls nicht im Traum einfallen. Dafür genoss ich es zu sehr, ihn zu ärgern. Aber konnte ich ihn zwingen, dass er mich außerhalb seines Bettes mochte?

War ich mehr als sein Plaything, mit dem er umsprang, als wäre es aus Plastik?

»Okay, dann nicht«, entgegnete Ly achselzuckend. »Also, C-Boy, warum im Namen aller herrlichen Götter warst du alleine auf diesem gottverdammten Schiff?«

Auf dem Schiff?

»Woher stammen eigentlich die Kratzer in deinem Gesicht?«, fragte Crack, statt ihm zu antworten.

Ly schürzte die Lippen. »Und der Schnitt an deiner Augenbraue? Sieht übel aus.«

Crack ignorierte seine Rückfrage. *Ob sie sich denken konnten, dass ich jeweils dafür verantwortlich war?* »Ich bin aufs Schiff gegangen, um mich zu vergewissern, dass unsere Feinde tot sind«, erklärte er emotionslos.

»Und dafür bist du einfach im Dunkeln auf ihr Schiff spaziert und hast dich umgesehen«, fasste Ly spöttisch zusammen.

»Du warst auf dem Schiff?!«, entfuhr es mir. »Auf Camachos Schiff?« Crack ignorierte mich, aber ich hätte ihn am liebsten mehrmals geschüttelt. »Wie konntest du so verdammt leichtsinnig sein?!« Das Schiff hatte sich die letzten zwei Tage nicht vom Fleck bewegt und auf mich stets wie ein dunkles Omen gewirkt. Ein Hinterhalt. Eine Falle.

Und jetzt hatte Crack sich einfach alleine an Bord geschlichen? Warum war er so leichtsinnig? Warum riskierte er sein Leben?

Ly warf mir einen dunklen Blick zu, Wres löste die Verschränkung seiner Arme und kam auf mich zu. »Wie geht es dir heute?«, fragte er sanft.

»Gut«, log ich und versuchte meine Stimme

wieder normal klingen zu lassen. *Wenn Scrilla sich umbringen will, soll er doch.*

»Muskelkater?«

»Ziemlich.«

»Und deine Arme? Wie sind die Schmerzen, wenn du sie bewegst?«

Probeweise schüttelte ich meine Arme aus. »Nicht ganz so schlimm wie an meinem restlichen Körper.«

»Gut. Denn die Arme wirst du heute brauchen.« Er nickte nach rechts zur Wiese. »Wärm dich schon mal auf. Ich stoße gleich dazu und briefe dich.«

»Briefen?«, fragte Crack kalt.

Wres zwinkerte mir zu, ohne dass Crack es sehen konnte, und drehte sich danach zu ihm um. »Ja, ich weihe sie natürlich ein, nachdem du uns alles erklärt hast. Aber da du deinen Kiefer nicht auseinanderkriegst, während sie anwesend ist, muss ich sie wohl bitten, auf mich zu warten.«

Ich fragte mich unwillkürlich, wieso Wres nicht vor Cracks Killerblick davonlief, und tat es dann selbst lieber schnell.

Nach nur zehn Minuten auf der Rasenfläche kam Wres auf mich zu und registrierte die schwächlichen Versuche, meinen Körper zu dehnen, ohne zu schreien.

»Reicht«, sagte er nickend. »Du brauchst nur deine Arme und eine Menge Präzision. Warte hier, ich hole eine Zielscheibe.«

Verunsichert blieb ich stehen und wartete darauf, dass er aus dem Poolhaus einen menschengroßen Holzaufsteller holte, den er in einiger Entfernung von mir aufstellte. Da ich darauf geachtet hatte, auf den Teil der Wiese zu gehen, an dem ich Ly und Crack nicht mehr beobachten konnte, weil mir das Poolhaus die Sicht versperrte, konnte ich nicht wissen, was die beiden zu der neuen Trainingseinheit sagten. Ich hoffte allerdings inständig, dass die beiden redeten und Ly die Gelegenheit nutzte, ihm alles zu beichten.

Wres kam zurück und hielt mir drei Messer hin. »Es ist ziemlich wichtig, dass du mit ihnen umgehen kannst. An ein Messer gelangt man schnell oder deine Feinde entwaffnen dich gar nicht erst, weil sie glauben, dass du damit eh nichts anrichten kannst. Ich will, dass du lernst, damit umzugehen. Halten, anfreunden, werfen.«

Messer? »Ist das nicht eher Cracks Metier?«, fragte ich Wres.

Über sein sonnenwarmes Gesicht zog sich ein Lächeln. »Ganz genau. Aber die Basics kann ich dir beibringen, solange er sich noch einscheißt.«

Ich seufzte. Crack würde niemals damit einverstanden sein, dass ich an seiner Seite stehe, und so lange er es nicht wollte, machte es eigentlich keinen Sinn, dafür zu kämpfen. Schon gar nicht mit Messern. Selbstverteidigung, Schießen, das waren Dinge, die eine Frau in ihrem Leben sowieso ganz gut gebrauchen konnte, aber Messer? »Worüber habt ihr eben gesprochen?«, fragte ich Wres. »Was hat Javier auf dem Schiff herausgefunden? Und haben er und Ly …«

Wres atmete tief durch. »Er hat nicht viel gesagt, außer dass er zwei Männer retten konnte, die bald verdurstet oder verhungert wären. Wir werden mit ihnen sprechen, sobald sie sich erholt haben. Ansonsten war niemand mehr lebend auf dem Schiff.«

»Scheiße, daran habe ich gar nicht gedacht …«

»Wir auch nicht. Mach dir keinen Vorwurf.«

»Doch! Ich hätte euch sagen müssen, dass es nicht Camachos eigenes Schiff war und dass er vermutlich jemanden gefangen genommen hat! Wie viele sind meinetwegen gestorben?«

»Niemand, dessen Leben nicht sowieso schon verwirkt war.«

»Was soll das heißen? Das waren Agenten der CIA und –«

Er unterbrach mich. »Eben. Du wirst noch früh genug herausfinden, dass Geheimdienste den geheimen Krieg dieser Welt führen, und sie sind dabei ... alle weit von dem entfernt, was wir als menschlich erachten. Die ganze Angelegenheit war topsecret. Kaum ein Agent wusste, dass du überhaupt an Bord warst. Eigentlich solltest du zum Flughafen gebracht werden. Aber die Agenten wissen, dass sie beim Thema ›Menschenhandel‹ niemandem trauen können. Irgendeiner von ihnen hat versucht, das Richtige zu tun, und dich mit dem Schiff transportieren wollen. Daher konnte Camacho das Schiff so verdammt leicht übernehmen und die CIA tappt im Dunkeln, was überhaupt passiert ist. Camacho selbst hingegen hat gegen den Auftrag der mexikanischen Regierung gehandelt und niemanden über sein Vorhaben informiert. Das verschafft uns natürlich eine Menge Zeit. Wenn alles gutgeht, wird es noch Tage dauern, bis überhaupt jemand erfährt, dass Camacho nicht mehr lebt, und ihn rächt. Bis dahin können wir uns in aller Ruhe vorbereiten.«

»Hältst du das für eine gute Idee?«, fragte ich und stellte mit einem unguten Gefühl in der Magengegend fest, dass Crack um das Poolhaus herumgekommen war und sich im Schatten an die Hauswand gelehnt hatte. Hatte Ly ihm in der Kürze der Zeit schon alles erzählt? Oder hatte er sich wieder davor gedrückt? »Was bezweckst du damit, uns allen vorzugaukeln, ich würde bei euch ›mitmachen‹ können?«, fragte ich Wres leise. »Was bedeutet das überhaupt? Geht es hierbei nur darum, zu versuchen, nicht von Crack umgebracht zu werden?«

Der muskulöse Boxer lachte herzhaft. »Ich habe noch nie zuvor festgestellt, dass Crack für eine Frau, mit der er nicht verwandt ist, auch nur einen Finger gekrümmt hätte, also hast du bei ihm einen ziemlich hohen Stellenwert, wenn er sich sogar mit deinem Leben erpressen lässt. Daher halte ich das nicht nur für eine gute Idee, es ist die einzige Option, die uns bleibt. Wir können dich nicht mit uns nehmen, wenn du nichts vom Kämpfen, von Selbstverteidigung, von Pistolen und Messern verstehst. Und da wir vermutlich bald aufbrechen müssen, weil diese Insel nicht mehr sicher ist, trainiere ich dich gründlich und gut.«

»Mit euch … nehmen?«, wiederholte ich kritisch. »Wird wieder über meinen Kopf hinweg entschieden?«

»Du hast recht. Zukünftig wirst du mitentscheiden, wohin es geht.«

Diese Aussage beflügelte mich, klang aber genauso unrealistisch wie Wres' gesamtes Vorhaben an sich. »Dass ich zugestimmt habe, war allerdings aus Trotz, das ist dir schon klar, oder?« Es brachte nichts, ihm etwas vorzulügen. Ich hatte Wres zugesagt, um Crack eines auszuwischen. Dass es wirklich harmonisch werden würde, wenn ich ›mit ihnen kam‹ – wohin auch immer es ging – bezweifelte ich stark. »Er wird niemals damit einverstanden sein.«

Wres schmunzelte erneut. »Ist deine Menschenkenntnis wirklich so schlecht?«

Eine halbe Stunde später hatte ich das Messer dreißigmal danebengeworfen und zwanzigmal fallen gelassen. Es war viel schwerer als gedacht, die Kontrolle darüber zu behalten, und Wres war nicht besonders gut darin, es mir zu erklären.

Immer wieder versuchte er mir wie beim Kampftraining zu zeigen, wie ich mich bewegen sollte, aber trotzdem verstand ich nicht, was ich darüber hinaus *denken* musste, um zu treffen.

Als er erneut zur Zielscheibe ging, um die Messer zu holen, wurde ich urplötzlich in Schatten getaucht. Arme umschlossen meine und ein nikotingeschwängerter Atem schlug mir entgegen.

»Konzentriere dich nur auf das Ziel.« Cracks Stimme umschmiegte rau mein Gehör. »Du willst treffen. Du willst töten. Das allein ist wichtig. Nicht die Technik, die du dabei anwendest, nicht die

Bewegung deines Arms. Es muss dir in erster Linie darum gehen, dein Ziel nicht zu verfehlen.« Er schloss seine Hand um mein Gelenk, hob gemeinsam mit mir meinen Arm und warf das Messer.

Ungläubig verfolgte ich dessen Wurfbahn, die Wres nur knapp verfehlte und schließlich in dem Holzdummy endete.

»Siehst du? Gar nicht so schwer.« Crack trat zurück und zündete sich eine weitere Zigarette an. »Versuch es selbst.«

»Wolltest du mich umbringen?«, fragte Wres mich missgelaunt, als er zurückkam.

»Ich habe ihr geholfen«, entgegnete Crack schulterzuckend.

»Also wolltest *du* mich umbringen?«, fuhr Wres ihn an. »Komm, Amber. Ich hab genug von Messern. Wir können Tauchen üben.«

Crack stieß einen kehligen Laut aus, der stark an ein abfälliges Lachen erinnerte.

»Ich würde es lieber noch ein paarmal versuchen …«, gestand ich Wres und wagte nicht, zu Crack zu sehen. Dass ich bleiben wollte, lag an ihm. Das wusste er. Das wusste Wres. Nur ich wollte es am liebsten leugnen.

Wres dehnte die Zeit, die er für eine Antwort brauchte, besonders lange aus, warf uns jeweils einen Blick zu und verengte dann die Augen. »Wenn ihr euch gegenseitig umbringt, folge ich euch in die Hölle und kille euch noch einmal. Also lasst es einfach.« Er warf die zwei übrigen Messer ins Gras und stapfte zum Haus zurück.

Crack sah ihm hinterher und grinste. Erst als Wres außer Hörweite war, wandte er sich mir zu. »Also dann. Dir ist hoffentlich klar, dass du auch nach dem intensivsten Training noch eine Anfängerin sein wirst, die keine Chance gegen Männer wie uns hat. Und unsere Feinde sind Männer wie wir.«

Ich hob ein Messer auf und schleuderte es ihm vor die Füße, sodass es seinen Fuß nur knapp verfehlte. »Warum hatte ich bloß eine Sekunde lang glauben können, dass du mir helfen willst?«

»Ich weiß es nicht.« Crack bückte sich und umschloss den Griff des Messers mit seiner Faust. »Vielleicht bin ich nur gekommen in der Hoffnung, du würdest Wres an meiner Statt umlegen.«

»Du machst dich lächerlich.«

Er trat näher. »Du. Dich. Auch«, zischte er und drückte mir das Messer in die Hand. »Du wirst niemals damit umgehen können. Du wirst niemals einen Kampf gegen uns gewinnen. Du wirst immer verlieren. Und immer sterben. Im Gegensatz zu dir *kenne* ich Wres gut genug, um zu wissen, dass er etwas mit dir vorhat. Du glaubst, er spielt sich als Familiendaddy auf, dabei bildet er dich zu einer Waffe aus und Gott allein weiß, was sein wahrer Plan dahinter ist. Wirf. Und erkenne, dass ich recht habe.«

Seine Worte erzeugten eine solche Wut in mir, dass mich der Wunsch überkam, das Messer in meiner Hand in seinen Körper zu rammen. Gleichzeitig wollte ich ihn aber nicht verletzen, denn allein der Gedanke, dass ihm etwas zustoßen mochte, quälte mich mehr, als ich wahrhaben wollte.

Also drehte ich mich zur Seite, hob den Arm und pfefferte das Messer mit voller Wucht Richtung Zielscheibe.

Ich traf knapp oberhalb der Mitte. Merkwürdigerweise war ich nicht einmal über meinen Erfolg verwundert. Meine Wut hätte tatsächlich ausgereicht, um jemanden zu töten. Nur eignete sich Crack Scrilla dafür leider nicht.

Kühn stemmte ich die Hände in die Hüfte und fuhr zu ihm herum. »Zufrieden, du besserwisserischer Arsch?«

Seine Miene blieb dunkel.

»Was hast du auf dem verdammten Schiff verloren gehabt? Wieso gehst du dort alleine hin?«

»Ly und Wres waren *leider* damit beschäftigt, dir das Schießen beizubringen, sie konnten nicht.«

»Bullshit!«

»Ich habe übrigens eine interessante Tonaufnahme an Bord gefunden, die für die beiden sehr aufschlussreich sein dürfte. *Du hast Wres' Namen verraten.*«

»Wundert dich das wirklich?!«, fauchte ich.

»Absolut. Wieso ausgerechnet seinen Namen? Er war der Einzige, der die ganze Zeit über *nett* zu dir war.«

»Auch Wres hat zugestimmt, mich zu betäuben und auszusetzen! Außerdem ist sein Name schließlich der einzige, den ich zu hundert Prozent kenne.«

»Ja, verstehe. Du warst eben nach wie vor undankbar.«

Noch ein Wort und Wres würde uns in die Hölle folgen müssen. »Hat Ly mit dir gesprochen?«, fragte ich mit unterdrückter Wut.

»Worüber?« Über Scrillas Miene huschte ein alarmierter Schatten. Er dachte doch nicht ernsthaft daran, dass zwischen Ly und mir etwas gelaufen war?

»Hat er oder hat er nicht?«

»Worüber?«, wiederholte Crack drohend.

Ly, du verschissenes, feiges Arschloch. »Frag ihn selbst«, antwortete ich gepresst und hob das zweite Messer auf.

Ehe ich es werfen konnte, hatte Crack mich zu

sich herumgezerrt. »Läuft da etwas zwischen euch?«

Vor jedem anderen Hintergrund hätte ich vermutlich innerlich frohlockt, dass Crack eifersüchtig war und es offen zeigte. Ich sehnte mich nach nichts mehr, als mich in seine Arme werfen zu können und ihm die Angst zu nehmen, dass jemand ihn betrügen würde. Aber er wusste ja nicht einmal, dass er betrogen worden war. »Natürlich nicht! Dass du überhaupt auf so einen Gedanken kommst! Dass du glaubst, ich wäre eine billige Schlampe!«

»Das denke ich ganz sicher nicht«, beschwor er mich.

»Warum fragst du dann so etwas?«

»Worüber sollte er mit mir gesprochen haben?«

»Bitte.« Ich musste Ly diese letzte Chance geben. Wenn ich es Crack sagte, würde das ihre Freundschaft vermutlich für immer zerstören. »Frag ihn selbst. Es hat nichts mit mir zu tun. Wollen wir dann weiterüben?«

Er sah mich an, als würde er nicht wissen, was ich meinte. Dann fiel ihm das Messer in meiner Hand auf. »Jeez«, stöhnte er und nahm es mir wendig aus der Hand. »Vergiss das doch endlich alles.«

Und warum? Warum soll ich ›das alles‹ vergessen? »Was alles? Das mit uns?«

»Mit uns?«, wiederholte er verwirrt.

»Crack!«, rief ich aufgelöst. »Hör bitte endlich auf, mich wie Dreck zu behandeln –«

»Ich behandle dich überhaupt nicht wie Dreck!«, ging er laut dazwischen. »Wozu willst du lernen, mit dem Messer umzugehen, wenn ich dich immer vor welchen beschützen werde?!«

»– und sag mir, dass du mich liebst!«

Sein Mund öffnete sich vor Erstaunen.

»Oder bilde dir weiterhin ein, dass ich das alles mit mir machen lassen würde, wenn ich nicht längst süchtig nach deiner krankhaften Form von Zuneigung wäre. Du zwingst mich ungefragt zum Sex, ohne ein einziges Wort der Entschuldigung hervorzubringen, wirfst mir Undankbarkeit vor, obwohl du es nicht schaffst, mir in irgendeiner Form zu danken, du bist arrogant, eingebildet, ignorierst mich, und dann ist alles, was du hervorbringst, wenn ich mich Lys und Wres' Vorschlag anschließen will, dass ich eh zu schwach bin, um zu überleben? Anstatt mir den wahren Grund zu sagen, weshalb du Angst um mich hast?«

Cracks Kiefer hatte sich wieder geschlossen und ich hätte ihn ohrfeigen können, weil er ausgerechnet jetzt schwieg.

Mir lag das ›Fick dich‹ schon auf der Zunge und am liebsten wäre ich mit wütendem Schritt davongestapft, aber dann hätte ich wieder nichts erreicht.

Also trat ich auf ihn zu, schaute zu ihm hoch, fixierte seine Augen und spürte die unvermittelte Sehnsucht, ihn zu berühren, während ich es mir gleichzeitig verbot. »Heirate mich.«

Javiers Brauen wanderten in die Höhe und er lachte überrascht auf.

»Oder mach's dir selbst.« Damit drehte ich mich um und verließ die Wiese. Warum auch immer ich das von ihm gefordert hatte, es klang für mich auch drei Schritte später noch logisch. Ich konnte mir nicht vorstellen, jemals wieder einen Mann zu treffen, nach dem ich mich mehr verzehrte als nach Crack. Darüber hinaus fühlte ich mich auf schmerzhafte, aber auch berauschende Art von Anfang an mit ihm verbunden. Ich durchschaute ihn, seine Maske, und drang durch die Mauer vor, die er um sein Herz gebaut hatte. Mein Bedürfnis, mehr über ihn herauszufinden und ihm gleichermaßen gutzutun, ging über alles. Hätte mich ein Gott gefragt, ob ich den irrsinnigen Bund einer Ehe mit diesem Mann eingehen würde, hätte ich ja geschrien.

Weil es offenbar keine andere Option gab.

Weil das Schicksal es so wollte und uns immer wieder zusammenführte.

Weil ich darauf hoffte, dass mehr in ihm steckte als ein Sadist.

Er musste es jetzt nur noch beweisen.

C

DREI WÖRTER. DU GEHÖRST MIR.

Amber hatte in meine Eingeweide gegriffen, sie herausgezerrt und auf dem Weg hinter sich verteilt, sodass sie zertrümmert dalagen, und es schmerzte, zu wissen, dass ich Narben davontragen würde, egal, wofür ich mich entschied.

Obwohl ein leiser Gedanke von innen gegen meine Stirn klopfte und mir einflüsterte, dass sie es war, die längst entschieden hatte, kostete es mich trotzdem Überwindung, ihr hinterherzugehen, meine Ehre, den Stolz und alles das, was mich einmal ausgemacht hatte, hinter ihr aufzusammeln und schließlich nach ihrem Handgelenk zu fassen, damit sie endlich stehen blieb, anstatt weiter den Rasen kaputtzutrampeln.

Ich zog Amber vor mich, sodass sie gegen meine

Brust stieß, blickte in ihre braungrünen Augen und sagte es.

»Ich liebe dich.«

In dem Moment schienen die Wolken aufzubrechen, und gleichzeitig flutete Licht und drängende Dunkelheit den Platz. Die Angst wich dem Glücksgefühl und kämpfte sich kurz darauf zurück.

Liebe bedeutet Schmerz.

Schmerz bedeutet noch mehr Schmerz.

Noch mehr Schmerz ist nicht zu ertragen.

»Aber ich bin ein zerbrochener Mann mit einem zerbrochenen Ego mit zerbrochenen Träumen und alles, was ich dir bieten kann, ist der allumfassende Schutz. Ich kann mein Leben dafür geben, deines zu beschützen, aber um dich wirklich zu beschützen, muss ich dich von mir fernhalten. Ich bin unberechenbar und ich höre nicht auf, selbst wenn ich es müsste. Du bist mir wichtiger als mein Leben. Als das meiner Freunde. Als mein Ziel. Ich hasse dich dafür und ich liebe dich. Wolltest du das hören? Jetzt hast du es gehört. Aber es ändert *nichts* zwischen uns. In dem Moment, als du mich verraten hast und Wres mich davon abhalten musste, mich an dir zu rächen, wusste ich, dass ich ein Scheiß für dich bin und dass ich auch keinen Anspruch auf dich erheben kann, dass es mir nichts nützt, dich an mich zu ketten, denn *ich selbst* würde daran zugrunde gehen, dass ich dich zerstöre. Verstehst du das, verdammte Scheiße? Wie kann dir nicht klar sein, wie abgefuckt ich bin?« *Nachdem ich ihr alles über Salena und mich erzählt habe? Wozu habe ich dieses Gespräch überhaupt geführt?!*

Amber sah mir einfach nur in die Augen. Sie schien keinen einzigen Gedanken mehr an Salena verschwendet zu haben. Ich hasste sie dafür, dass sie ausgerechnet jetzt schwieg. *Wo ist ihr fucking Mundwerk jetzt?*

»Willst du mich heiraten?«, fragte sie schließlich und erneut fiel es mir schwer, meinen verschissenen Ohren zu trauen.

Alter, bei aller Ehre, das kann *sie doch nicht ernst meinen.* »Du spinnst.«

Sie wirkte, als hätte ich ihr mit diesen Worten ins Gesicht geschlagen. »Tolle Antwort«, spottete sie.

»Es ist ja auch eine ganz grandiose Frage«, spottete ich zurück. »Ganz abgesehen von der Tatsache, dass du mir nicht eine Sekunde lang zugehört und irgendetwas von dem, das ich gesagt habe, begriffen hast, ist es wohl das Letzte, das ich als Mann mit normal gewachsenen Eiern zulassen würde, dass eine Frau *mir* einen Antrag macht.« *Was will sie überhaupt? Ist das ein absurder Test, den ich nicht verstehe?*

Als Amber blinzelte, begriff ich, dass sie kurz davor war, zu weinen, und ich hatte Angst, dass sie mir nun endgültig entglitt. Dass ich sie nicht mal dann vor mir beschützen konnte, wenn ich nichts anderes wollte als das.

»Das ist deine Antwort?«, fragte sie trocken.

»Worauf?!«, fuhr ich sie fassungslos an.

Das ließ sie endgültig dicht machen. Amber entriss mir ihre Hand und drehte sich um. Genauso entschlossen wie zuvor stapfte sie auf das Haus zu und wieder musste ich zwei Schritte auf einmal machen, um sie einzuholen.

Dieses Mal riss ich sie an ihren Schultern zu mir herum. »Was soll die Scheiße? Du kannst das doch nicht ernst meinen!«

Sie sah mich mit einem erschreckend leeren Blick an. »Fass mich nicht an, du tust mir weh.«

Ich verliere diese Situation. Haushoch.

»Baby …«, fing ich verzweifelt an. »Letztendlich bin ich nur ein Mann und gerade komme ich wirklich nicht mehr mit.«

»War meine Frage so schwer?«, fragte sie kühl.

Für ein paar Sekunden versuchte ich mir vorzustellen, dass sie es schlicht und ergreifend ernst meinte. Dass sie von Heirat sprach, von einem gemeinsamen Leben, von Glück und Zufriedenheit. Ich stellte sie mir in einem weißen Kleid mit einem goldenen Ring um den Finger vor. Ich sah mich plötzlich selbst, wie ich ihr diesen Ring ansteckte, wie ich neben dem Priester stand und auf sie wartete. Und dabei stellte ich fest, dass ich warten würde. Während ich der glücklichste Mann der Welt wäre.

Schnell schüttelte ich den Kopf, um den Gedanken daran zu vertreiben.

»Ich kann dich nicht heiraten«, sagte ich schließlich und versuchte dabei einigermaßen sanft zu klingen, um sie mit meiner Härte nicht zu verschrecken. »Ich habe Feinde und sie würden immer versuchen, meine Frau zu töten, um sich zu rächen. Niemand darf erfahren, dass du mir überhaupt so viel bedeutest.« *Wenn das mal der einzige Grund wäre ...*

Amber schnaubte. »Du bist ein Idiot, Javier«, raunte sie. »Die ganze Welt weiß es doch schon längst. Du hast Camacho getötet. Du wolltest mich der CIA zurückgeben. Die ganze Scheißwelt weiß, was du nicht wahrhaben willst.«

»Was will ich nicht wahrhaben?«, hakte ich nach, denn ich hatte ihr doch mittlerweile alles gestanden, was mir eingefallen war. Ihr jeden erdenklichen Teil meiner Seele vor die Füße gekotzt – bis auf das größte Geheimnis, den Grund, weshalb sie überhaupt bei mir war. Aber war es wirklich nötig, dass ich ihr das gestand?

»Dass wir zusammengehören!«, rief sie und dieses Mal kamen die Tränen wirklich. »Aber vielleicht hast du recht und ich habe mir eingebildet, dass ich neben dir existieren kann, ohne daran zugrunde zu gehen. Du wirst immer dein Recht fordern und alles muss so geschehen, wie du es dir vorstellst! Nach deinen Regeln! Und deinen Vorstellungen und grundsätzlich so, wie du –«

Ich zog sie an mich und küsste sie. Das Salz auf ihren Lippen schmeckte wie meine eigene Verzweiflung. Gierig presste ich Amber an mich und erforschte ihren Mund, auf den ich viel zu lange verzichtet hatte. *Wie habe ich das überhaupt ausgehalten?*

Ich wusste, dass es jetzt um alles ging. Dass sie mehr von mir forderte, als ich bereit zu geben war, und dass ich, sollte ich diese Forderung nicht erfüllen, einen Teil von ihr endgültig verlor.

Kurzerhand griff ich unter ihre Oberschenkel und hob sie hoch. Sie klammerte sich an mich und auch sie küsste mich weiter, als wären diese Küsse unsere Luft zum Atmen und der Halt einander die Nahrung fürs Leben. Ich trug sie durch die offene Terrassentür und setzte sie auf einem der Sofas ab. Sanft legte ich meine Hände um ihren Hals und streichelte sie zärtlich, während ich mich aufrichtete, um sie ansehen zu können.

»Warum willst du das überhaupt?«, fragte ich. Mir wurde bewusst, dass ich tatsächlich nicht davon ausgegangen war, eine Frau könne sich derart deutlich und entschlossen für mich entscheiden. Ich war gut im Bett und sah nicht aus wie ein Krüppel, aber darüber hinaus bot ich nichts, das mich zu einer guten Partie machte. Das Geld, das ich besaß, war durchtränkt mit Blut, und das Leben, das ich führte, begleitet von zahlreichen Gefahren und Risiken. Darüber hinaus hatte ich keinen festen Wohnsitz und meine Familie gehörte zu einer der brutalsten der Welt.

Deren Nachnamen wollte man nicht annehmen.

»Warum zur Hölle«, fragte ich leise, »willst du die ganze Zeit fliehen, und sobald du durch meine Feinde zurück in meine Arme gebracht wurdest, willst du nicht mehr gehen?«

Amber legte ihre Hände auf meine. »Ich wollte doch gar nicht mehr fliehen.« Langsam atmete sie aus. »Ich wollte nur nicht irgendeine deiner Huren sein.«

Ja, das war einleuchtend. Sie hatte von Anfang an nicht gehen wollen. *Wenn du es mit deinem Psychoscheiß um Salena nicht verbockt hättest.* »Verstehe.«

»Ich habe den ekelhaften Schwanz dieses Wichsers gelutscht, um euch zu retten«, fuhr sie fort. »Glaubst du wirklich, das hätte ich für jeden getan? Ich meine, ich habe dir *sofort geglaubt,* als du mir die Wahrheit über Salena erzählt hast. Schon auf dem Schiff, bevor du mir die Drogen eingeflößt hast. Du bist kein schlechter Mensch, okay? Du hast eben getan, was getan werden musste, und du bist voller Schmerz und ja, ich sollte dir vielleicht nicht verzeihen. Aber ich bin offensichtlich genauso gestört wie du. Die Welt tut gut daran, wenn wir uns gegenseitig aneinander binden, anstatt andere in den Abgrund zu ziehen, die es nicht verdienen. Und da du ganz offenbar unter Bindungsphobie leidest, wollte ich den Prozess beschleunigen. Du sollst nicht auf die Idee kommen, dass ich es zulasse, von dir weggeschickt oder verlassen zu werden.«

»Wie genau kommst du auf die wahnwitzige Idee, du wärest in irgendeinem Sinne gestört?«

Amber hob eine Braue.

»Gut, anders formuliert. Du willst mich heiraten, um die Welt vor deiner angeblichen Störung zu beschützen? Darf ich sagen, dass das wohl die am wenigsten romantische Form von einem Antrag ist, die ich mir jemals hätte ausmalen können?«

Sie schloss betont schweigsam die Lippen. Ich konnte nicht einmal erahnen, was sie dachte.

»Was muss ich tun, damit du begreifst, dass es

keine Option ist, bei mir zu bleiben und dem amerikanischen Staat mitzuteilen, dass du ausgerechnet mich heiratest – oder worum ging es dir dabei?« Ich merkte, dass sie stutzte. »Sollen wir nur so tun, als ob? Du bist *Amerikanerin*. Ich habe nicht mal mehr einen Pass. Kein Land will mich, aber du? Geht es dir nur um einen Ring, den man jederzeit wieder abziehen kann, oder willst du mehr?« *Muss ich sie erst würgen, damit sie antwortet?* »Wenn ich in meinem Leben jemals eine Frau heirate«, sagte ich gepresst, »dann soll es die ganze Welt erfahren, und eben das ist der Grund, weshalb ich es nicht tun werde. Ganz abgesehen davon, dass wir uns erst ein paar Tage kennen und uns nicht viel mehr verbindet als die Sucht nach Sex, den du zu fünfzig Prozent nicht mal magst, weil ich ein geschädigter Sadist bin, und das wohl keine besonders glückliche Basis für eine Ehe ist.« *Und ich sie – wenn überhaupt – gefälligst selbst fragen werde!*

Ambers Wangen verfärbten sich leicht rot. »Ich verstehe.«

»Wirklich?«, fragte ich zweifelnd.

Sie rutschte über das Sofa, sodass sie nicht länger vor mir saß, und stand auf. »Natürlich. Es war eine dumme Idee von mir. Du hast sicherlich recht. Ich gehe zurück nach New York. Danke, dass du mir deinen Schutz versprochen hast. Das bedeutet mir viel, dass ich am Leben bleiben darf, obwohl ich dir begegnet bin.«

»Ist das Ironie?«

Ihre Braue wanderte noch höher. »Das weißt du vermutlich besser als ich, oder?«, fragte sie spöttisch und wandte sich ab.

»Ist das Ironie, Amber?«, wiederholte ich knurrend.

»Nein!« Sie fuhr herum, ihre Augen blitzten gefährlich. »Ich habe dir alles über meine Empfindungen gesagt, aber es war falsch von mir, mich so vor dir zu entblößen, als hätte ich keinerlei Ehrgefühl – obwohl, das habe ich. Deswegen höre ich auf, anstatt weiter gegen dich anzureden. Du willst mich nicht und das ist vollkommen okay. Im Gegensatz zu dir komme ich nicht auf die bescheuerte Idee, dich mit Psychotricks dazu zu bringen, es doch zu wollen. Im Gegensatz zu dir untergrabe ich nicht das sowieso schon tiefe Niveau.«

Diese Frau macht mich wahnsinnig. »Sicher, dass du nicht lieber weglaufen willst?«

»Was?«, fragte sie abfällig.

»Ich stehe drauf, das Niveau zu untergraben«, erklärte ich und schmunzelte. »Lauf.«

Sie lachte nur, als hätte sie schon wieder vergessen, welche Gefahr von mir ausging. Als ich auf sie zuging, verstummte sie zwar und wich leicht zurück, aber sie konnte nichts dagegen tun, dass ich sie mit einem unüberwindbaren Polizeigriff an mich zog, ihren wütenden Schrei mit meiner Hand erstickte und sie vor mir herbugsierte.

Ich überlegte, welcher Ort geeignet und nicht allzu weit weg war. Von Wres wusste ich, dass Amber Muskelkater hatte, also entschied ich mich für unseren Spa-Bereich. Neben dem Fitnessraum schlossen sich zwei weitere an. Einer für Massagen, der andere bot eine große Badewanne samt Dusche und Waschtisch.

Ich schob Amber hinein, verschloss die Tür hinter uns und drückte sie auf den Boden. Bevor ich die Hand von ihrem Mund nahm, griff ich nach einem der kleineren Handtücher und stopfte ihr den Stoff zwischen die Lippen, gerade als sie sich lauthals beschweren wollte. Sie verengte die Augen, während ich sie gewaltsam knebelte, und kämpfte mit Händen und Füßen gegen mich an.

Ich ignorierte die Verletzungen, die sie mir dabei zufügte, denn sie würde alles davon zurückbekommen. Schnell löste ich den Gürtel aus einem der Bademäntel, die an der Innenseite der Tür hingen, und umwickelte damit Ambers Handgelenke hinter ihrem Rücken. Sie stöhnte und strampelte, was mich kurzerhand dazu brachte, den Duschkopf aus

Rücken und dieses Mal versuchst du bitte nicht, mich zu schlagen.«

Der Blick, den sie mir schenkte, war ein Traum.

»Das sieht fast aus wie ein: ›Natürlich, Javier, alles, was du willst, Javier‹.«

Ihr Gesicht verzog sich zu einer Grimasse und nur an der Bewegung ihrer Brust erkannte ich, dass sie lachte.

Das ließ mich noch breiter grinsen. »Steh auf.«

Sofort verschlossen sich ihre Augen wieder und sie gehorchte voller überschäumender Wut im Blick.

»Zieh dich aus«, sagte ich, nachdem ich den Bademantelgürtel von ihrer rechten Hand gelöst hatte, und trat vor die Wanne, um das Wasser auszustellen. Ich befühlte die Temperatur. Dank integriertem Thermostat war sie perfekt.

Amber brauchte lange, um sich ihrer Kleidungsstücke zu entledigen. Sie wusste, dass sie gehorchen musste, aber sie versuchte die Erfüllung des Befehls so lange hinauszuzögern, wie es ihr möglich war. Vielleicht plante sie sogar, zu entkommen.

Mich störte es nicht, wenn sich die Zeit zog. Umso länger konnte ich den Anblick genießen, der sich mir bot. Als sie schließlich ihren BH fallen ließ und in voller Pracht vor mir stand, fragte ich mich unwillkürlich, wie ich auch nur eine Sekunde darüber hatte nachdenken können, sie *nicht* zu heiraten.

Ich musste es tun, denn sonst schnappte sie mir ein anderer weg. Wenn ich sie freiließ, gehörte sie sofort einem Besseren. Hatte ich wirklich geglaubt, es wäre mir möglich, sie gehen zu lassen, ohne ihre Vagina vorher zuzunähen?

Hatte ich geglaubt, ich würde ihr nicht nachfolgen *müssen*, um jeden zu töten, der seinen jämmerlichen Schwanz in die Nähe ihrer Pussy brachte?

Wie blind war ich?

Wie sehr hatte ich mich selbst verleugnet?

Ich hielt ihr eine Hand hin und spürte zum ersten Mal in meinem Leben einen elektrischen Stoß, als sie hineingriff. Ambers Finger waren sanft und warm, es waren *meine* Finger.

Sie gehörte mir.

Mich nur schwer unter Kontrolle haltend half ich ihr dabei, in die Badewanne zu steigen. »Hände zu mir«, verlangte ich, sobald sie saß.

Sie verdrehte die Augen und hielt mir ihre Handgelenke entgegen, damit ich sie wieder aneinander fesseln konnte, dieses Mal vor ihren Oberkörper.

»Der Knebel in deinem Mund gefällt mir, denn du redest die meiste Zeit sowieso nur Bullshit.

Andererseits würde ich gerne herausfinden, ob du gehorchen wirst.«

Sie reckte stolz ihr Kinn, was ein Ja wie ein Nein bedeuten konnte.

»Wenn ich dich etwas frage, wirst du antworten. Wenn ich dir nicht erlaube, zu sprechen, wirst du schweigen. Deine Lippen bleiben versiegelt, egal, was passiert. Du wirst dich nicht beschweren, nicht flehen, nicht einmal meinen verdammten Namen hauchen. Du sprichst erst, wenn ich es erlaube.«

Sie blickte mich ausdruckslos an.

»Oder du behältst den hübschen Waschlappen in deinem Mund. Sollte ich ihn allerdings entfernen und du gehorchst nicht, werde ich dieses warme Bad sofort abbrechen, dich kalt abduschen und spanken, bis du vor Erschöpfung nicht mal mehr laufen kannst. Kannst du mir folgen?«

Für einen Moment versuchte sie ihre glatte Miene beizubehalten, dann nickte sie, hob aber gleichzeitig einen Finger. Etwas Forderndes funkelte in ihren Augen, als sie auf sich zeigte und dann den Daumen abspreizte.

»Du willst eine Sache sagen?«, riet ich.

Sie nickte.

Ich überlegte lange. Möglicherweise war das ja irgendein weiterer Müll, der mich dazu brachte, das Ganze abzubrechen, und wenn ich mein

Versprechen halten wollte, durfte ich sie im Anschluss dafür nicht einmal bestrafen. Amber war zu wenig berechenbar, nachher versuchte sie wieder, mich zu kastrieren. »Du darfst, solange es kein feministischer Scheiß ist, den du offenbar sehr verehrst.«

Auch sie zögerte, dann deutete sie das Zucken ihrer rechten Schulter an.

»Du weißt nicht, ob das, was du sagen willst, feministisch ist?«

Sie hob die Schultern deutlicher.

Oh Mann. Wie auch das letzte Mal, als sie etwas hatte fragen wollen, weckte sie meine Neugier. »Also gut …« Ich befreite sie von ihrem Knebel und ihre Lippen blieben noch einen Moment still.

»Ich will ein Safeword«, flüsterte sie.

Ich musste befreit auflachen. Mir wurde klar, dass ich Angst hatte, sie könne etwas sagen, das mich sie weniger attraktiv finden lassen würde. Aber das war gar nicht möglich. Amber sagte letztendlich nur Dinge, die entweder wahr waren oder mir im tiefsten Innern meines Herzens gefielen.

»Nein«, entgegnete ich lächelnd. »Ich werde nicht aufhören, sollte es dir zu viel werden, also nützt dir ein Safeword so viel wie die Bitte, dass ich dich ein weiteres Mal sprechen lassen werde. Wenn du nicht darauf vertrauen würdest, dass ich weiß, wie viel du in der Lage bist zu ertragen, dann hättest du mir wohl kaum einen Heiratsantrag gemacht.«

Sie verzog wütend die Lippen und schwieg.

»Obwohl, das hast du nicht. Es war mehr ein … Befehl.« Ich schmunzelte, dann griff ich nach der Seife. »Willst du, dass ich dich wasche?«

AMBER

VIELLEICHT VERÄNDERST DU MICH WIRKLICH.

Natürlich wollte ich, dass er mich wusch. Ich genoss, wie er mich dominierte. Ich wehrte mich nur, um zu erfahren, wie weit er gehen würde.

Mein Kampf gegen Crack war von Anfang an von der Neugier getrieben, was er tun würde, um zu gewinnen. Und diese Neugierde kannte keine Grenzen.

Aber es ging mir nicht nur um Sex. Tief in mir wusste ich, dass ich hoffnungslos in Scrilla verliebt war, und ich hatte bereits jetzt Panik davor, er könne jemals wieder eine andere Frau so berühren oder ansehen wie mich.

Allein bei dem Gedanken daran pochte mein Herz schmerzhaft und eine warnende Stimme flüsterte, dass ich mich lieber gleich von ihm fernhalten sollte, bevor ich viel schlimmer verletzt werden würde.

Diese Verletzlichkeit kannte ich nicht von mir.

Sollte Liebe einen nicht stärken?

»Wie fühlt sich das an?«, fragte Crack mit sanfter Stimme.

»Gut«, murmelte ich. Er hatte mir erlaubt, meinen Kopf auf meine Knie zu betten, sodass er meinen Rücken leichter erreichen und waschen konnte. Vorsichtig massierte er das Badeöl in meine Haut, um meinen vom Muskelkater geschundenen Körper etwas zu lockern.

»Nur gut?«, hakte er nach.

»Nur gut«, wiederholte ich leise.

»Oh, Chica, was mache ich nur mit dir?« Er ließ seine Hand tiefer gleiten, bis er mein Steißbein berührte, und wanderte dann wieder zurück zu meinem Nacken. Dabei fuhr er mit dem Finger die Linie meiner Wirbelsäule nach und knetete sanft und oberflächlich meine Haut, um die Muskeln nicht zu überreizen. »Du bist die erste Frau, die nie das sagt, was ich von ihr erwarte. Ich gebe zu, das macht mich wahnsinnig.«

Ich schwieg, denn ich war nicht dumm, und bot ihm keine Gelegenheit, mich aus der Wanne zu ziehen.

»Braves Mädchen.« Crack richtete sich auf und

stieg zu mir in die Wanne. »Es ist besser, wenn du schweigst. Komm her.« Er zog mich an meinen zusammengebundenen Händen zu seinem Oberkörper, sodass ich mich im Wasser drehen musste. Erstaunlich fest legte er seine Arme um mich und seine Lippen in meine Halsbeuge. Seine harte Lust, die ich schon die ganze Zeit über heimlich bewundert hatte, drückte in meinen Rücken und es vergingen nur wenige Minuten, bis unsere Körper sich im Einklang bewegten und sein Schwanz von hinten zwischen meine Schenkel gleiten konnte.

Langsam, unendlich gefühlvoll, drang er in mich ein. Schon nach den ersten Zentimetern wimmerte ich vor Lust und lehnte mich an seine Brust. Das Bedürfnis, zu sprechen und ihm zu gestehen, was ich empfand, war so stark, dass ich die Augen zusammenpresste und mich darauf konzentrierte, still zu bleiben.

Tiefer glitt sein Schaft in meine Mitte und zog sich leicht wieder zurück. Anfangs mit schnellen, kurzen, dann mit langsamen, tiefen Stößen fickte er mich, ohne das Wasser dadurch allzu sehr in Wallung zu bringen.

Seine Hände wanderten zu meinen Brüsten und seine Lippen liebkosten meinen Rücken. Meine Nippel wurden unter seinen zärtlichen Berührungen hart und es fühlte sich himmlisch an, wie er meine runden Formen massierte, während sein Schwanz tiefer und tiefer glitt.

Ich schmiegte mich an ihn und seufzte leise. Auch seine Küsse blieben sanft und zärtlich und zum ersten Mal seit Stunden vergaß ich meinen schmerzenden Körper und konnte mich ganz in seine Arme fallen lassen. Während er mich vögelte, träumte ich, während er mich nahm, wurde ich glücklich.

Je mehr ich mich dem Gefühl öffnete, dass er mich begehrte, desto spürbarer wurden auch die Ängste. Ich durchlebte eine Achterbahnfahrt der Gefühle, auch jetzt, trotz des warmen Wassers und des zärtlichen Sexes, verstummte mein Gedankenkarussell nicht.

Und dann brach ich mein Schweigen voller Panik.

»Du darfst nicht kommen!« Mein Körper erstarrte, auch wenn ich viel lieber aus der Badewanne geflohen wäre.

Scrilla hielt mich fest. »Und wie kommst du auf den absurden Gedanken, ich würde auf dich hören?«, fragte er an meinem Ohr und fuhr mit seiner Zunge über meine Muschel. Ich erschauderte vor Erregung. »Ich stecke so tief in dir, dass ich mich frage, wie du überhaupt noch reden kannst, aber offenbar funktioniert dein Gehirn nur noch eingeschränkt.«

Mein Atem beschleunigte, denn ich hatte unerlaubt gesprochen. Aber es war mir lieber, wenn wir die Badewanne verließen und er seine Drohung wahrmachte, als dass er so leichtsinnig war, seinen Samen im Wasser zu verteilen.

»Antworte«, knurrte er unnachgiebig.

»Ich könnte schwanger werden«, sagte ich keuchend und versuchte mich von ihm wegzudrücken. »Ich lasse mir keine Hormone spritzen und verwende auch sonst nichts.«

»Ich weiß. Darüber haben wir schon gesprochen.«

»Warum fragst du dann?«

Seine rechte Hand verließ meine Brust und er legte sie dafür an mein Kinn. Dominant drückte er mich nach hinten, sodass ich gezwungenermaßen meinen Kopf auf seine Schulter legte. Er küsste sich meinen Kieferknochen entlang, bis er kurz vor meinen Lippen innehielt. »Du willst mich heiraten, aber ich darf dich nicht schwängern? Du steckst voller Überraschungen.«

Ich presste die Lippen zusammen. Meine Gedanken überschlugen sich.

»Mir hingegen ist eine Heirat egal«, murmelte er und drückte mich gleichzeitig auf seine harte Lust.

Ich wimmerte, als seine pralle Härte mich erneut bis zum Anschlag ausfüllte. »Aber gibt es wirklich einen Grund, weshalb dein schöner Körper nicht mein Kind austragen sollte?«

Er zwang mich mit einem festen Griff auf seine Hüfte, drückte seine Hand auf meinen unteren Bauch und stieß ein letztes Mal in mich.

Er spricht von Kindern.

Dafür war ich nicht bereit. In diesem Zusammenhang durfte er mich nicht besitzen. Wenn ich nichts unternahm, würde er das aber tun. *Hatte er denn gar nicht aus seiner Vergangenheit gelernt?* »Es gibt einen Grund!«, keuchte ich.

Er hörte nicht auf.

»Salena!« Diese Waffe war unfair, denn nur ich wusste die wahren Hintergründe ihres Todes und ihres ungeborenen Kindes. *Aber was sollte ich sonst tun?* »Du kannst mir nicht dasselbe antun wie ihr!«

Stöhnend gab er mir einen Kuss und ich wusste, dass er losließ. Gleichermaßen Glück wie unbändige Wut flutete meinen Körper, als sein Schwanz in mir pulsierte und er sein Sperma in mir verteilte. Schwanger zu werden würde mich wohl zur glücklichsten Frau machen und gleichzeitig wusste ich, dass Crack es nicht verdiente, der Vater meines Kindes zu sein. Er hatte sich in mir verteilt, ohne mich zu fragen.

Er war das Risiko eingegangen, ohne mir zu versichern, dass er es wirklich ernst meinte. Ohne mit mir über alles zu sprechen. Gegen meinen Willen.

Auch seine Küsse und die anschließenden Zärtlichkeiten konnten den Sturm in mir nicht beruhigen. Immer wieder schaffte Crack es, noch einen draufzusetzen, wenn ich gerade glaubte, sein Repertoire an Folterinstrumenten zu kennen. Und im Gegenzug blieb mir nichts, keinerlei Macht, die ich auf ihn ausüben konnte.

Er nahm sich, was er wollte. Mich, meinen Körper, meinen Willen, und er bekam alles, selbst wenn ich versuchte, ihm Bedingungen aufzuzwingen.

Vielleicht hatte ich ihn unterschätzt. Ich dachte, es würde ausreichen, wenn ich ihn dazu brachte, endlich zu seinen wahren Gefühlen zu stehen. Aber waren diese überhaupt echt? Konnte er überhaupt fühlen? Gab es in seinem Leben mehr als puren Egoismus und das Durchsetzen des eigenen Willens?

Crack drehte meinen Kopf seitlich zu sich nach hinten, sodass ich ihn ansehen musste. Das Grün in seinen Augen funkelte erstaunlich hell. »Ich liebe dich.«

Mein Herz pochte noch schneller als zuvor. Der

Sturm in mir wurde aufgewühlt, die Gedanken rauschten durch meinen Kopf.

»Ich will nicht, dass du dich schlecht fühlst, aber sieh es als meine Antwort an. Du willst mich doch nicht heiraten und weiterhin verhüten, oder?« Seine Stimme floss dunkel in mein Gehör.

Jetzt wurde mir schlecht. Wenn das seine Antwort war … Hatte er gerade zugestimmt? Wollte er mich heiraten? Wollte ich es – noch?

Nach wie vor pochte sein Schwanz in mir und das Wasser schloss uns beide ein wie eine zweite, gemeinsame Haut.

»Vergiss Salena«, flüsterte er in mein Ohr. »Ich weiß nicht mal mehr, wie sie aussah, seitdem ich dich das erste Mal sah …«

»Das hättest du nicht tun dürfen«, wisperte ich. »Du bist zu weit –«

»Schsch …«, sagte er und legte mir einen Finger auf die Lippen. »Du gehörst mir. Dein Körper gehört mir. Du willst, dass es so ist. So weit waren wir doch schon mal.«

Gut, er würde mich natürlich niemals verstehen. »Darf ich aufstehen?«

Er seufzte und küsste mich noch einmal am Nacken, bevor er mich losließ. Sein Kuss war trügerisch sanft, ließ den zu Eis gefrorenen Teil in mir schmelzen, sodass ich doch nicht aufstand, sondern mich nur in der Wanne zu ihm umdrehte. Ich wusste, dass Tränen in meinen Augen schimmerten, als ich ihn fragte: »Warum hast du das gerade getan?«

»Was?«, entgegnete er.

»Was?«, wiederholte ich stimmlos. »Wie kannst du nicht wissen, was ich meine?«

Er verdrehte die Augen, drückte mich von sich und stand aus der Badewanne auf. »Warum ich dich gefickt habe?«

»Tu nicht so, als würdest du nicht wissen, was ich meine!«

»Weiß ich tatsächlich nicht!«, fuhr er mich an und band sich ein Handtuch um seine Hüften. »Du willst keine Kinder, verstanden. Habe ich dich gerade geschwängert? Nein! Also wo ist dein Problem?«

»Wie bitte?«

Crack sah so aus, als ob er mich mit einem Handtuch würgen wollen würde. »Glaub mir, Beauty. Das Letzte, was ich tun würde, wäre, dich zu schwängern. Mir ist ziemlich klar, wozu das führen kann.«

Er war plötzlich genauso sauer wie ich. Wie schaffte er es nur, den Spieß umzudrehen?

Als ich mich schon fragte, was er dieses Mal mit mir tun würde, lachte er plötzlich über sich selbst und hockte sich neben den Wannenrand. Er umschloss meine Hände, die noch immer gefesselt waren und die ich auf den Badewannenrand gelegt hatte, mit seinen und zog sie vor seine Lippen. »Du kannst immer nur unzufrieden sein, oder? Egal, was ich tue. Und weißt du, was das Schlimmste daran ist?«

Ich hatte keine Ahnung.

Crack lächelte. »Es stört mich nicht einmal. Willst du dich abduschen?«

Benommen ließ ich zu, dass er meine Fesseln löste. Danach stieg ich aus der Wanne und trat unter die Dusche. Ich versuchte, meine Gedanken zu sortieren, als das heiße Wasser die restliche Seife aus der Badewanne von meinem Körper spülte, und lehnte dafür meinen Kopf an die Steinwand der Dusche. Plötzlich zuckte ich zusammen, als Blut in den Abgrund floss. Schnell griff ich an meinen Hals, ob sich die Wunde vielleicht geöffnet hatte, dann wurde es mir klar.

Natürlich habe ich diese völlig normale und wiederkehrende Funktion meines Körpers in all dem Stress einfach vergessen.

Darauf war ich nicht vorbereitet. Ich besaß weder Tampons, noch hatte ich eine Idee, wie ich die Blutung ungesehen vor Crack stillen sollte. Noch nie zuvor war mir ein Mann so nahe gekommen wie er und über die Enttäuschung wegen seiner rücksichtslosen Entscheidung legte sich Scham. Die Handtücher, die neben der Dusche hingen, waren perlweiß. Shit, wieso hatte ich auch vergessen, dass meine Periode überfällig war?

»Alles in Ordnung?«

Ich fuhr herum.

Crack betrachtete mich besorgt. Er hatte sich abgetrocknet und ein großes Handtuch um seine Hüften gelegt. In seinen Augen flimmerte ein grüner Schatten, der mir zum ersten Mal zu versprechen schien, dass er seine Worte von eben wirklich ernst gemeint hatte. Dass er mich – auf seine psychotische Art – liebte.

Das ließ mich allerdings nicht vergessen, dass mir diese Situation peinlich war. Schnell hielt ich meine Hände vor meine Scham, in der Hoffnung, nicht weiter zu bluten. Diese Geste bemerkte er natürlich sofort.

»Auf dieser Insel leben mehr als zwanzig Frauen«, erklärte er ruhig mit einem Lächeln. »Du musst mir nur sagen, was du brauchst, und ich besorge es dir.«

»Wie bitte?«

Er runzelte die Stirn. »Wenn du nicht willst, dass ich das persönlich übernehme, kann ich jemanden schicken.«

Ich starrte ihn an.

»Wenn du ein Problem damit hast, dass ich mit Frauen spreche, die ...«, fügte er erklärend an.

»Was?! Nein!« Warum war er jetzt so? Er würde sogar davon Abstand nehmen, andere Frauen anzusprechen, nur weil ich etwas dagegen haben könnte? Kraftlos ließ ich die Hände sinken, denn ich verstand mit einem Mal den Zusammenhang. »Du wusstest, dass ich heute meine Tage bekommen würde.«

Crack zuckte entschuldigend mit den Schultern. »Du hast eine Zyklus-App benutzt. Dein Profil ist mit deinen allgemeinen Login-Daten online abrufbar.«

»Und die schaut ihr euch einfach so an?«, fragte ich ihn verzweifelt. »Warum hast du mir nicht wenigstens etwas ... Privatsphäre gelassen?«

»Ich wusste nicht, dass dein Zyklus so privat ist«, gab er verwundert zu. Dann grinste er wieder. »Hey, Babe. Verzeih mir, aber für einen Mann ist es nun mal sehr verführerisch, deine inneren Wände zu spüren, wenn sie einen auspressen. Es gibt, ehrlich gesagt, wenig Geileres.«

Für ihn war das alles ein großer Scherz. Eine Chance, sich ungehindert in mir verteilen zu können. Darüber zu sprechen war ihm allerdings die Mühe nicht wert gewesen. Als er nach links griff und hinter den weißen Handtüchern ein rotes hervorholte und es mir reichte, konnte ich noch immer kaum einen klaren Gedanken fassen. Wie sollte ich diesem Mann begreiflich machen, dass er Entscheidungen mit mir gemeinsam treffen musste? Dass er mit mir *reden* musste? Konnte ich das von ihm fordern? Oder tappte ich bereits in die Falle, in die angeblich viele Frauen gerieten, wenn sie mit einem Mann zusammen waren: ihn auch *verändern* zu wollen?

Ich musste definitiv eine klare Regel formulieren, bevor ich mich *bewusst* entschied, hierin mehr zu sehen als gute Ficks. Klar, dafür war es eigentlich zu spät, aber andererseits war es nie zu spät.

Nie zu spät, sich selbst treu zu bleiben.

»Es war nicht in Ordnung, was du getan hast«, begann ich leise, als er gerade von hinten an mich herantrat, meine Haare beiseitelegte und meinen Nacken küsste.

»Hm?«, murmelte er gegen meine Haut. Er war wie verändert. Zärtlich, liebevoll, zum Dahinschmelzen.

Aber die Angst in mir beruhigte er nicht. »Javier, bitte.«

»Was hat dir nicht gefallen, kleines stoisches Wesen?«, fragte er schmunzelnd an meiner Haut und arbeitete sich meinen Hals hinauf. »Wie ich dich gepackt und gefesselt habe? Irgendetwas hat mir gesagt, dass deine Schenkel schon vor der Berührung mit dem Badewannenwasser feucht gewesen sind.«

»Das stimmt vielleicht, aber …«

Er nahm seine Hände dazu und streichelte sanft meine Oberarme. »Ich mag es, wenn du wehrlos bist, Beauty. Vollkommen von mir eingenommen und gefangen. Ich mag unser Spiel. Noch nie wurde ich so sehr zum Gewinnen gezwungen wie bei dir.« Crack nahm mein rechtes Ohrläppchen zwischen die Zähne und kaute sanft daran.

Ich atmete bebend ein. Wie sehr hatte ich mich nach dieser liebevollen Zärtlichkeit gesehnt? Wie oft hatte ich gezweifelt, ob diese überhaupt in ihm steckt? Und jetzt war sie da und trotzdem … Ich drehte mich zu ihm um. »Es hätte auch sein können, dass sich mein Zyklus total verschoben hat. Oder ich meine Tage schon bekommen habe, als wir getrennt waren. So einer dämlichen App darfst du einfach nicht vertrauen, und wenn ich dich *bitte,* aufzuhören, musst du es tun. Du *musst* es einfach. Kinder zu bekommen ist keine Entscheidung, die du alleine treffen darfst.«

»Dass wir uns kennengelernt haben, ist zwei Wochen her«, erwiderte er sanft, mit einer Engelsgeduld, die ich noch nie an ihm bemerkt hatte.

Noch immer tanzte das Grün in seinen Augen, als hätte sich etwas in ihm verändert.

War es wirklich erst zwei Wochen her?

Zwei Wochen?

Und ich hatte von ihm gefordert, dass er mich heiratete? Verständlich, dass er diese Frage für leicht gestört hielt.

»An dem Abend, als du in die Bar gekommen bist, hat dein gesamter Körper Empfängnis signalisiert. All dein Selbstbewusstsein, deine Ausstrahlung …«

»Du scheinst dich wirklich super mit dem Frauenkörper auszukennen«, ging ich ironisch dazwischen.

»Zumindest gut genug, dass ich wusste, dass ich dich aus Sicherheitsgründen lieber anal vögle.«

»*Das* war der Grund?«

»Denkst du, ich gehe Risiken ein?«

»Und am Strand? Und im Bootshaus? Und vor ein paar Tagen? Du hast einfach meiner dämlichen Statistik vertraut?«

Seine Augenlider senkten sich. Zum ersten Mal fiel mir ganz bewusst auf, dass seine Wimpern dicht und perfekt waren. »Nun ja, ich gebe zu … Wäre etwas passiert, hätte es mich nicht mehr gestört. Du hast mich wahnsinnig gemacht, Beauty«, beschwor er mich und öffnete die Augen wieder.

Ja, anfangs hatte ich auch nicht darüber nachgedacht. Am Strand hätte zwar etwas passieren können, aber ich hatte Crack vertraut. Und im Bootshaus hatte ich völlig neben der Spur gestanden. Genauso wie vor ein paar Tagen. Aber jetzt? Jetzt wollte ich darüber sprechen und trotzdem überging er mich, als hätte mein Wille keine Bedeutung für ihn.

Er atmete durch. »Ich war verliebt. Ich bin es, seitdem du dich mir das erste Mal widersetzt hast und einfach auf deinem verschissenen Barhocker sitzen geblieben bist, obwohl ich dich gewarnt habe. Weil du dachtest, in dieser aufgemotzten Hotelgegend würde dir nichts passieren, und ich es besser wusste. Und dann unser erster Sex unter Deck. Deine Leidenschaft, die perfekt zu meiner passte. Die Erkenntnis, dass ich es niemals schaffen würde, dich zu brechen, weil du mir zuvorkommst. Du hast mich mit deiner Art, mich bis über alle Grenzen hinaus herauszufordern, gelehrt, dass ich sehr wohl weiß, wo deine Grenzen sind. Du wolltest am Ende nicht gehen. So wie ich dich nicht mehr gehen lassen wollte, und es lag bestimmt nicht an meiner psychischen Manipulation, in so kurzer Zeit kriegt man das nicht gebacken. Glaub mir, ich bin ein Mensch, kein perfider Psycho-Gott, der das in ein paar Stunden schafft ... Um Menschen an sich zu binden, die es nicht wollen, benötigt es Ausdauer und Zeit. Sehr, sehr viel Zeit.«

»Woher weißt du das?«, fragte ich beklemmt.

»Meine Mutter war das Opfer meines Vaters«, gestand er mir leise. »Und Salena war anfangs meines, wie du weißt.«

Aber sie konnte sich daraus befreien und hat sich am Ende gerächt, schloss ich in Gedanken an.

»Aber das braucht Jahre«, ergänzte Crack. »Es braucht verdammte *Jahre.* Mindestens Monate, und dann muss man schon verdammt krank und ... gut sein.«

»Und das beweist, dass du jedes Recht dazu hast, mich zu schwängern, obwohl ich es nicht will? Weil ich aus freien Stücken bei dir bin?«

»Habe ich dich *geschwängert*?«, fragte er genervt.

»Verstehst du bitte, worum es mir geht?«

»Verstehst du denn, dass es mir dezent auf den Zeiger geht, wenn du mir fortwährend Dinge unterstellst, die ich *nicht* getan habe?«

Ich verlor die Lust, zu streiten. »Du erschöpfst mich.«

Schnell hob er die Hände, legte sie an meine Wangen. »Das will ich nicht, Beauty.«

»Dann lass es doch einfach«, erwiderte ich kraftlos lächelnd.

»Ich wusste nicht, dass es dich so sehr stören würde.«

»Jetzt weißt du es.«

Er seufzte schwer. »Du verdirbst einem auch jeden Spaß. Warum übst du dich nicht einfach wieder in Schweigsamkeit? Dann haben wir auch keine unnötigen Diskussionen.«

Musste ich ihm jetzt ernsthaft sagen, dass es kein Spaß war?!

Crack bemerkte meinen Blick und verbesserte sich schnell. »Kein Spaß, verstehe.« Aber das Lächeln verging ihm nicht. »Du willst mich also wirklich heiraten, meine kleine Schönheit? Obwohl du eigentlich so vieles an mir hasst? Bevor wir das nächste Mal übers *Heiraten* sprechen, solltest du mich vielleicht erst einmal besser kennenlernen.«

Ich schnaubte spöttisch.

»Was?«, fragte er grinsend und streichelte über meine geschlossenen Lippen. »Glaubst du, du würdest mich schon kennen?« Sein Grinsen entglitt zu einer traurigen Maske. »Du weißt gar nichts über mich.«

Wieder strafte ich ihn mit Schweigsamkeit. Warum war ihm gottverdammt noch mal nicht klar, dass ich schwanger geworden sein könnte? Dass dies kein Spiel war? Und jetzt redete er davon, dass ich ihn erst kennenlernen sollte? Bevor was? Ich sein Kind gebar?

»Du verschweigst mir etwas. Den wahren Grund, warum eine Frau wie du sich immer und immer wieder in meine Arme begibt, als würdest du darauf hoffen, dass ich mich verändern werde. Aber das werde ich nicht. Und weil ich dich liebe, muss ich dich beschützen, auch vor mir selbst.«

Ich atmete tief ein, denn er hatte es schließlich am liebsten, wenn ich nicht sprach.

»Du hältst das alles für reine Idiotie, oder?«, fragte er schmunzelnd und strich durch mein nasses Haar. »Du willst unbedingt, dass ich die Romantikschallplatte auflege, aber so etwas besitze ich schlicht und ergreifend nicht.«

Ich musste mich zwingen, nicht die Augen zu verdrehen. *Er und kein Romantiker! Dass ich nicht lache.*

»Vielleicht bist nicht nur du es, die zu wenig über mich weiß. Vielleicht kenne *ich dich* noch nicht genug«, sagte er nachdenklich, als er versuchte, meine Gedanken zu lesen, und sie offensichtlich nicht erriet.

»Über mich gibt es nicht viel zu wissen, außer vielleicht der unerwarteten Tatsache, dass ich mich in dich verliebt habe.« Die Worte hatten ungewollt meine Lippen verlassen und ich fluchte innerlich, dass sie sich hatten hervorkämpfen müssen. *Wieso bin ich so schwach?*

Crack hielt mit der streichelnden Bewegung seines Daumens inne und sah mich lange an. »Habe ich dir erlaubt zu sprechen?«, fragte er ernst.

Im ersten Moment empfand ich große Lust, ihn anzubrüllen, dann bekam ich Angst, er könne seine Drohungen von zuvor wahr machen, und schließlich ließ ich die Anspannung in einem Lächeln los. »Du bist so ein unverbesserliches Arschloch.«

»Leider wahr.«

»Tu. Das. Nie. Wieder.«

»Was denn?«, fragte er unschuldig und hob eine Augenbraue. Die Wunde an seiner Stirn war verheilt, aber ich hoffte ein wenig, dass er für immer eine Narbe davontragen würde. *Sieh es als meine Antwort an.*

Er stand vor mir. Das nasse, dunkle Haar, die grünen, tanzenden Augen. Er liebte mich? Und das war seine verrückte Art, es zu zeigen? *Du willst mich doch nicht heiraten und weiterhin verhüten, oder?*

»Du liebst mich?«, fragte ich zur Sicherheit noch einmal nach.

»Es ist zumindest möglich, dass dieses Gefühl in mir demselben gleicht, das von allen glorifiziert ...«

»Rede nicht wie ein Streber, das bist du nicht!«,

sagte ich lachend und schubste ihn nach vorn. Ich schaffte es, ihn damit zu überrumpeln, sodass er einen Schritt nach hinten machte und mit den Kniekehlen gegen die Badewanne stieß. Mit einem festen Ruck öffnete ich sein Handtuch und setzte mich auf seine Hüfte. Mich störte nicht mehr, dass ich blutete, denn schließlich wusste er besser über meinen Zyklus Bescheid als ich, dann sollte ihn dieses ›kleine weibliche Problem‹ auch nicht stören.

Augenblicklich umfasste er mich, um mir Halt zu geben, dann sank ich schon auf seinen Schwanz. Sobald ich ihn ritt, spürte ich, wie er sich in mir mehr und mehr aufbäumte.

»Ich habe dir ebenfalls nicht erlaubt, mich zu ficken, oder?«, fragte Crack stöhnend und umfasste meine Hüften, als ich mich weiter absenkte und so seinen Schwanz tiefer in mich aufnahm.

»Oh, soll ich es lassen?«, fragte ich lasziv.

»Auf keinen Fall«, knurrte er und zog mich an sich.

Dankbar, nicht mehr gefesselt zu sein, grub ich meine Hände in sein Haar und bewegte mich auf ihm, sobald unsere Lippen sich berührten.

Unser Atem mischte sich, unsere Zungen tanzten miteinander, unser Stöhnen lag süßlich in der Luft. Sein Schwanz war hart und rieb meine Wände von innen, sodass ich für einen Moment jeden Gedanken an Raum und Zeit verlor. Dann kam er in mir und erneut ergoss sich sein Samen in meiner Mitte. Ich kostete den Moment aus, in dem sein Schwanz spürbar pulsierte, und schrie kurz darauf, als Crack fest in meine Arschbacken griff und mich auf sich drückte, die Lippen an meiner Brust, die Zähne um meine empfindliche Spitze.

Ausgehend von meiner überreizten Perle flutete der Rausch meinen Körper und ich presste mich an Cracks muskulösen Körper, um ihn noch intensiver zu spüren.

Ich wusste, dass ich alles hiervon genoss. Seinen Körper, die Art, wie er mich hielt, und die beachtliche Größe seines Schwanzes, die die äußere Reibung mit der inneren maximierte.

Als ich auf seine Brust sank, ging mein Atem schwer und es schien, als wären wir beide noch nicht bereit dazu, uns voneinander zu lösen.

Die Haltung auf dem schmalen Badewannenrand war kein geeigneter Ort, um einzuschlafen, ansonsten hätte ich glatt meine Augen geschlossen und mich der Müdigkeit hingegeben, die mich nach all den Tagen überkam. Crack erschöpfte mich. Die ständige Herausforderung, neben ihm bestehen zu können, erschöpfte mich. Mich erschöpfte, nicht mehr zu wissen, was ich wirklich wollte. Nicht zu bekommen, wonach ich mich sehnte. Und es dann ganz plötzlich doch zu erhalten.

»Amber?«, fragte er in die eingekehrte Stille hinein.

»Mh-mh«, verneinte ich, denn ich wollte nicht sprechen.

Seine warmen Hände glitten zärtlich über meinen Rücken. »Du musst aufstehen. Denn so leid es mir tut, aber wir haben noch heute Abend ein wichtiges Dinner mit dem Captain und müssen uns darauf vorbereiten.«

»Wir?«, hakte ich nach und richtete mich auf, um ihn anzusehen.

Crack seufzte, als er durch mein Haar streichelte. »Wir.«

C

ICH NENNE SIE FREUNDE. ANDERE HABEN NICHT MAL SOLCHE FEINDE.

Als ich ins Fitnessstudio hineinplatzte, spürte ich den leichten Schweißfilm an den Handinnenflächen, weil ich Wres und Ly nicht hatte finden können. Dass sie sich die ganze Zeit über nur zwei Räume weiter aufgehalten hatten, war mir nicht in den Sinn gekommen. Ich hatte sie rund um das ganze Haus gesucht.

»Fuck, ich dachte schon, ihr versteckt euch vor mir.«

»Wo ist Amber?«, fragte Ly, der locker auf einem der zwei Laufbänder joggte.

»Ist das die erste Frage, die du mir stellst? Ehrlich jetzt?«

Wres grinste. Er hob Gewichte.

»Du hast die Angewohnheit, sie zu verlieren.«

Ly zuckte mit den Achseln. »Also, jap, ist die erste Frage, die ich dir stelle.«

»Vor allem, da ihr bis eben noch gevögelt habt«, ergänzte Wres überheblich grinsend.

»Wichser«, knurrte ich und lehnte mich gegen eines der Geräte, die Arme vor der Brust verschränkt. »Warum habt ihr nicht selbst Sex, anstatt uns zu belauschen?«

»Wir lauschen nicht«, sagte Ly, nun ebenfalls grinsend, »es war einfach nicht zu überhören.«

»Wie machst du das?« Wres wechselte das Trainingsgerät. »Amber lernt schneller kämpfen und schießen als jeder Mann, den ich bisher trainiert habe, aber mit dir zusammen verliert sie ihre Stärke vollkommen.«

»Sie verliert nicht ihre Stärke«, brummte ich. Eher verlor ich meine.

Ly hob eine Braue. »Nicht? Mir kommt es so vor, als würdest du allein durch deine Anwesenheit aus einer Frau *mit* Eierstöcken eine Sub ganz *ohne* machen, und wir fragen uns, wie das geht.«

»Ihr habt offenbar keine drängenderen Sorgen.«

»Doch, schon.« Ly drosselte die Geschwindigkeit des Laufbands und lief locker aus. »Deshalb ja.«

»Was wollt ihr jetzt eigentlich von mir?!«, fuhr ich sie an.

Ly und Wres warfen sich einen Blick zu, dann grinsten sie noch eine Ecke breiter.

»Ich habe ihn noch nie so nervös gesehen.« Ly stieg vom Laufband und legte sich ein Handtuch um den Hals. »Gibt es etwas, das wir wissen müssten? Ist sie tot?«

»Verdammt! Amber liegt im Massageraum und wird von Ellen eingerieben. Gegen ihren Muskelkater. Jetzt regt euch ab.«

»Was ist es dann?«, bohrte Ly weiter, griff nach seiner Wasserflasche und setzte sie an seinen Mund.

Ich fuhr mir mit beiden Händen durchs Haar. Mich ihnen anzuvertrauen war schwieriger als gedacht. Vor allem, da sie meine Vorgeschichte kannten. Da sie mich kannten. Und da sie mir vermutlich versichern würden, dass es reinster Bullshit war. »Amber will mich heiraten.«

Mit einem lauten Donnern krachte das Gewicht, das Wres gerade in die Höhe gehoben hatte, zurück auf die anderen Metallplatten und Ly spuckte das Wasser quer durch den Raum. Er hustete und lief rot an.

»Dein Ernst?«, hauchte er kurz vor dem Erstickungstod.

»Du hast sie gefragt?« Wres wurde kritisch.

»Nein.« Ich hätte mich wohler gefühlt, wenn ich mich vor den beiden ausgezogen hätte, als dass ich es im übertragenen Sinne tun musste. »Sie hat es gefordert.«

»Gefordert?!«, keuchte Ly fassungslos.

Wres senkte skeptisch die Brauen.

»Sie sagte: ›Heirate mich‹.« Gut, damit war es ausgesprochen. Ich hatte mein Soll erfüllt und die wesentlichen Geschehnisse meines privaten Lebens den Freaks erzählt, die ich meine Freunde nannte. Ihre Aufgabe war es nun, eine Lösung zu finden, auf die ich schlicht und ergreifend nicht selbst kam.

»Sie will, dass du sie heiratest?«, wiederholte Ly, nachdem sein Asthmaanfall vorüber war. »Einfach so?«

»Und gleichzeitig will sie, dass wir verhüten«, ergänzte ich sicherheitshalber, um das Bild ihrer Psyche zu komplettieren.

Ly lachte wieder und ich hätte ihn am liebsten getötet. »Und wir sollen dir dabei helfen, diese Frau zu verstehen? Ich meine, *ich* verstehe sehr wohl, warum man von dir keine Kinder will, du hast einfach nicht mein Aussehen, andererseits ist mir nicht klar, was sie mit einer Heirat bezweckt. Geht es ihr ums Geld?«

»Welches Geld?«

Ly verdrehte die Augen und zeigte um sich herum.

Ach so. Ja, das. »Glaubst du das?« Ich ließ mich

tatsächlich von diesem Dreckschwein verunsichern. *Ist Amber hinter unserem Geld her?*

»Nein!«, knurrte Wres. »Ihr denkt euch ständig den größten Scheiß aus. Weswegen genau bist du zu uns gekommen, Javier? Sollen wir dir helfen, sie zu verstehen?« Jap. »Oder ihr beibringen, endlich auf dich zu hören und zurück nach New York zu gehen, sobald wir sicher sein können, dass sie das überleben wird?« *Bitte, ja.* »Oder worum geht es dir? Sollen wir mit ihr reden? Ihr den Kopf waschen, weil du es nicht hinbekommst?« *Das wäre eine Möglichkeit.* »Ihr erzählen, was du für ein Typ Mann bist?« *Nein, diese Schiene habe ich schon versucht.* »Ich glaube kaum, dass sie irgendetwas davon beeindrucken wird.« *Stimmt, Wres hatte es absolut begriffen.*

»Nein«, sagte ich gedehnt.

»Sondern?«

»Ihr sollt mir verdammt noch mal dabei helfen, eine Hochzeit auf die Beine zu stellen.«

Die Stille, die im Raum entstand, schmerzte in meinen Ohren.

»Ich … liebe sie.«

Mit diesen Worten dehnte sie sich weiter aus. Keiner von beiden glaubte, dass ich es ernst meinte. Ich fand es selbst sehr erstaunlich, dass ich diese Worte im Beisein meiner Killerfreunde äußerte.

»Du liebst sie?«, wiederholte Ly leise. »Du willst sie heiraten, um ihr das zu beweisen?«

Ich sah ihn zweifelnd an. »Natürlich werde ich sie *nicht nur deswegen* heiraten. Hältst du mich für völlig durch?«

»Geht es dabei um …?«, fragte Ly vorsichtig.

»Nein.« Wann würde dieser Typ es endlich verlernen, ihren Namen ständig ins Spiel zu bringen? Salena war längst nicht mehr mein Problem Nummer eins. Sie war es nie gewesen. Als ich Amber mit uns genommen, sie umgarnt und gevögelt hatte, hatte ich nie geplant, sie dauerhaft an mich zu binden. Die Lüge, auf der unser gesamtes Zusammensein basierte, war zu groß. Sobald sie alles erfuhr, würde sie schreiend davonrennen. Und das einzige Problem, das ich damit hatte, war, dass ich verdammt noch mal nicht wollte, dass sie *schon jetzt* ging.

»Es geht mir um die Hochzeit«, erklärte ich. »Es kommt uns sehr gelegen, eine zu veranstalten.«

»Alter, nein?«, sagte Ly. »So was könnte mir in drei Jahren noch nicht gelegen kommen.«

Ich ignorierte seinen Einwand und offenbarte ihnen meinen Plan. »Wir werden eine Hochzeit planen und damit alle auf einem Haufen zusammenbringen, mit deren Leben man uns erpressen könnte. *Jeden einzelnen Mann und jede einzelne*

Frau. Lys Familie, Ambers Familie und unsere Bekannten und Freunde. Und wenn sie alle dort sind, an einem Ort, den wir besser absichern werden als das Schlafzimmer des englischen Kings, schlagen wir zu.«

»Wen schlagen wir?«, fragte Ly verwundert.

»Sanchez.«

Wres wurde aufmerksam. »Sanchez? Wie kommst du auf den?«

»Ein Hinterhalt. Wir werden ihn noch am selben Tag erledigen.«

Die entstehende Stille veränderte sich. Wurde bedrohlich und besaß den fahlen Geschmack nach Tod.

Sanchez zu töten war die einzige Möglichkeit, ungeschehen zu machen, was ich getan hatte. Mit ihm würde auch das Geheimnis sterben, das Amber und mich ansonsten für immer trennen würde. Ich musste die Lüge töten, die uns verband. Und damit auch ihn. Erst dann konnte ich darüber nachdenken, sie länger an mich zu binden. Ich brauchte diesen klaren Schnitt von meinem alten Ich zu einem Mann, der vielleicht in der Lage sein würde, glücklich zu sein. Denn das war ich, solange Amber mich umgab.

Scheiße, jede Sekunde, die sie getrennt von mir war, machte mich schwach und ließ mich verzweifeln. Dass ich sie aus einem irren Grund liebte, stand außer Zweifel.

Wres lehnte sich mit verschränkten Armen an das Fitnessgerät in seinem Rücken. »Wir meinen denselben Sanchez, oder? Den Sanchez, von dem wir zahlreiche Frauen gekauft haben, um mehr über ihn herauszufinden? Exakt den Sanchez, der von Camacho und seinen Leuten in Mexico City angegriffen wurde? Einen der größten Menschenhändler Nordamerikas?«

»*Der* größte«, verbesserte ich ihn. Sanchez machte mit so gut wie jeder Mafia-Familie Geschäfte. Er hatte die Macht, den Händlerringen auf einen Schlag sämtliche Quellen zu entziehen und kannte jeden einzelnen Perversen der Staaten, der seine Frauen auf menschenunwürdigste Weise misshandelte. Leider kannte auch ich ihn ziemlich gut.

»Und du glaubst, eine Hochzeit wird ihn derart beeindrucken, dass er die Alarmanlage seines Hauses ausschaltet und seine Waffen niederlegt, damit wir bei ihm aufkreuzen können, um ihn zu erschießen?«, fragte Ly.

Sanchez besitzt keine Alarmanlage. Der einzig vernünftig gesicherte Raum lag tief unter der Erde außerhalb seiner Villa, nur durch Geheimgänge an diese angeschlossen. »Natürlich nicht.« Ly schien eine längere Leitung zu haben als Wres, der bereits die Lippen zu einem Pfeifen formte. »Wir laden Sanchez zur Hochzeit ein.«

»Ha, ha, ha!« Ly hielt sich künstlich die Brust. »Das ist doch ein Scherz.« Er sah zu Wres. »Fuck, ihr wollt mich verarschen, *das ist ein Scherz!*«

»Camacho ist tot«, sagte Wres. »Sanchez wird sterben. Damit sind wir einen entschiedenen Schritt weiter.«

»Ihr seid euch einig?«, fragte Ly baff. »Ihr wollt ... ihr wollt eine Hochzeitsfeier in ein Schlachtfeld verwandeln?«

Wir nickten.

»Und wie genau wollt ihr Amber erklären, dass C sie nur heiratet, weil es eurer Arbeit dient? Dass er sie im Endeffekt doch nicht will?«

»Ich will sie«, verbesserte ich ihn knurrend. Mit Sanchez' Tod konnte ich dieses Wollen neu definieren. Ich konnte daraus auch ein ›für immer‹ machen.

»Du willst eure Hochzeit dazu missbrauchen, deinen Feind auszuschalten ...«

»Verdammt!« *Was war daran denn so übel?* »Während wir gleichzeitig jeden sichern, mit dessen Leben man uns erpressen könnte. Das ist doch die perfekte Gelegenheit!«

»Die perfekte Gelegenheit, das Herz dieses

armen Mädchens zu brechen, wenn sie feststellt, dass du sie am Altar nur mit dem Arsch angucken wirst – weil du dich umdrehst und unsere Feinde erschießt«, monierte Ly.

»Das könnten wir ja übernehmen«, schlug Wres vor.

»Du fällst mir gerade in den Rücken«, knurrte Ly ihn an.

»Wer sagt, dass wir sie nicht einweihen werden und sie nicht einverstanden sein wird?«, fragte ich.

Lys Kinnlade fiel, Wres' Augen weiteten sich.

»Nur ein Scherz.«

»Und danach?«, fragte Ly. »Stellen wir uns vor, dein Plan funktioniert. Dann sind zwei der größten Händlerringe des amerikanischen Kontinents zerschlagen. Wollen du und Amber dann zusammenziehen, euch ein Haus kaufen und deinen Ruhestand genießen?«

Diese Idee hatte was. *Sie würde niemals von dem Grund erfahren müssen, der alles zerstören würde.* »Ja, warum nicht?«

»Was ist zwischen ›Sie muss nach New York zurück und so weit wie möglich weg von mir, weil mein Sadismus sie sonst killt‹ und ›Ich heirate sie, töte gleichzeitig unseren Feind, um unseren Weg zu ebnen‹ passiert?«, fragte Ly und so etwas wie Sorge glitt über sein Gesicht.

Ich fuhr mir mit der rechten Hand durchs Haar. »Sie ist passiert.«

»Sie hat einfach nur gesagt: ›Heirate mich‹? Nichts sonst?«

»Was hätte sie mir sonst sagen sollen?« Plötzlich fiel mir ein, dass Amber mich gefragt hatte, ob Ly mit mir gesprochen hatte. »Worüber wolltest du eigentlich mit mir sprechen?«

»Hm?«, machte er verständnislos. Ich durchschaute seine Maske nicht sofort und wurde von Wres abgelenkt.

»Mich interessiert die Frage auch«, sagte er. »Woher kommt dein Sinneswandel?«

»Wir wissen alle, dass ich sie nicht wirklich hätte gehen lassen können. Ich werde jeden Mann töten, der ihr zu nahe kommt, soll das ihre Zukunft sein? Nein. Ich tue alles dafür, dass sie frei leben kann. Mit mir oder ohne mich. Ist Sanchez tot, weiß bis auf uns niemand mehr, dass sie überhaupt verschleppt worden ist. Seine Männer wollten sie verkaufen. Camacho wollte sie sich zu eigen machen. Beide Männer verdienen ihren Tod. Und wenn etwas schiefgeht … erbt sie als Witwe ungehindert mein Vermögen und ihr seid mich los. Ich habe ein langes Leben sowieso nicht verdient.«

Wres und Ly blickten mich sehr lange an.

So lange, dass ich angespannt mein Messer

hervorzog und es in der Hand drehte. Mein Plan war perfekt. Ich hatte nicht lange darüber nachgedacht, aber er war perfekt. Auf diesem Wege konnte ich alle beschützen und Ambers verwirktem Leben eine Basis bieten, die sie innerhalb der amerikanischen Staaten zu einer freien und reichen Frau machte, sollte mir etwas zustoßen – oder sie mich doch nicht wollen. Wie unsere Beziehung im Detail aussehen würde, darüber dachte ich noch nicht nach.

»Entschuldigt, ich nehme alles zurück.« Ly nahm das Handtuch von seinen Schultern und warf es in den Korb für benutzte Wäsche. »Nicht du hast aus Amber ein schwächliches Etwas gemacht, sondern sie aus dir einen Freak. Zieh die Jalousien hoch und werd wieder zum alten Crack, ja? Danke.«

Ich hätte ahnen müssen, dass er von einer Hochzeit so begeistert war wie ein Vogel von einer hungrigen Katze.

»Ich denke nicht, dass sie viel damit zu tun hat«, sagte Wres ruhig. »Aber ich traue dem Braten nicht. Scrilla hat noch nie etwas für jemand anderen getan. Jetzt will er Amber heiraten und ihr ein sicheres Leben ermöglichen, nachdem er heute Morgen seines locker riskiert hat. Ganz nebenbei will er den Feind töten, den wir schon vor Jahren hätten erledigen können. Wenn es uns nur um *ihn* gegangen wäre und nicht um die Frauen. Mir gefällt das alles nicht, aber ich weiß nicht, ob er wirklich nur wegen Amber so ist.«

»Weswegen sonst?«, fragte Ly. »Meinst du, er verarscht uns und am Ende geht es ihm darum, die Weltherrschaft zu erlangen, indem er die gesamte Hochzeitsgesellschaft in die Luft jagt?«

»Ja, so was in die Richtung.«

Ich verdrehte die Augen.

»Ganz ehrlich«, Wres nahm sich ebenfalls ein frisches Handtuch, »hätte ich das gewusst, hätte ich Amber niemals aus dem Bullenwagen herausgeholt, sondern sie einfach in ihren frühen Tod fahren lassen.«

»Ist sicherlich weniger schmerzhaft, als mit so einem Vollidioten zusammen zu sein«, sagte Ly nickend.

»Na, ihr seid euch ja auf blendende Art einig«, spottete ich. »Warum weihe ich euch überhaupt ein?«

»Weil du weißt, dass es Bullshit ist«, sagte Ly. »Noch immer wegen Salena so einen verdammten Aufriss zu fahren, anstatt zu deinen Gefühlen zu stehen! Heirate Amber oder lass es sein, aber tu es richtig! Ohne Hintergedanken, ohne Vorwand, ohne Plan!«

»Als würde es hierbei um diese verschissene Schlampe gehen!«, fluchte ich.

»Ach nein, es geht ja um Amber, die an deiner Seite sowieso unglücklich wird, ne? Warum dann mit einer richtigen Hochzeit feiern? Fuck! Ja, wenn du so rumheulst, wird sie das bestimmt! Aber lass sie das doch selbst entscheiden! Das ist das einzige Problem, das ihr beiden habt, du hörst *nie* darauf, was andere wollen.«

Warum rede ich mit diesen Idioten überhaupt darüber? »Also, werdet ihr mir nun helfen oder nicht?«, fragte ich resignierend.

»Nein.«

Wres schwieg.

»Okay, dann ziehe ich es alleine durch.«

»Nein!«, rief Ly. »Dein Dickschädel wird diese eine Wand niemals durchbrechen!«

»Ich hätte euch nicht einweihen sollen. Eine Gästeliste stelle ich selbst zusammen und es gibt Leute, die man fürs Organisieren solcher Feiern bezahlt.«

»Es war richtig, uns einzuweihen! Denn nur so können wir dir sagen, dass du deinen Plan in den Arsch einer Ratte schieben kannst, die es hier auf der Insel nicht mal gibt. Verschieb die Heirat bitte auf bis in zehn Jahren! Oder zwanzig! Und lass gottverdammt dieses arme Mädchen in Ruhe.«

»Sehr pathetisch.«

»Wer sagt dir überhaupt, dass Sanchez zu deiner ollen Hochzeit kommen wird? Du bist doch nur *irgendeiner* seiner beknackten Kunden.«

»Ehrlich jetzt, Ly?«, fragte ich verwundert.

Ein Nerv an seiner Schläfe zuckte.

»Ich bin *derjenige* seiner beknackten Kunden, der Camacho niedergestreckt hat.« Und ich war noch viel mehr als das. »Er wird sich nicht im Entferntesten wundern, dass wir ihn einladen, und glauben, dass wir uns mit ihm verbünden wollen. Und er wird kommen.«

Ly schwieg.

»Wir sind dabei.« Wres streckte die massigen Schultern durch. »Wenn du mit uns *gemeinsam* an einem Plan arbeitest, wie wir vorgehen, bin ich dabei.«

»Okay, dann frage ich euch ganz neutral: Was haltet ihr von der Idee, dass Amber und ich offiziell in drei Wochen heiraten, damit die ganze Sache frisch bleibt und wir Sanchez zu uns locken können?«

»Nix«, antwortete Ly. »Ist 'ne völlige Scheißidee. Aber klar, wenn sie es unbedingt will, dann gehorchst du natürlich, so devot, wie du nun mal veranlagt bist. Zum Glück hast du einen guten Plan, um es richtig zu versauen. Niemand sagt dir zwar, dass Sanchez blind wie ein Trottel in diese enorm naheliegende Falle tappen wird, aber klar, du könntest es schaffen, uns alle umzulegen und deine Braut gleich mit dazu.«

Wres schmunzelte. »Hast *du* sie denn überhaupt schon gefragt?«

»Nein. Hat er nicht.«

Wir alle fuhren gleichzeitig herum.

Amber hatte geräuschlos die Tür geöffnet und lehnte süffisant lächelnd im Türrahmen, eine Pistole in der Hand, die sie leicht am Zeigefinger hin- und herbaumeln ließ.

»Was zur Hölle …«, keuchte Ly.

Ich war wie erstarrt. Sie durfte nicht gelauscht haben. *Sie durfte einfach nicht!*

»Stehst du schon die ganze Zeit da?«, fragte Ly.

»Lange genug, um zu wissen, dass auch bei diesem Thema Scrilla über meinen Kopf hinweg entscheiden will, obwohl es mein eigener Vorschlag war.« Sie stolzierte herein, legte die Waffe auf der Anrichte beim Eingang ab und schenkte sich ein Glas Zitronenwasser ein. Da sie nur ein Handtuch um ihre sportliche Gestalt geschlungen hatte, präsentierte sie uns ihren verführerischen Rücken und zeigte auch ansonsten verdammt viel Haut.

Ich wollte gerade auf sie zugehen und wenigstens dafür sorgen, dass Ly sie nicht wie ich in seiner

Phantasie nackt vor sich sah, als die Tür noch etwas weiter aufging.

Draper kam herein, die Ohren puterrot, die Augen voller Panik. »Tut mir leid, Leute. Es war nicht ... also, nicht meine Absicht.«

Amber schnaubte spöttisch und meine eigene Wut fand ein Ventil.

Ich zog meine Waffe und richtete sie auf Drapers dicken Schädel. »Du solltest dieses verdammte Zimmer bewachen, wo warst du, als sie ging?«

»Ich ... also ich, Boss ...«

»Er hat es bewacht.« Amber drehte sich zu uns um, von einem zum anderen Ohr strahlend. »Aber ich habe ihn davon überzeugen können, dass er mich nicht überwachen muss.«

Ich entsicherte meine Waffe. Draper war ein Vollidiot und ich brauchte keine Vollidioten in meinen Reihen.

»Er ist ein Mann, Crack.« Ambers Stimme trieb mich in den Wahnsinn. Diese leichte Note aus Arroganz und Überheblichkeit, mit der sie es wagte, zu sprechen, ließ mich innerlich zweifeln, ob sie wirklich erst am Ende zu unserem Gespräch dazugestoßen war oder ob sie schon viel länger gelauscht hatte. »Und ich war nackt, als ich den Raum verließ. Weißt du ... Er kann nichts dafür, dass ich einfach wirklich gut bin, wenn es mir um etwas geht.«

Ly lachte anerkennend und ich war froh, mehrere Kugeln in meinem Lauf zu haben. Meinetwegen schoss ich sie auf der Stelle *alle* nieder.

»Es hat ausgereicht, ihn ein wenig anzublinzeln«, erklärte sie verführerisch und nahm einen Schluck aus ihrem Glas, als wäre es der teuerste Whiskey der Welt.

»Willst du, dass ich ihn töte?«, fuhr ich Amber an.

»Was?«, fragte sie erstaunt, aber nicht ganz so erstaunt, wie ich es gerne gehabt hätte. Sie war längst zu abgebrüht. Was machte ich nur falsch, dass sie immer wieder ihre große Klappe bewies?

»Willst du, dass ich ihn töte, dann rede weiter«, sagte ich angespannt. »Und wenn du nicht willst, dass ich ihn töte, nimm dir gottverdammt noch ein Handtuch, wirf es über deine Schultern, hör auf, mir von Drapers Versagen vorzuschwärmen und sag mir stattdessen, wie viel du gehört hast und wie lange du schon lauschst.«

»Nicht besonders lange, Boss«, sagte Draper zerknirscht. »Ich wusste nicht, dass sie mehr … für dich ist als eine der anderen Frauen …«

»Und du verpiss dich aus meiner Schusslinie!«, brüllte ich ihn an, woraufhin er den Schwanz einzog und verschwand. »Gottverdammt. Was hast du mit ihm getan, Amber? Seine Latte stand bis zu seiner Stirn. Weißt du eigentlich, was du da tust? Ist dir klar, wozu ich bereit wäre, um diejenigen zu bestrafen, die dich angaffen, und dass ich kurz davor bin, mich wirklich nicht mehr zurückzuhalten?« Ich hatte schon Pickman auf der Bohrinsel gekillt, der eine unserer Frauen vergewaltigt hatte. Einen Mann aus unseren eigenen Reihen zu töten wäre eine andere Liga, aber es hatte unverhältnismäßig stark in meinen Fingerkuppen gejuckt.

Dass Amber innegehalten hatte und ihr Lächeln verschwunden war, ließ mich für einen Moment glauben, meine Rede hätte etwas bei ihr bewirkt. Stattdessen bemerkte ich kurz darauf, wie ihr Atem sich verräterisch beschleunigt hatte und ihre harten Nippel sich unter dem Handtuch leicht abzeichneten.

Sie ist erregt.

Das alles hier macht sie geil.

»Du kontaktierst Gabriela«, wies ich Ly an, als ich auf Amber zuging. »Sie soll sich ums Kleid kümmern und Ambers Maße nehmen. Wres? Du kümmerst dich um den Saal und die Kontakte bei der Polizei. Ich will, dass das Gebäude für drei Tage der sicherste Ort der Welt ist. Wie wäre es mit Las Vegas. Viele unserer Kunden auf einem Haufen

Mund. Augenblicklich setzte das prickelnde Gefühl ein, das immer dann meinen Körper durchströmte, wenn er über mich bestimmte und gleichzeitig ich die Macht besaß, seine Lust zu lenken.

»Massier deine Brüste.«

Ich blickte zu ihm hoch, was ihn ungeduldig aufknurren ließ. Schnell löste ich das Handtuch um meinen Körper, ließ es fallen und berührte meine Nippel. Sie waren längst hart und gierten danach, dass er ihnen Aufmerksamkeit schenkte.

»Du kleine Göttin«, brummte er zufrieden, hielt meinen Kopf fest und entlud sich plötzlich zwischen meinen Lippen. »Wehe dir, du leckst nicht jeden Tropfen von meinem Schwanz und schluckst ihn runter.«

»Das hatte ich sowieso vor«, erwiderte ich, nachdem ich den ersten Schwall hinuntergeschluckt hatte, und leckte mit der Zunge über seinen Schaft. »… Mister Superarsch.«

»Nenn mich lieber ›Boss‹, dafür gibt es wenigstens kein weibliches Pendant.«

Ich biss ihm zaghaft in die empfindliche Vorhaut, aber es reichte, um ihn rasend werden zu lassen.

»Na, warte …« Crack bückte sich und warf mich kurzerhand über seine Schulter.

»Fuck, was hast du vor?«, beschwerte ich mich

lauthals. »Glaubst du, du kannst mich beleidigen, während sich dein Schwanz zwischen meinen Lippen befindet?«

»Oh ja, das glaube ich.« Er warf mich aufs Bett und stützte sich seitlich von mir ab. Seine Augen fanden in meine und er blickte mich mit steinerner Miene an. Angst mischte sich mit unendlicher Neugier und ließ mich die Luft anhalten. »Wir müssen aufhören, gegeneinander anzukämpfen«, knurrte er und spreizte meine Beine unter sich. Die Macht, die er über meinen Körper hatte, war beängstigend. Würde es mir je gelingen, die Oberhand zu behalten?

»Dann hör du auf, Krieg zu führen!«, verlangte ich.

»Ich führe keinen Krieg, ich treffe die besseren Entscheidungen, und das könntest du langsam mal einsehen. Wie viel von unserem Gespräch hast du mitbekommen?« In seiner Miene fackelte unbändige Wut.

Ich wusste, dass er mich bestrafen würde, wenn er erfuhr, dass ich Lys Worte mit angehört hatte, bevor ich eingetreten war. »Genug, um zu wissen, dass Ly nicht viel von der Idee hält«, sagte ich stattdessen.

Seine Augen verdunkelten sich. »Lüg mich nicht an.«

Meine Wangen begannen zu kribbeln und ich betete, dass mich nichts an meinem Äußeren verriet. »Ich lüge nicht. Was sollte ich deiner Meinung nach noch gehört haben?«

Seine schwarz funkelnden Pupillen schienen immer mehr seiner Iriden einzunehmen und für ein paar Sekunden hatte ich Angst, dass er mich erwürgen würde. Cracks Körper verspannte sich, seine Schulterblätter zogen sich zusammen, seine Miene wurde steinern und ausdruckslos. *Worüber denkt er nach? Wird er mir wieder Folter androhen, um zu erfahren, was er wissen will?*

»Meiner Meinung nach solltest du überhaupt nichts gehört haben«, sagte er dunkel. »Beantworte mir nur eine Frage: Warum willst du mit mir zusammen sein? Du sagst, du willst mich heiraten, warum?«

Das war keine Frage, die ich leicht beantworten konnte, denn ich wusste die Antwort selbst nicht genau. Die Forderung war wie ein paar andere in meinem Kopf explodiert, einem inneren Drang folgend wie so vieles andere.

Wie zum Beispiel das Bedürfnis, sein Leben zu retten, indem ich Camacho einen geblasen hatte. Oder der Wunsch, zu ihm zurückzukehren, obwohl er mich an einer französischen Karibikinsel ausgesetzt hatte, nachdem er mir Drogen gegeben hatte, die mich alles hatten vergessen lassen.

Wie lautete meine Antwort?

Warum war ich mir so sicher, dass jede andere Entscheidung mich unglücklich machen würde?

Als ich meine Hand hob und an seine Wange legte, spürte ich unterbewusst, dass es ihm nicht recht war. Dass er mich am liebsten von sich gestoßen hätte, aber ich übertrat diese unsichtbare Grenze, die er immer wieder um sich herum aufbaute, und legte meine zweite Hand zusätzlich auf seine Brust.

Ich schmiegte mich an ihn und blickte ihm von unten herauf in die Augen. »Ich weiß, dass dir als Kind und Jugendlicher Dinge angetan wurden, die ich mir nicht mal vorstellen kann.«

Er stöhnte auf, drückte meine Hände von sich weg und hielt sie fest aufs Bett gepresst. »Ernsthaft, Amber? Die Mitleidstour? Bald habe ich gar keinen Schwanz mehr, mit dem ich dich vögeln könnte. Das kann niemals dein Plan dahinter sein.«

Seine Worte hätten mich in anderen Situationen zum Schmunzeln gebracht, aber jetzt stimmten sie mich traurig. »Ly und Wres haben immer wieder Andeutungen gemacht ...«

»Aha? Ihr seid also schon richtig dicke Freunde geworden?«

»Freunde vielleicht nicht, aber ich vertraue ihnen.«

»Du vertraust ihnen?«, fragte er fassungslos. »Wie zur Hölle kommst du darauf, dass du ihnen *vertrauen* kannst?«

Weibliche Intuition?

»Ly und Wres«, sagte er eindringlich und hielt meine Handgelenke dabei fest umschlossen, »sind gewalttätige, gefühllose, rachsüchtige und vor nichts zurückschreckende *Killer. Sie sind nicht deine Freunde.* Sie kennen keine Moral. Sie kennen nur den Vorteil, der ihnen zuteilwird. Ihr Geld fließt ihnen aus Drogen- und kriminellen Bankgeschäften zu. Sie verbringen viele Monate im Jahr auf einer karibischen Insel im Nirgendwo und lassen sich von gekauften Huren die Schwänze massieren. Haben sie solche Andeutungen gemacht? Haben sie dir *ansatzweise erklärt*, was für ... Wichser wir sind? Nein? Ich denke nicht, denn im Gegensatz zu ihnen bin ich nicht verblendet. Ich kann in den Spiegel schauen und sehe, was ich bin. Sie sehen hinein und halten sich hingegen für die Größten.«

Ich wollte ihm widersprechen, aber vermutlich hatte er recht. Ly und Wres hatten mich wie eine Freundin behandelt, aber nur, weil sie wussten, dass Crack es niemals zulassen würde, dass sie mir näherkamen.

»Also, willst du es einfach noch mal versuchen? Und dich mir endlich erklären?«

Ich öffnete den Mund und verstand, wie verfahren diese Situation bereits war. Einerseits sehnte ich mich rein körperlich nach ihm und hätte gerne jede erdenkliche Form von Sexualität mit ihm ausprobiert, andererseits wusste ich, dass mein Herz an ihm hing und irgendwann zerbrechen würde. Außerdem hatte ich dazu bereits alles gesagt. »Du weißt es längst, aber du willst es einfach nicht sehen.«

Wir blickten uns für eine Weile stumm in die Augen, bis er schließlich murmelte: »Du hast vermutlich recht. Ich will nicht wahrhaben, dass mir dieses Glück wirklich gehört.«

Er küsste sanft meine Lippen und senkte sie im Anschluss auf meine Brust ab. Zärtlich umfuhr er meine Nippel mit der Zunge, sodass ich mich innerlich verkrampfte, denn ich glaubte nicht, dass ich auch noch dafür belohnt werden würde, ihn belauscht und nicht direkt geantwortet zu haben.

Aber als er meine empfindlichen Spitzen zwischen den Fingern rieb und mit der Zunge umkreiste, vergaß ich meine Angst und stöhnte auf.

»Gut so«, knurrte er. »Ich dachte schon, du fürchtest dich vor mir.«

»Liebst du es nicht, wenn ich Angst habe?«

Er blickte auf, sodass seine dunklen Wimpern die grünen Iriden rahmten. »Nein, ich hasse es nur, wenn du keine hast.« Crack leckte mit der Zunge ausgehend von meiner Halsbeuge über meinen Oberkörper zurück zu meiner Brust. »Ich will, dass du kommst.«

Seine raue Hand glitt über meinen Körper, bis sie auf meiner Perle landete. Er begann mit seinen Fingern zu kreisen, während er mit den Lippen meine Brustwarze liebkoste.

Lustvoll verkrampften sich meine Finger in der Bettdecke, während Crack mich im exakt richtigen Takt zum Höhepunkt rieb.

Mein Stöhnen erfüllte den Raum, und obwohl meine Gedanken rasten, gab ich mich ihm hin. Ich konnte genießen, ohne zu erwarten, nahm alles das, was er mir gab.

»Fuck, was tust du mit mir«, knurrte er, biss fest in meinen Nippel und ließ in eben diesem Moment meinen Orgasmus kommen. Mein Körper zuckte unter seinen Händen, als gehöre er mehr ihm als mir, und noch bevor ich wieder zu Atem kam, zog er mich fest in seine Arme. Unsere Herzen schlugen im gleichen Takt und ich umfasste seine Hände, weil ich das Bedürfnis verspürte, ihm noch näher zu kommen.

»Du willst jede Nacht so einschlafen und jeden

Morgen auf diese Art aufwachen, hm?« Er flüsterte die Worte in mein Ohr und kaute zärtlich an meinem Ohrläppchen. Ein Prickeln entstand an meinem Hals und breitete sich in meinem Bauch aus. »Du willst die Bestätigung, dass ich nur dich ficke und du mir alles bedeutest?«

»Ja«, entgegnete ich leise. Es brachte nichts, es zu leugnen.

Seine Hand fand an die Stelle, unter der mein Herz schlug. »Und wie zur Hölle kommst du darauf, dass auch ich das will?«

Ich fuhr im Liegen zu ihm herum und starrte ihn an.

Crack lächelte. »Nur ein Scherz. Wenn du es möchtest, dann vertrau mir, dass der Plan, gegen den Ly ist, notwendig dafür ist.«

»Aber hast du ...« Ich legte eine Hand auf seine Lippen. »Du wirst mich nicht foltern.«

Er verdrehte die Augen.

»Nicht schlagen.«

Er schüttelte den Kopf.

»Auf mein ›Nein‹ und ›Stopp‹ hören.«

Er zuckte die Achseln.

»Gut. Ich habe nämlich gehört, wie du was von ... drei Wochen gesagt hast.«

Crack schien sichtlich zu entspannen, nachdem ich den Satz zu Ende gesprochen hatte. Er nahm meine Hand von seinem Mund und blickte mich an. »Ja. Es ist besser, wenn es schon bald stattfindet.«

Ich würde heiraten? In drei Wochen? Ihn?! Innerlich tanzte das Glück wie eine zufriedene Prinzessin, der ihr Prinz versprochen wurde, durch meinen Körper. Und ihre Traumhochzeit. Und alles sonst, was sie sich erträumt hatte. Aber irgendwo blieb ein blöder, dunkler Schatten und warnte mich. *Sei nicht so naiv! Sei nicht so verdammt naiv!*

Ich schob die Stimme beiseite. Naiv zu sein machte viel mehr Spaß.

Crack erwiderte das utopische Lächeln, das auf meinen Lippen entstanden war. »Aber du gehörst sowieso mir und eine Hochzeit ist ein guter Anlass, das jedem zu zeigen. Also, zukünftige Mrs. García Moore, da Sie erneut bewiesen haben, wie gerne Sie sich mir widersetzen, muss ich auf eine ganz besondere Foltermethode zurückgreifen.«

»Du hast mir versprochen, mich nicht zu foltern!«

Er drehte sich nach rechts und öffnete das Schubfach seines Nachttisches. »Und? Halte ich für gewöhnlich meine Versprechen oder eher nicht?«, fragte er ironisch. Ein kleiner, runder Butt-Plug kam zum Vorschein und ich schüttelte angewidert den Kopf.

»Vergiss es. Ich will nicht wissen, in wie vielen Frauen das Ding schon drin war.«

»Das sage ich dir auch nicht.« Crack grinste schief.

»Du bist ein Arsch.«

»Beruhige dich, Beauty. Irgendetwas Gutes muss die Tatsache, dass du überall mit dabei sein willst, ja für mich haben. Und es wird mir sehr gefallen, daran zu denken, wie dein süßer Arsch immer mehr nach mir verlangt, während du es keinem zeigen darfst.«

Ich presste die Lippen zusammen. Die Eifersucht nagte an mir und ich wollte keines der Spielzeuge benutzen, mit denen er auch schon andere Frauen verführt hatte.

»Du spinnst«, murmelte er und ließ den Plug sinken. »Dieses Ding hat noch nie eine benutzt, an die ich mich erinnere.«

»Aha?«

»Sonst läge es doch nicht in meiner Schublade! Denkst du, ich vögle eine von unseren Frauen *in meinem* Bett?«

Das beruhigte das Nagetier in mir. Aber nicht gänzlich.

Er gab nach. »Ich frage Ly, er wird eine eingeschweißte Packung irgendwo in seinem Apartment haben.«

»Das ist süß von dir.«

»Nicht wahr? Nachher erwischst du mich noch dabei, wie ich dir Blumen pflücke. Alles nur, um davon abzulenken, wer ich wirklich bin.«

»Das bist du doch wirklich«, sagte ich leise und griff nach seiner freien Hand. Langsam zog ich Kreise auf seiner Handinnenfläche. »Ich wünschte, du würdest dich auch dann männlich fühlen können, wenn du etwas für mich tust.«

Er entzog mir seine Hand, nur um mich daraufhin wieder ganz in seine Arme zu ziehen. Crack küsste mich am Hals und biss zaghaft in meine Haut. Ein Kichern entwich mir und berauschendes Glück durchfloss meine Adern. »Ich tue nichts für dich? Ich *atme* für dich«, raunte er kurz vor meinen Lippen und ließ sie dann zu einem sanften Kuss sinken. »Ich frage mich, wann du das endlich begreifst.«

Eine Stunde später huschte ich durchs stille Treppenhaus, um eine Etage tiefer zu gelangen. Natürlich hatte Crack *nicht* Ly gefragt, ob er ihm Sexspielzeug leihen konnte. Was auch etwas schräg gekommen wäre. Dennoch trug ich einen Plug in mir, gegen den ich mich nicht hatte wehren können.

Das Gefühl, damit herumzulaufen, war so eigenartig, dass ich einfach versuchte, nicht darüber nachzudenken. Crack hatte mich in seinem Zimmer mit einem Kleid zurückgelassen. Er glaubte wohl, ich bräuchte länger als zehn Minuten, um mich umzuziehen. Das war gut, denn ich wollte unbedingt mit Ly und Wres sprechen.

Mich ihnen anvertrauen.

Ihre Sicht der Dinge in Erfahrung bringen.

Ly und Wres sind gewalttätige, gefühllose, rachsüchtige und vor nichts zurückschreckende Killer. Sie sind nicht deine Freunde. Hatte Crack recht?

Als ich an Wres' Tür klopfte, ertönte sofort seine tiefe Stimme. »Ja?«

Ich trat ein.

Der ehemalige Box-Champion saß mit dem Rücken zu mir auf einem seiner Sofas. Auf dem Couchtisch vor sich stand ein bernsteinfarbener Drink. Als ich näher trat, bemerkte ich, dass er Portraits einer Familie über den Bildschirm seines Handys wischte. *Seine?*

»Bist du sicher, dass er dir erlaubt, mit mir zu sprechen?«, fragte er, ohne aufzusehen.

»Bist du sicher, dass mich das kümmert?«

»Wolltest du zu mir?«

»Zu euch.«

Wres steckte sein Smartphone weg, drehte sich

zu mir um und lächelte schief. »Zu mir und meinem Ego?«

Ich lachte und schüttelte den Kopf.

Wres wies auf seine Sitzecke. »Setz dich und schütte mir dein Herz aus. Bei mir ist es sicher.«

»Wie charmant von dir.«

»Ich schulde dir in gewisser Weise mein Leben. Das schreibt mir Nettigkeit vor.«

»In gewisser Weise?« Ich setzte mich auf den Sessel schräg vor ihm.

»Wärst du nicht, hätte Camacho uns nicht erpressen können.« Wres war immer schonungslos ehrlich. »Wie kann ich dir helfen?«

Ich faltete die Finger, bevor ich mich traute, es zu fragen. Er hatte mich zwar zwei Tage trainiert, aber mehr als über Übungen, Kampf- und Verteidigungstechniken hatten wir bisher nicht miteinander gesprochen. »Wer waren die Personen auf den Fotos? Ich meine ... falls du nicht antworten willst ...«

»Du wirst einen meiner besten Freunde heiraten, warum sollte ich dir da so eine Frage nicht beantworten wollen?«

Glaubt er wirklich, dass Crack mich heiraten wird? »Javier findet immer einen Grund, gegen das zu sein, was ich erfahren will.«

Wres atmete tief durch und stützte den Kopf

auf seinen Händen ab. Nachdenklich fuhr er sich mit den Fingern durch das kurz geschorene Haar. »Ich musste meine Familie verlassen, als ich meinen Tod vorgetäuscht habe. Sie denken, ich wäre tot. Es ist auch besser so. Sie wären nicht gerade stolz auf das, was aus mir geworden ist.«

»Ein Verbrecher?«

Wres blickte auf. »Ein Mörder. Was ist mit dir? Vermisst du deine Familie nicht?«

»Die Frage ist, ob *sie* mich vermissen. Ihnen dürfte noch gar nicht aufgefallen sein, dass ich entführt worden bin. Vorausgesetzt, die Agenten haben es ihnen nicht gesagt.«

»Möglich, dass sie es noch nicht getan haben«, sagte Wres.

»Gut. Dann wissen meine Eltern es bestimmt auch noch nicht.«

»Sie machen sich *gar* keine Sorgen um dich?«, fragte er verständnislos.

Ich schüttelte den Kopf.

Das schien seine Neugier zu wecken und zum ersten Mal blickte er mich ehrlich interessiert an. Nicht wie eine Gefangene. Nicht wie eine gekaufte Frau. Nicht wie die Freundin von Crack. Sondern weil wir ein Gespräch führten, einfach so. »Erzähl mir davon.«

»Meine Eltern haben sich noch nie besonders

darum gesorgt, was ich tue oder wo ich bleibe. Seit meiner Geburt haben sie versucht, mich zu einer starken Frau zu erziehen, um die sich keiner zu sorgen braucht. Den konservativen Weg zu gehen, in der Heimatstadt aufs College zu wollen, früh heiraten und Kinder bekommen, das ist ihre Horrorvorstellung. Sie sind bestimmt froh zu hören, dass ich in einen Menschenhändlerring geraten bin und welche Abenteuer ich die letzten Wochen erlebt habe. Vergewaltigungen zu trotzen ist für sie ein Ausdruck von Feminismus.«

Wres' Kinnlade hatte sich leicht geöffnet. »Wenn das Satire sein sollte, fehlt mir der Bezug.«

»Es *ist* so grausam, wie es klingt.«

»Wie kann ein Vater es beklatschen, wenn seine Tochter …?«

»Mein Vater war nur ein Samenspender. Ich bin bei zwei Frauen aufgewachsen. Zwei Müttern. Zwei Hippies. Zwei völlig verdrehten Gestalten.«

Wres lachte trocken auf. »Ich erinnere mich. Kim und Robin Moore. Wir hatten uns schon gewundert, welcher Name davon zum Vater gehört. Und dann gerätst du ausgerechnet an einen wie C?«

»Ich habe es weit gebracht, oder?«, fragte ich mit ironischem Unterton. »Meine Mütter würden sozusagen Luftsprünge machen. Vor einer Klippe.«

»Verstehe.« Wres griff nach seinem Glas und reichte es mir.

Als ich ein paar Schlucke von dem Rum genommen hatte, löste dieser meine Zunge. »Mein Leben lang wurde ich zu einem Zwitter erzogen. Frau sein, aber sich wie ein Mann verhalten. Stark sein, aber ständig über die emotionale Schwäche reden. Rausgehen und sich nehmen, was man will, aber gleichzeitig alles loslassen und gottesfürchtig darauf warten, dass geschieht, was geschehen soll. Ich war für sie nicht mehr als eines von vielen Experimenten, um ihre Lebensphilosophie zu demonstrieren. Und meine Aufklärung bestand aus ... Nein, lieber nicht.«

»Woraus?«, fragte er ruhig.

Ich biss mir auf die Lippe. Darüber hatte ich noch mit niemandem gesprochen. Es hatte sich gut angefühlt, es nicht wahr werden zu lassen, solange ich darüber schwieg. »Reicht es, dir zu sagen, dass sie mir Sexspielzeuge gekauft haben ... und mir unbedingt zeigen mussten, wie man sie verwendet?«

Wres schüttelte rätselnd den Kopf. »Wie alt warst du da?«

»Zu jung.«

»Gib mir deine Hand.« Er streckte seine nach meiner aus und ich legte sie hinein. Seine Finger waren groß und warm und allein durch diese Berührung kam es mir so vor, als würde er mich umarmen. »Du musst mit C darüber reden. Ihr müsst unbedingt über die ganze Scheiße reden, die euch widerfahren ist, Wort für Wort, Trauma für Trauma. Ich bin nur irgendein Kämpfer, der es nicht gewohnt ist, über Gefühle zu sprechen, und Ly ist ein egozentrisches Arschloch, das gar nicht *zuhören kann.* Deswegen musst du mit C darüber sprechen. Erzähl ihm, was du mir erzählt hast. Kommt euch endlich näher und verlasst das Level des Umeinander-Herumschleichens. Ihr seid keine Kinder mehr und ihr wollt aus völligem Wahnsinn heraus heiraten. Sprich mit ihm. Und ver*sprich mir* das.«

Ich nickte. Wres war jemand, auf den ich viel selbstverständlicher hörte als auf Ly und Crack. Er ließ mich wieder los.

»Glaubst du wirklich, dass wir heiraten werden?«

Der mächtige Kämpfer runzelte nachdenklich die Stirn. »Was hast du im Fitnessstudio mitangehört, dass du zweifelst?«

Ich spürte, wie meine Hände schwitzig wurden. Dann sprach ich es endlich aus. »Alles das, was Ly am Ende gesagt hat.«

Wres' Miene verfinsterte sich.

»Er wird mich nicht heiraten, weil er es so romantisch findet.«

»Nein, wird er nicht.«

»Er hat einen Plan. Und ich vermute, dass er ihn alleine durchziehen wird. Wie heute Morgen auf dem Schiff. Er wird sein Leben riskieren und er wird sein Leben vielleicht sogar opfern, weil er glaubt, das sei nötig, um wiedergutzumachen, was er bei Camacho falsch gemacht hat.«

»So ist es nicht«, brummte Wres und rieb sich den Nacken. »Das ist zwar auch meine Befürchtung, aber so ist Scrilla einfach nicht.«

»Bist du dir ganz sicher?«

Wres schwieg eine Weile, bevor er den Kopf wieder hob und mir in die Augen blickte. »Warte kurz.« Er nahm sein Handy und wählte eine Nummer. Die Person nahm sofort ab. »Komm mal eben hoch.«

Keine zwei Minuten später erschien Ly in Wres' Wohnzimmer und schloss leise hinter sich die Tür. Er ließ seine Augen über meine Erscheinung gleiten. Ich trug ein wunderschönes Abendkleid. Es stammte aus der Garderobe von einer der Frauen, die die Insel bewohnten. Ich dachte nicht darüber nach, dass Crack es möglicherweise schon einmal einer anderen Frau ausgezogen haben könnte.

»Hallo, Schönheit«, sagte Ly liebevoll. »Was für eine Ehre, diese ohne die Anwesenheit deines Hulks genießen zu dürfen.«

»Setz dich«, brummte Wres.

Ly folgte seiner Aufforderung und Wres wiederholte, warum ich zu ihnen gekommen war und was ich mit angehört hatte. Anschließend presste er Luft durch die Zähne. »Ja, ich verstehe deine Bedenken, Amber. Nichts für ungut, aber Crack liebt dich nicht so sehr, wie er sich selbst hasst. Und das wirst du auch nicht ändern können.«

»Was unter anderem daran liegt, dass du noch immer nicht mit ihm gesprochen hast«, zischte ich ihn an.

Ly zuckte ertappt zusammen.

»Worüber gesprochen?«, fragte Wres.

»Schon gut«, sagte ich. »Diese Sache betrifft nur Ly und C. *Eigentlich.*«

»Ja, ja, schon gut. Ich tue es nach dem Essen, versprochen.«

Wer's glaubt.

Wres blickte interessiert zwischen uns hin und her. »Geht's hierbei jetzt noch um Crack und seine dämliche Idee, eine Hochzeit für einen todesmutigen Plan zu missbrauchen?«

Ly fuhr sich mit der rechten Hand über den Mund. »Nein. Aber ja. C ist ein Wrack. Ich weiß längst nicht mehr, was er ausheckt. Schon möglich, dass er sich einfach umbringen lassen wird, um Sanchez endlich aus dem Weg zu schaffen und damit Amber ein freies Leben zu ermöglichen. Jedenfalls frei von den Menschenhändlern, die ihr das ganze Leid angetan haben. Eingeschlossen sich selbst.«

»Sanchez?«, hakte ich nach.

»Ich sollte euch daran erinnern, dass er sich betrogen fühlen wird, wenn er von diesem Gespräch erfährt«, sagte Wres dunkel.

»Schon gut«, sagte ich. »Ich werde so tun, als hätte ich extrem lange gebraucht, um mich fertig zu machen.«

Ly schenkte sich einen Drink aus der Rumflasche ein, die auf dem Tisch stand. »Ich glaube nicht, dass irgendjemand, der in diesem Haus schläft, keine übergroßen Geheimnisse hat.«

»Warum, denkst du, hat er mit euch über die Hochzeit gesprochen?«, fragte ich Ly. »Es geht ihm eigentlich gar nicht darum, mich zu heiraten, oder?«

»Wie man's nimmt.« Ly nahm einen großen Schluck Rum, ohne auch nur die Miene zu verziehen. »Ich traue Scrilla zurzeit alles zu, auch, dass er dich einfach nur aus banalen Gründen heiraten will.«

»Ich denke sogar, dass das der wahre Grund ist. Er will es nur nicht vor uns zugeben«, sagte Wres.

»Seid ihr euch sicher?«

Ly lächelte plötzlich und zwinkerte mir zu.

»Sicher? Bei jemandem wie ihm? Aber wir können dir versprechen, dass er noch nie so einen Aufstand gemacht hat, um einer Frau zu gefallen. Das ist doch was, oder?«

»Wie gefährlich ist dieser Plan, den er ausheckt?«

Wres warf Ly einen Blick zu. Und in diesem Moment erkannte ich, dass sie schweigen und mich nicht einweihen würden. Sie hielten zu Crack statt zu mir. Und das war in Ordnung, denn ich hatte nichts anderes erwartet.

»Schon gut«, sagte ich schnell. »Ihr müsst mich nicht anlügen. Ich werde es erfahren, sobald es darauf ankommt. Und bis dahin tue ich so, als wäre nie etwas gewesen.«

Wres wirkte nicht zufrieden und Ly öffnete hilflos den Mund.

Bevor sie allerdings noch etwas erwidern konnten, war ich schon aufgesprungen und ich verließ das Zimmer, ohne ihnen die Chance zu lassen, so zu tun, als meinte Crack es ehrlich.

Es gab einen Haken. Es gab viele.

Wie lange würde es dauern, bis ich wieder wie ein Fisch an einem davon zappeln würde?

C

VERRÄTER VERRATEN MEISTENS VOR ALLEM SICH SELBST.

Als Amber eine Stunde später beim Dinner erschien, richteten sich sämtliche Augenpaare der Anwesenden auf sie. Ihr langes, dunkles Abendkleid schimmerte im Mondlicht und setzte ihre schlanke, weibliche Gestalt in Szene. Ihr volles Haar fiel locker über ihre rechte Schulter, die Lippen glänzten blutrot.

Ich hoffte sehr, dass ich der Einzige war, dessen Schwanz bei ihrem Anblick hart wurde, und verzichtete darauf, aufzustehen und sie zu empfangen, bevor ich nicht durchgeatmet hatte.

Amber setzte sich mir gegenüber und fixierte mich mit ihrem Blick. Für einen Moment existierten nur sie und ich.

Sie spielte an ihrem Handgelenk, als befände

sich dort ein unsichtbares Armband, und mir kam eine Schnapsidee.

»Ihr entschuldigt mich«, sagte ich, als die Getränke ausgeschenkt wurden und meine Eier sich einigermaßen beruhigt hatten. Sie würden ihre Gelegenheit noch bekommen. Die ganze Nacht, wenn es sein musste.

Am Tisch saßen Ly, Wres, der Kapitän namens Woods und einer seiner Matrosen, den ich beim Durchsuchen des Schiffes eingeschlossen in der Schiffsküche vorgefunden hatte. Ihm war weder das Essen noch das Trinken ausgegangen, aber er wirkte, als hätte ihn die dreitägige Gefangenschaft psychisch zugrunde gerichtet.

Neben den Männern saß jeweils eine unserer Frauen. Sie stammten aus einem chinesischen Ring und sprachen kein Wort Englisch oder Spanisch. Wir konnten uns also frei unterhalten, ohne fürchten zu müssen, dass sie etwas verstanden.

Aber bevor ich mich der Arbeit widmete, benötigte ich noch ein Accessoire. Ich ignorierte Lys zweifelnden Blick, als ich zurück ins Haus ging, und lief nach oben in mein Apartment. Normalerweise besaß ich nichts. Meine verschiedenen Wohnsitze verlangten, dass mein Besitz auf der gesamten Nordhalbkugel verstreut lag, und im ehemaligen Haus meines Vaters befand sich der klägliche Rest aus der Kindheit, die ich hatte vergessen wollen.

Aber wenn ich mich richtig erinnerte, hatte ich angeordnet, dass der wenige Besitz meiner Mutter in mein Zimmer auf der Insel gebracht werden sollte – wohin auch sonst?

Ich durchsuchte meine Schubladen und fand schließlich eine Kiste im hinteren Teil meines Kleiderschranks. *Hatte ich es wirklich nötig, die Erinnerungen an sie so weit nach hinten zu schieben?*

Ich riss den Deckel ab und durchsuchte die Erinnerungsstücke. Ganz unten fand ich, wonach ich gesucht hatte.

Eine Schachtel.

Voller Schmuck.

Bedingt durch den jahrelangen Drill kam mir das Lieblingsgebet meiner Mutter in den Sinn. Ich schickte es in den Himmel, in dem sicher kein Gott, sondern nur Leere darauf wartete, uns sterben zu sehen. Aber ihretwegen tat ich es trotzdem.

Immerhin war mir nun eine Frau begegnet, die – so wie meine Mutter damals – glaubte, mehr in mir zu sehen als das Monster, zu dem ich durch die Erziehung meines Vaters geworden war.

Hoffentlich liegt es nicht an meinen Komplexen, dass ich Amber verfallen bin.

Ein paar Minuten später trat ich zurück an den

Tisch und legte meine Hände aufs Ambers Schultern. Ly und Wres scherzten mit dem Kapitän, als wären sie alte Freunde, und auch Amber unterhielt sich mit ihnen.

Als ich ihre Haare beiseitestrich, verspannte sie. Kurz darauf fiel das körperwarme Silber in ihr Dekolletee. »Meine Mutter hätte sie dir gerne geschenkt, wäre sie noch am Leben«, raunte ich an ihr Ohr. Amber fasste an den Anhänger. Eine weiße Rose auf einer silbernen Brosche. Ich legte ihre Haare zurück und setzte mich wieder auf meinen Platz. »Wir sollten zuerst essen, bevor wir uns den Gründen widmen, wieso wir alle eigentlich tot sein müssten. Salud!« Ich hob mein Glas und die Tischrunde folgte.

Das Essen war nur eine Farce, für die ich keine Geduld übrig hatte. Ly hatte diesen Weg vorgeschlagen. Wir benötigten das Vertrauen des Kapitäns. Denn wenn er lügen wollte, würden wir es nicht in Erfahrung bringen. Besser also, er vertraute uns, und möglicherweise ließen wir ihn sogar am Leben.

Ich lenkte mich damit ab, Amber zu beobachten. Ich mochte, wie sie sich bedienen ließ und dabei verschüchtert wirkte, ich mochte, wie die Gabel zwischen ihren vollen Lippen verschwand, ich mochte, dass ihre Wangen rot glänzten, weil Ly die

Runde mit seinen dämlichen Witzen unterhielt. Sie versuchte meinen Blicken auszuweichen.

Ich genoss es, mir vorzustellen, wie es sich für sie anfühlte, keinen Slip zu tragen, während sie versuchte, sich an das Gefühl des Butt-Plugs in ihrem süßen Hintern zu gewöhnen.

Als endlich der Hauptgang abgeräumt wurde, es längst schwärzeste Nacht war und unsere Umgebung nur noch von den dekorativen LED-Kerzen beleuchtet wurde, die um den Pool herum aufgestellt worden waren, hob ich mein Glas.

»Ich denke, wir haben jetzt lange genug bewiesen, dass wir sehr freundlich sein können. Moira? Wenn ihr das Dessert bitte auf den Liegen einnehmen würdet …?« Sie verstanden, ohne die Sprache zu verstehen.

Ly seufzte, als Moira und die anderen Frauen sich erhoben. Auch die Kellner verschwanden aus unserer Hörweite, sodass unsere Tischrunde auf sechs Personen zusammenschrumpfte.

Ich griff nach meiner Waffe, die ich unter dem Jackett getragen hatte, und legte sie demonstrativ auf den Platz, an dem zuvor mein Teller gestanden hatte. »Sie schulden mir etwas, Captain. Genau genommen schulden Sie mir Ihr Leben. Sind Sie bereit, meines mit Ihrem Wissen zu schützen?«

Der Captain hatte die gesamte Zeit über gute

Miene zum bösen Spiel betrieben und lächelte auch jetzt. Er wirkte selbstbewusst, hatte sich in den paar Stunden, seitdem ich ihn vom Schiff gerettet hatte, in einem unserer Gästehäuser erholt. Natürlich unter strengster Bewachung. Auch sein Matrose war wieder einigermaßen munter.

Auf jeden Fall waren beide in der Lage, uns zu sagen, was sie wussten.

»Mir ist natürlich klar, was Sie von mir erwarten«, sagte Woods, »und natürlich werde ich kooperieren, denn ich habe sowieso keine andere Wahl.«

»Was heißt das, keine andere Wahl?«, fragte der Matrose nervös. »Das sind doch Amerikaner, oder nicht? Sie sind Amerikaner? Ich habe damit überhaupt nichts zu tun. Ich bin nur ein Koch, zu blöd gewesen, um von dem Schiff zu fliehen, bevor es abgelegt hat …«

»Fresse«, zischte Ly.

Der Kerl verstummte sofort.

»Keiner hat Bock, sich dein Gestammel anzuhören«, sagte Ly. »Also von vorn. Wir haben schon herausgefunden, dass das Schiff mit einer minimalen Besatzung abgelegt hat. Warum wurde Amber nicht zum Flughafen gebracht? Wessen Spur wollte man verwischen? Wie kam ausgerechnet Camacho auf das Schiff einer CIA-Flotte? Er brauchte dafür Hilfe. Wessen Hilfe war das?«

Der Captain faltete die Hände auf dem Tisch und blickte angespannt auf das Flimmern einer der Kerzen, die auf dem Tisch standen. »Die ersten Fragen kann ich nicht beantworten. Ich erhielt einen Anruf auf meinem privaten Handy. Es war meine Frau. Sie war in Panik, weil sie von zwei Mexikanern bedroht wurde. Wenn ich nicht getan hätte, was sie von mir verlangt haben, wäre sie gestorben.«

»Was haben die Mexikaner verlangt?«, fragte Wres.

»Sie wollten unbemerkt mit einem Helikopter landen. Ich gab also einfach durch, dass sich ein US-Helikopter angemeldet hat. Auf mein Wort wurde gehört. Die Mexikaner konnten landen und brachten das Schiff schnell unter Kontrolle. Warum so gut wie niemand an Bord war und warum Miss Moore ...«, er warf einen Blick Richtung Amber und nickte kurz, »auf dem Seeweg nach Florida gebracht werden sollte, wurde mir nicht gesagt. Meine Aufgabe war nur, das Schiff zu steuern. Nichts weiter.«

»Was ist dann passiert?«, hakte Wres erneut nach.

»Die Brücke wurde gestürmt und einer meiner Offiziere getötet. Man entfernte die Leiche und ich wurde auf der Brücke eingesperrt. Ich musste das

Schiff zu entsprechenden Koordinaten führen. Allein nicht unbedingt der bequemste Job.«

»Aber Sie haben es geschafft«, schaltete ich mich ein. »Was ist mit den Geräten passiert? Haben Sie die CIA oder jemanden auf dem Festland kontaktiert?«

»Nein. Ich habe es nicht einmal versucht. Die Wahrscheinlichkeit, dass ich meine Frau niemals wiedersehen würde, erschien mir ziemlich hoch, wenn ich nicht kooperiert hätte. Ich bin nur ein Kapitän, kein Patriot.«

»Verstehe.«

»Durch meinen Verrat bin ich wohl nicht mal mehr das.«

»Machen Sie sich darum keine Sorgen«, sagte ich, »wir beschäftigen viele Söldner. Bei uns beginnt und endet Loyalität beim Gehalt.« Ich bemerkte, dass Amber aufmerksam zuhörte. »Wenn Sie doch keinerlei Informationen bekommen haben, woher kennen Sie dann ihren Namen?«

Der Captain blickte nachdenklich auf seinen Teller. Mir gefiel nicht, dass er überlegte, statt zu reden. Bevor ich ihn daran erinnern konnte, sich gefälligst kooperativer zu zeigen, bemerkte ich den Matrosen, der grün angelaufen war. Seine Hand hatte sich um das Dessertmesser verkrampft und er sah aus, als würde er jederzeit auf uns losgehen wollen.

Dann sprang er tatsächlich auf und lief los.

»Wo will er hin?«, fragte Ly gelangweilt.

»Fliehen«, entgegnete Wres trocken.

»Von einer Insel?« Ly wurde skeptisch.

Ich fackelte nicht lange. Bevor der Kerl zu weit weg war, griff ich nach der Glock, richtete sie auf den Matrosen und drückte ab. Ein Schuss genügte und er sank leblos ins Gras. »Er hatte uns sowieso nichts zu sagen.«

Ly hob eine Braue, während Ambers Miene gefror.

Der Captain regte sich nicht. »Ich kann Ihnen eine Liste zeigen, die mir zugeschickt wurde«, entgegnete er noch einen Hauch tonloser als zuvor. »Dafür bräuchte ich Internet, das Passwort habe ich im Kopf.«

»Eine Liste?«, fragte Wres.

»Von all den Frauen, die die CIA zurzeit sucht.«

»Es sind mehrere?«, fragte ich.

»Es sind viele«, entgegnete der Captain. »Alle wurden vor ein paar Wochen in Mexiko entführt und verschleppt. Die anwesende Miss Moore war eine von dreien, die gefunden wurden.«

»Gefunden?«, fragte ich angespannt.

Der Captain warf einen Blick von mir zu

Amber, von Ly zu Wres und zurück. »Es geht um einen Menschenhändlerring. Die CIA versucht die Opfer zu finden – und ihre Käufer.«

»Warum nicht gleich so?«, fragte Ly und lehnte sich im Stuhl zurück, die Hände hinter seinem Kopf verschränkt. »Wieso muss immer erst mal jemand sterben, damit man sich überwindet, den Mund zu öffnen.«

Ich stand auf, griff in meine Hosentasche und holte mein Handy hervor. Als ich es vor dem Captain auf dem Tisch ablegte, zuckte er zusammen. »Beschaffen Sie mir diese Liste. Und dann erzählen sie mir alles über die zwei anderen Frauen, die bisher gefunden wurden.«

AMBER

GIB MIR NOCH MEHR DEINER SCHÖNHEIT, BEAUTY.

»Beauty.« Der Sand schmiegte sich an meine nackten Füße und ich lächelte, als ich mich umdrehte und Crack bemerkte, wie er in der Dunkelheit an einer Palme lehnte und mich beobachtete.

»Keine Lust auf Dessert?«

Ich zuckte mit den Achseln und ging weiter auf das Wasser zu. Die Brandung umspülte die Spitzen meines langen Kleides. »Nein.«

»Willst du Abschied nehmen?« Crack trat von hinten an mich heran und umfasste meine Schultern. Augenblicklich schoss wieder das Feuer durch meine Adern. Es loderte und war heiß, aber es schmerzte auch und verbrannte mich. Würde es sich jemals normal anfühlen, wenn er mich berührte?

»Müssen wir Abschied nehmen?«

»Für eine Weile, ja.«

»Und dann kehren wir irgendwann hierher zurück?« Ich drehte mich zu Crack um und blickte ihm von unten herauf in die Augen. Es war nicht nötig, dass er antwortete. Er würde die Wahrheit für sich behalten und das wusste ich.

»Irgendwann bestimmt.«

Ich schwieg. Was sollte ich ihm auch entgegnen? Er würde immer Geheimnisse vor mir haben, immer nur das tun, was er selbst wollte, ohne Rücksicht auf meine Wünsche oder Gefühle zu nehmen. »Habe ich alles richtig gemacht?«

»Richtig gemacht?«, fragte er verwundert.

»Beim Essen. Habe ich mich so verhalten, wie du es gerne gehabt hättest?« Ich legte eine Hand auf seine Brust. »Oder hätte ich etwas anders machen müssen?«

»Ich will nicht, dass du mir solche Fragen stellst«, sagte er leicht säuerlich.

»Nein? Wieso nicht?«

»Du bist keine Nutte, die nur tut, was mir gefällt. Du bist wesentlich mehr als das.«

»Findest du?«

»Amber …« Crack fing eine meiner vom Wind

verwehten Strähnen ein und ließ sie durch die Finger gleiten. »Warum willst du mich heiraten, wenn du mich eigentlich mehr als alles andere hasst?«

Ich schnaubte. Glaubte er, ich würde ihn hassen? Vielleicht tat ich das sogar. Vielleicht hasste ich alles, wofür er stand, und wollte nicht wahrhaben, dass ich keine Chance hatte, ihn jemals zu verändern. »Warum hast du den Mann eben erschossen?«

Crack schloss für einen Moment die Augen. »Daher dein Sinneswandel.« Als er sie wieder öffnete, schimmerten sie klar. »Du hast es vielleicht nicht mitbekommen, aber unser Leben lag für ein paar Sekunden in der Hand dieses Kapitäns. Er hätte uns anlügen können. Vielleicht plant die CIA längst einen Besuch bei uns? Wir wissen es nicht und es ist immer gut, zu zeigen, in welche Richtung eine Verhandlung laufen wird.«

»Der Mann könnte Kinder und Familie gehabt haben! Eine Frau, die auf ihn wartet! Eltern, die darauf angewiesen sind, dass er zurückkommt und sich um sie kümmert!«

»Spielst du jetzt gerade den Moralapostel?«

»Ja, offenbar schon!«

»Das ist doch vollkommener Bullshit!«, fuhr er mich wütend an. »Wie oft habe ich dir gesagt, dass wir keine guten Menschen sind, und wie deutlich habe ich dir gezeigt, mit welchen Methoden ich vorgehe? Hast du schon vergessen, dass du mich dabei beobachtet hast, wie ich einen von Camachos Männern gefoltert habe? Ja? *Offenbar schon.*«

»Ich will nicht wieder streiten.«

»Aber ich?!«

Ich atmete tief durch und versuchte meine Gedanken zu sortieren.

»Wenn du mich heiraten willst, musst du mich kennenlernen.« Cracks Stimme drang eindringlich und klar an mein Ohr. »Ich habe dir gerade gezeigt, dass ich keine Hemmungen habe, jemanden zu töten, wenn es darum geht, meinen Job zu machen. Diese Welt ist ein düsterer Ort, Amber. Jeden Tag sterben hunderte Menschen. Wer diese Realität ausblenden und seine Überlebenschancen optimieren will, hält sich von Leuten wie mir fern und heuert schon gar nicht bei der CIA an. Das sind alles *Soldaten*, Menschen, die geopfert werden, damit die Mächtigen ihre Ziele erreichen. Ob ich ihn töte oder irgendjemand von seinen eigenen Leuten ihn zum Schweigen bringt, spielt doch keine Rolle. Ich bin kein Weltretter, Beauty. Ich bin ein verschissener Drogenbaron, so wie mein Vater einer war. Das einzig Menschliche an mir ist das, was du in mir weckst.«

»Ich verstehe«, murmelte ich.

Er umschloss fest mein Handgelenk. »Nein, verstehst du nicht. Ich will, dass du glücklich bist. Mit mir zusammen. Wir *gehören* zusammen. Es war dumm von mir, so zu tun, als wäre es möglich, dass ich dich gehen lasse. Du kennst mich besser. Du weißt, dass es niemals möglich gewesen wäre. Also forderst du ... diese Art Gefängnis für uns beide. Nicht nur für dich.«

Ich lachte erstaunt. »Eine Heirat ist für dich ein Gefängnis?«

»Natürlich *nicht.* Aber für dich wird es eines sein. Du bist jung und ich bin der erste Mann überhaupt, dem du dich hingegeben hast. Vielleicht kommst du irgendwann auf die Idee, dass dir das nicht reicht. Leider werde ich jeden töten, der auch nur den Saum deiner Unterwäsche berührt. *Du bist mein.* Zwischen uns wird sich nichts ändern.«

Seine Worte machten mich traurig, aber nur, weil ich wusste, dass mehr hinter seiner Idee einer Heirat steckte. »Zwischen uns wird sich alles ändern«, flüsterte ich und streckte eine Hand nach seiner Wange aus.

Er umfasste zwar mein Handgelenk, ließ meine Finger aber an seinem Gesicht ruhen.

»Du wirst mich lieben und ehren. Mich respektieren und beschützen. Du wirst keine Frau neben mir haben und alle deine Gelüste gelten allein mir. Du wirst mir treu verpflichtet sein, so wie ich es dir gegenüber sein werde. Und wir werden gemeinsam alle Wege gehen, die schwierigen und steinigen und die einfachen und schönen. Du wirst zum ersten Mal in deinem Leben lernen müssen, dass dein Wille allein nichts gilt und wir alles gemeinsam entscheiden. Wir werden zusammen sein, jeden einzelnen Tag und jede Nacht. Ich werde dich stärken und du wirst mich beschützen, wenn ich schwach bin. Bis der Tod uns trennt.«

Er schluckte unmerklich. »Und all das siehst du in mir?«

»Ich sehe noch viel mehr in dir. Wut und Hass und Verzweiflung und den unstillbaren Wunsch, geliebt zu werden. Hilflosigkeit, weil du es nicht schaffst, deine alten Muster zu durchbrechen, Selbstkasteiung, weil ein dunkler Schatten über deinen wahren Gefühlen liegt. Sag mir, wenn ich mich täusche. Es verletzt mich nicht. Einfacher wäre es, du würdest mich auslachen und mir sagen, dass ich Mist rede, gehen und irgendeine der Huren auf dieser Insel so ansehen, wie du mich ansiehst. Aber schon bei unserer ersten Begegnung hatte ich das Gefühl, dich zu kennen, und habe dich von Anfang an dafür gehasst, was du mir alles antun wirst, und geliebt, weil ich nie wieder so geliebt werden würde. Kannst du jetzt endlich etwas tun, damit ich nicht noch mehr Blödsinn hervorbringe?«

Doch er tat nichts. Crack hatte nach meiner Hand gegriffen, sie heruntergenommen und blickte in den Sand rechts von uns.

»Bitte, Javier ...«

Als er den Blick hob, wirkten seine Augen schwarz wie ein tiefer See und verletzt wie die eines traurigen Kindes. »Befindet sich der Plug noch in deinem schönen Körper?«

»Javier!« Mein Vorwurf ging in einem Lachen unter, als er mich an sich zog und meinen Hals mit einem Kuss kitzelte.

»Der Moralapostel steht dir einfach nicht, Kleines. Sei lieber die Löwin.« Zärtlich küsste er meinen Nacken und schloss mich mit seinen muskulösen Armen ein. Seine Hände wanderten in mein Haar, griffen fest hinein, dann landeten seine Lippen an meinem Ohr. »Warum gehen wir nicht zurück nach oben in mein schallisoliertes Schlafzimmer und ...« Er wurde von einem lauten Sirenengeheul unterbrochen. »Fuck.« Crack erstarrte, blickte sich um, dann zog er seine Waffe und griff nach meinem Handgelenk. »Scheiße, das ist kein gutes Zeichen.«

»Ist jemand auf der Insel?«, fragte ich alarmiert.

»Ich hoffe nicht.« Er lief mit mir zurück zum Pool, wo uns Ly bereits entgegenkam.

»Er hat gelogen!« Ly rannte auf uns zu und drückte Crack sein Handy in die Hand. »Der Captain hat keine Frau, die ihn hätte anrufen können«, erklärte er aufgelöst. »Er ist so verfickt single, wie ich es mein ganzes Leben lang seine werde. Und ich wette mit dir, er hat die Möglichkeit genutzt, mit jemandem Kontakt aufzunehmen, als du ihm dein Handy gegeben hast. Er hat dir zwar die Liste geliefert, die du haben wolltest, aber ganz nebenbei noch ein paar Infos gestreut.«

»Fuck«, fluchte Crack laut und las die E-Mail durch, die auf Lys Handydisplay geöffnet war. »Fuck!«, rief er noch lauter, reichte das Handy Ly zurück und blickte sich um. »Wo ist er jetzt?«

»Wres redet gerade mit ihm. Aber wir müssen ... Scheiße, C, willst du wirklich ...?«

Doch Crack war bereits losgelaufen.

»Wie kann ich helfen?«, fragte ich Ly, der neben mir stehen geblieben war. »Soll ich irgendetwas tun oder in Erfahrung bringen?«

Ly blickte zum Haus. Über den gesamten Poolbereich liefen Angestellte und bewaffnete Männer, jedes Zimmer war erleuchtet. Die Sirene heulte noch immer. »Du könntest tatsächlich etwas tun ...«

»Und zwar?«

»Du weißt sicher, was C jetzt tun wird.«

»Ehrlich gesagt ...«

Ly drehte sein Handy in den Fingern. Er wirkte durch und durch angespannt. »Er wird den Captain foltern. Bis zum Tod, wenn es sein muss. Ganz ehrlich, mir wäre es recht, wenn dir der Anblick und die Schreie erspart blieben, deswegen …«

»Aber ich sollte es mit ansehen.« Ich ging auf das Haus zu. »Um zu verstehen, wer Crack wirklich ist.«

»Nein«, zischte Ly und hielt mich fest. »Nicht heute. Das wäre zu viel für dich. Wir anderen sind langsam an diese ganze Scheiße herangeführt worden. Du erlebst seit zwei Wochen einen Horrortrip. Bitte, glaub mir, wenn ich dir sage, dass es noch genügend Möglichkeiten für dich geben wird, dein Gehirn mit unangenehmen Anblicken zu füttern, und hilf uns stattdessen.«

Frustriert schüttelte ich seine Hand ab. »Also, was soll ich tun?«

»Pack eure Sachen. Cracks und deine. Vor allem seinen Laptop, Handys, Stromkabel, USB-Sticks … Alles, was du in seinem Zimmer finden kannst und dir wichtig erscheint. Und dann geh wie alle anderen zum Steg.«

»Wir verlassen die Insel?«

Lys Miene verdunkelte sich. »Wir fliehen.«

C

LÜGEN, GEHEIMNISSE, GEWALT. DAS IST MEIN JOB UND WIRD ES IMMER BLEIBEN.

Wres hockte vor dem Mann am Boden. Gerade als ich die Tür hinter mir schloss, schlug er ihm vergleichsweise sanft in den Bauch. Hätte er gewohnt fest zugeschlagen, wäre der Captain an inneren Blutungen gestorben.

»Du willst nicht, dass wir dich zurücklassen und den Mexikanern zum Fraß vorwerfen«, drohte Wres ihm. »Im Gegensatz zu ihnen sind wir *freundlich.*«

Der Kapitän lachte nur, spuckte etwas Blut. Ihm fehlte bereits ein Zahn.

»Lass mich«, sagte ich und setzte mich neben Wres. Als er mich bemerkte, ließ er vom Kapitän ab und richtete sich auf. Er lehnte sich gegen die Wand und sah mir zu. Es half, ihn dabei zu haben, aber er wusste, dass er sich bei meiner *Arbeit* besser im Hintergrund hielt. Ich umfasste Woods Kinn und riss seinen Kopf zu mir hoch. In seinen Augen war der Kampf erloschen. Er wusste, dass er sterben würde, so oder so. »Wenn du weißt, dass du keine Chance auf Rettung hast, wieso hast du uns dann verraten?«

»Nicht ich bin der Richter«, gurgelte er. »Sondern Gott.«

Na, großartig. Ein Freak. Ich drehte mich zu Wres um, der mit Gläubigen mehr Erfahrung hatte als ich. Aber er zuckte nur die massigen Schultern.

»Aber du hast gerade gerichtet.« Ich scannte Woods bisherige Verletzungen. Die milchige Farbe seiner Haut. Die Schwäche seines Körpers. »Du hast dich eingemischt, anstatt Gott zu vertrauen. Wir haben dir angeboten, dir dein Leben zu lassen. Ich habe dein Leben gerettet. Die Wege des Herren sind unergründlich, aber wie deutlich hätte er dir sonst zeigen sollen, dass er seine schützende Hand über dich hielt?«

Ich erkannte in Woods Augen, dass er mich verstand.

»Ich habe kein Interesse daran, dich zu töten«, raunte ich dicht vor seinem Gesicht. »Und mein Freund Wres hat kein Interesse daran, dich blutig zu schlagen. Auch wir wollen nur unser Leben

leben. Wir sind keine Verbrecher, nicht wie die Männer, an die du uns verraten hast. Also wem hast du mittels meines Handys einen Standort geschickt? Ging es an die CIA?« Das wäre hilfreich. »Oder war es jemand ganz anderes?« Das wäre blöd.

Wood atmete zweimal tief durch. »Wenn ich euch alles sage, dann …«

»Lassen wir dich hier auf der Insel zurück und wir werden uns niemals wieder sehen.«

»Hier auf der Insel?«

»Sie bietet alles, was man fürs Überleben braucht, und einige Boote stehen in unserem kleinen, aber feinen Hafen.«

»Die CIA ist komplett durchsetzt«, sprudelte es aus ihm heraus. »Es herrscht Krieg. Ein Krieg zwischen Mexiko und den amerikanischen Südstaaten. Die CIA hat die Aufgabe, den Menschenhandel zu vertuschen. Nichts wird so sehr unter den Tisch gekehrt wie die Frauen, die jährlich über die Grenze geschmuggelt werden. Aber die Handelsringe liegen vollständig in amerikanischer Hand. Die Mexikaner verlieren eine ihrer Frauen nach der anderen und verdienen keinen Cent daran.«

Natürlich ging es der mexikanischen Regierung nicht um die Frauen selbst – nur ums Geld.

»Ich selbst habe nie für die amerikanische Seite gearbeitet«, fuhr Wood fort. »Ich sollte für meinen mexikanischen Kontakt Informationen besorgen. Routen, die unsere Schiffe nahmen, übermitteln. Nur durch Pech bin ich da überhaupt hineingeraten. Wenn man einmal an das Wissen gelangt ist, muss man sich für eine Seite entscheiden – oder man stirbt. Es gibt keinen Weg zurück.«

»Was soll das alles?«, fragte Wres dazwischen. »Was labert er für eine große Scheiße?«

Keine Scheiße, dachte ich im Stillen. Ich wusste, dass Wood recht hatte. Die CIA selbst musste am Menschenhandel beteiligt sein, wie an allen anderen illegalen Geschäften auch, von denen die Amerikaner profitierten. Drogen, Waffen, Schmuggel, Sex. Ein gewinnbringendes Geschäft, verborgen unter dem Deckmantel der großen, schönen Demokratie.

»Ich war einer der wenigen Vertrauten von Rootkat.« Wood hustete. »Er hat CIA-intern versucht, den Menschenhandel aufzuklären. Deswegen waren so wenige Männer auf dem Schiff. Er wusste, dass seine Vorgesetzten nichts davon erfahren durften. Aber er hat mir auch nicht glauben wollen, dass es überhaupt niemanden gab, der sich für sein Wissen interessieren würde. Niemanden! Die Macht derer, die die Frauen handeln, ist zu groß! Rootkat wollte trotzdem unbedingt an Amber Moore ran. Er war nicht ausgebildet für Verhöre. Er ist ein Laie, was das angeht. Aber er glaubte, er hätte eine Chance, die Amerikaner zu überführen.« Wood lachte wie im Wahnsinn. »Er war dumm. Endlos dumm.«

»Sie haben ihn verraten.«

»Sofort.«

»Weil sie auf der mexikanischen Seite stehen?«

»Ich lebe gut in Mexiko. In den Staaten hingegen bin ich nichts weiter als ein armer Kapitän.«

»Warum die Lüge mit Ihrer Frau? Sie mussten sich doch denken können, dass wir sofort herausfinden, dass es sie nicht gibt.«

Wood sah mich merkwürdig an. »Diese Lüge erzähle ich der CIA seit Jahren. Sie wurde bisher nicht überprüft.«

»Ein löchriges System«, murmelte ich.

»Glaubst du ihm?«, fragte Wres mich. »Du glaubst ihm doch diese Scheiße nicht, oder? Die CIA ist ein Haufen aus Lügnern, aber keine Ansammlung aus Verbrechern –«

Es passierte selten, dass ich Wres unterbrach. »Du bist Patriot, Wres. Ich sage dir schon seit einer Ewigkeit, dass es nichts bringt, auf dieses Land stolz zu sein.« Ich wandte mich wieder an Wood. »Also wissen die Mexikaner, was passiert ist? Du hast sie mit meinem Handy kontaktiert?«

Wood nickte. »Ja.«

»Sie wissen, dass Camacho tot ist?«

Er nickte wieder.

»Und sie wissen, dass *wir* dafür verantwortlich sind?«

Zögernd, aber dennoch merklich nickte er.

Fuck.

Ich ließ sein Gesicht los, richtete mich auf und knallte ihn ab. Als ich mich zu Wres umdrehte, starrte dieser mich an.

»Was denn?«, fragte ich ihn. »Ich habe dem Captain versprochen, ihn auf der Insel zurückzulassen, wenn er uns alles sagt, oder nicht?«

Als ich die Suite unter Deck betrat, war der Raum dunkel. Um Amber im Schlaf nicht zu stören, ging ich auf direktem Wege ins Bad und schaltete erst dort das Licht an.

Ich sah katastrophal aus. Woods Blut war mir ins Gesicht gespritzt, meine Hände und Arme glänzten rot. Es brauchte eine Ewigkeit, bis das Duschwasser klar wurde und nicht mehr rötlich in den Abfluss sickerte.

Während das heiße Wasser meine Kopfhaut

überspülte, dachte ich nach. Über Amber, über ihre Worte, über unsere Feinde und über mich.

Zwanghaft suchte ich nach einem Grund, warum ausgerechnet sie um mich kämpfen sollte. Was bot ich ihr schon, dass ich sie verdiente? Wieder einmal hatte ich bewiesen, dass mein Job selten Leben rettete, sondern meistens für die Tode anderer verantwortlich war.

Ich war kein Arzt, ich war ein Arschloch.

Gleichzeitig wusste ich, dass sie die einzige Chance war, jemals der Dunkelheit zu entkommen, die täglich durch meine Adern kroch und mich davon abhielt, wahres Glück zu empfinden. Amber hingegen war dieses Glück.

Ich liebte sie, ohne bisher Liebe begriffen zu haben, und ich wollte sie, mehr als jeden materiellen Besitz dieser Welt zuvor.

Nachdem ich das Licht im Badezimmer ausgeschaltet hatte, ging ich in völliger Dunkelheit zu meinem Laptop, den ich seit über einer Woche hier stehen hatte. Ich schob die Dateien, die ich vom Captain bekommen hatte, auf das System und öffnete die PDFs in Großformat. Mit einem unguten Gefühl las ich die Namen, die dort aufgelistet waren. Jemand beim Geheimdienst hatte gute Arbeit geleistet und herausgefunden, welche

Frauen in der Nacht von vor drei Wochen in den Käfigen verkauft worden waren.

Über denjenigen, die durch den Schusswechsel gestorben waren, prangte ein entsprechender Stempel. Ambers Name stand darauf ebenso wie Valentinas. Aber zwei Namen fehlten. Maria und Regina.

»Amber«, sagte ich sanft und wandte mich zum Bett. Das wenige Licht des Laptops ließ nur die Decke erstrahlen, die auf dem klimatisierten Schiff wesentlich dicker ausfiel als die Exemplare auf unserer Insel. »Amber?«

Ich schaltete das Schreibtischlicht an und knurrte auf vor Wut.

Wie hatte ich mich so täuschen lassen können?

Ich schlug den Laptop zu und verließ die leere Suite. Unter Deck herrschte Chaos. Die Räume und Gänge waren so voll wie auf einer Party. Bis auf ein paar wenige Männer hatten wir niemanden auf der Insel zurückgelassen.

Die Frauen waren alle im Salon versammelt worden. Sie würden die achtstündige Fahrt zur Bohrinsel schlaflos überstehen oder sich auf den Boden legen müssen. Amber war nirgends unter ihnen zu sehen, also machte ich kehrt und stieß auf der Treppe mit Ly zusammen.

»Da bist du ja!«, sagte er, als hätte er mich

ebenso angestrengt gesucht wie ich Amber. »Ich muss mit dir sprechen.«

»Jetzt?«, fragte ich genervt. »Worüber? Wir hatten wohl nie zuvor mehr Probleme als in dieser Stunde. Wer auch immer in Mexiko von Camachos Tod erfahren hat, er wird nicht erfreut darüber sein.«

»Das weißt du nicht. Wer mochte schon diesen Kerl?«

»Witzig.«

»Ich muss über was anderes mit dir reden. Es hat was mit dir und dieser Hochzeit und Amber ...«

»Das hat auch Zeit bis morgen. Haben wir schon Nachricht von der Bohrinsel?«

»Aber ...«

»Haben wir oder nicht?!«

Ly schüttelte den Kopf.

»Dann kümmere dich darum! Was auch immer da los ist, sie sollen gefälligst nicht schlafen und sich vorbereiten!«

Ly nickte. »Ich bin dran.«

Kopfschüttelnd ließ ich ihn stehen und suchte auf dem Schiff weiter nach Amber. Es war unmöglich, sie zu finden. Fuck. Wenn sie aus irgendeinem Grund auf der Insel zurückgelassen worden war, mussten wir umkehren und verloren dadurch wertvolle Zeit. *Würde ich dieser Frau ewig hinterherjagen müssen?*

»Suchst du jemanden?«

Ich hatte die Tür zu Wres' Schlafzimmer geöffnet und nicht damit gerechnet, ihn dort vorzufinden.

»Mich suchst du offenbar nicht. Ich sehe es an deinen Augen.«

»Nein.«

»Amber ist vor fünf Minuten in deine Suite gegangen«, informierte er mich und ein schiefes Grinsen entstand auf seinen Lippen. »Warum auch immer du sie ständig verlierst.«

»Schon gut. Was tust du da?« Ich musste zugeben, die Anzeige seines Bildschirms machte mich neugierig. Ich kannte die Koordinaten, die er aufgerufen hatte. Florida. Sanchez' Haus. Ich kannte sie besser, als Wres jemals erfahren würde.

»Nichts. Wir sollten alle eine Runde schlafen.«

Ich war seiner Meinung. Wir hatten keine Ahnung, was uns erwartete. Die wenigen Stunden, die uns bis zur Ankunft an der Bohrinsel blieben, sollten wir gut nutzen und schlafen.

Im nächsten Moment sprach Wres meine schlimmsten Befürchtungen aus. »Was auch immer auf der Bohrinsel los ist, ich gehe nicht davon aus, dass man uns friedlich empfängt. Vielleicht werden wir für ein paar Tage gar keinen Schlaf mehr bekommen.«

Er fuhr sich mit der Hand durch den Nacken. Das tat er immer, wenn es wirklich ernst wurde. Dafür, dass man im ersten Moment glauben wollte, Wres besäße mehr Masse als Hirn, hatte er ordentlich etwas auf dem Kasten. Ohne ihn hätten Ly und ich bereits einige Male überstürzt gehandelt. »Ich habe über deine Idee mit der Hochzeit noch mal nachgedacht.«

»Und?«, fragte ich gedehnt. Wres war nicht unbedingt ein Talent darin, mit der Sprache rauszurücken.

»Seit Jahren versuchen wir diese Frauenhändler zu bekommen. Aber es geht immer weiter. Die Arschgeigen verschanzen sich in ihren Villen, sind gesichert bis zum Abwinken, lassen uns keine Möglichkeit, sie zu killen. Nada. Ich will nicht mehr so weitermachen und darauf hoffen, dass sie sich wie vor drei Wochen im Club selbst erledigen.«

»Gestorben sind nur die Handlanger. Nicht die Drahtzieher im Hintergrund.«

»Eben.« Wres starrte auf den Monitor. »Aber genau an die müssen wir ran. Camacho ist tot, und wenn dein Plan funktioniert, wird Sanchez der Nächste sein. Das sind aber nicht die einzigen Übeltäter auf diesem Kontinent.«

»Wovon sprichst du?«

»Was ist, wenn wir es größer aufziehen? Wenn wir es schaffen, Killer direkt in den Gebäuden der Drahtzieher zu platzieren. Die den ein oder anderen ›Big Boss‹ hinter den Händlerringen umlegen und uns damit von dieser Seuche aus Abschaum befreien. Das machen wir so lange, bis es vielen zu unsicher wird und sie keine verschleppten Frauen mehr verkaufen oder kaufen wollen – aus Angst vor ihrem Tod.«

»Ah, ja.«

»Du denkst, ich würde fantasieren«, stellte er beleidigt fest.

»Nein, gar nicht. Wir definieren das Wort ›Killer‹ offenbar unterschiedlich. Ich kenne keinen einzigen Menschenhändler oder Sklavenhalter, der sich freiwillig welche ins Haus holt.«

»Nicht?« Wres grinste, als hielte er sich für den größten King.

»Das war also dein Plan dahinter, als du Amber ausgebildet hast?«, fragte ich kühl. Ich wusste, dass er seine Zeit nicht nutzlos mit Amber verschwendet hatte. »Und du willst das mit allen Frauen machen, die wir kaufen? Du willst die Mädchen zu Killermaschinen ausbilden, sie einschleusen und die Kerle umbringen lassen, die sie gekauft haben?«

Wres zuckte die Achseln. »Die Geheimdienste

sind offenbar zu verseucht für so eine Arbeit. Also müssen wir ran.«

»Verseucht?! Das hat doch nichts mit Korruption zu tun, sondern damit, dass es einfach *verdammt schwer* ist, so was durchzuziehen.«

»Du weißt genauso wie ich, dass die CIA und alle anderen Geheimdienste häufiger mit den Verbrechern zusammenarbeiten, als wir glauben sollen.«

»Also gründen wir einfach unseren eigenen Geheimdienst?«, spottete ich. *Warum rede ich mit diesem Kerl überhaupt?*

»Nein«, knurrte Wres. »Wir bleiben effizient.«

Effizienz! »Wer sagt dir, dass die Frauen«, *ich ließ Amber absichtlich aus dem Spiel,* »das schaffen und überhaupt schaffen wollen? Dafür braucht man Mut und Rachsucht und Furchtlosigkeit – und eine knallharte Ausbildung.«

»Alles Attribute, die Amber auszeichnen. Nur so als Beispiel. Um die Ausbildung kümmern wir uns.«

Ich lachte auf. Warum noch mal schlitzte ich ihm nicht einfach die Kehle auf?

Wres grinste noch schiefer und drehte sich zurück vor seinen Computer. Er hatte nur darauf gewartet, mir von seinem bescheuerten Plan erzählen zu können, und feierte sich auch noch dafür.

»Die Wahrscheinlichkeit, dass *die Frauen*«, *Mehrzahl, du Wichser, ich würde Ambers Leben niemals riskieren,* »bei dem Versuch draufgehen, ist größer als alles andere.«

Wres ließ seine Finger über die Schreibtischplatte tanzen, als wäre ihm der Tod von Unschuldigen ganz plötzlich egal. »Aber es würden auch endlich die Richtigen sterben.«

Als ich in die Suite zurückkehrte, schien etwas Licht aus dem Bad in den Wohnraum, die Badezimmertür war angelehnt, dahinter lief die Dusche.

Dampf waberte mir entgegen und Amber stand tief versunken unter dem Wasser. *Kontrolliere dich! Nicht sie!*

Also bremste ich meine Wut, lehnte mich an die Wand und beobachtete sie. Mit jeder weiteren Minute, die wir miteinander verbrachten, lernte ich sie besser kennen. Zum Beispiel ihr Profil, das eine ganz bestimmte Form hatte, wenn sie, wie jetzt, nachdachte. Den Kopf nach unten geneigt, die Augen geschlossen, die Lippen leicht geöffnet.

Ich trat vor und klopfte gegen das Glas der Dusche. Sie sah auf und direkt in mein Gesicht.

»Warum musst du immer wieder verschwinden, Beauty?«, fragte ich sie über das rauschende Wasser hinweg.

»Hast du mich gesucht?«, fragte sie verwundert. Ihre Augen blieben wach, als hätte ich sie bei etwas ertappt.

Das ließ mich aufmerksam werden. »Wo warst du?«

»Nirgends«, sagte sie matt. »Entschuldige, das nächste Mal komme ich sofort in dein Zimmer.«

Sie lügt mich an. Noch immer.

»Wo warst du?« Ich öffnete die Tür der Duschkabine, sie wich an die Wand zurück. »Nimm deine Entschuldigung zurück. Du beleidigst mich, indem du mir deine devote Seite vorspielst. Und sag mir, wo du warst.«

Sie wirkte wie in die Enge getrieben und bereitete mir wirklich Sorgen. Wann endlich würden wir einander vertrauen können? War das überhaupt möglich? »Ich will es dir ja sagen, aber ich kann nicht! Es ist ein Versprechen!«

Das schlimmste Szenario entstand vor meinen Augen. Erst Ly, dann Wres. Er hatte gewusst, wo sie gewesen war. Was, wenn er …? Was würde ich tun, wenn ich herausbekäme, dass da etwas lief? Dass sie alle genauso verrückt nach Amber waren wie ich und Amber sich nicht entscheiden wollte? Wen würde ich töten? Wres und Ly? Amber? Mich?

»Was genau geht jetzt in deinen Gedanken vor sich?«, fragte sie mich vorsichtig.

Ich schüttelte den Kopf, um die Bilder daraus zu vertreiben. Wres hatte nichts mit ihr. Sonst hätte er diesen Scheiß gerade nicht vorgeschlagen. Es lag an Ambers Geheimnistuerei, sie machte mich wahnsinnig. Ich konnte mich nicht daran erinnern, dass jemals ein Mensch ehrlich zu mir gewesen war – bis auf Wres. Und jetzt zweifelte ich schon an ihm. Ich zog meine Schuhe und das Sweatshirt aus, dann trat ich zu Amber unter die Dusche, die mittlerweile an die Wand gepresst dastand.

»So viel Angst?«, fragte ich sie müde und schaltete das Wasser aus. Ich nahm eines der Handtücher, die geschützt vor dem Wasser seitlich neben der Duschkabine hingen, und legte es ihr über die Schultern.

»Wundert dich das?«, fragte sie leise. »Als ich durchs Schiff gegangen bin, habe ich auch den Raum entdeckt, in dem du mich mit Drogen vollgepumpt hast, und ich kann mich zwar nicht an alles erinnern ...«

»Aber an das, an das du dich erinnern solltest, schon.«

»Ich meine ja bloß. Du machst mir eben Angst.«

Ich durchschaute ihre komplexe Psyche allmählich. »Und genau das macht dich an.«

Sie schaute mich verwirrt an, aber dann lächelte sie. »Leider ja.«

Langsam streckte ich meine Hand aus und legte eine ihrer tropfnassen Strähnen zurück. Obwohl ich ihr meine Liebe gestanden hatte, hatte sie Angst. Genauso wie es bei Salena gewesen war. Hatte ich gehofft, nur weil ich jemanden *aufrichtig* liebte, dass sich etwas veränderte?

»Warum hast du dich nie dafür entschuldigt, was du mir angetan hast?«, fragte Amber leise. »Es wäre einfach gut für mich, wenn du mir zeigst, dass es dir leidtut.«

Sie verlangte zu viel von mir. Wie sollte ich ihr alles das geben, was sie in mir sah? Nur für dieses eine Lächeln, das mich sowieso in den Tod hinein begleiten würde?

»Bitte.« Sie griff nach meiner Hand, die ich hatte sinken lassen.

»Dafür ist jetzt keine Zeit.«

»Stimmt.« Ihre Antwort überraschte mich, denn sie meinte sie todernst. *Kam ich so leicht davon?* »Gibt es etwas Neues? Was hat der Kapitän gesagt?«

»Nichts Gutes.«

»Wirst du mich einweihen?«

Alles in mir sperrte sich dagegen. »Trockne dich erst mal ab.«

Sie seufzte.

»Ich soll dich einweihen, aber du sagst mir nicht einmal, wo du warst?«

Damit hatte ich Amber direkt zurück in die Enge getrieben. »Es ist wegen Valentina. Sie lebt.«

»Hm?«

»Sie hat sich die ganze Zeit über vor uns versteckt und war am Leben.«

»Ist das ein Scherz?«

»Sie hat mir die Pistole gebracht, mit der ich Camacho bedrohen konnte. Und sie hat mir auch geholfen, als er mich beinahe erstochen hätte. Aber sie hat mir das Versprechen abgenommen, dass ich niemandem von ihr erzähle. Also habe ich mich daran gehalten. Als der Alarm losging, wollte ich natürlich sichergehen, dass sie mit uns die Insel verlässt. Also habe ich sie überall gesucht, gefunden und verdeckt an Bord gebracht.«

»Sie ist gerade an Bord?«, fragte ich fassungslos. Wie war das möglich? Wie konnte uns ein lebendiger Mensch entgehen?

»Ich werde dir nicht sagen, wo.«

»Warum versteckt sie sich vor uns?«

»Sie hat mir *zweimal* das Leben gerettet. Eigentlich das von uns allen. Ich frage nicht nach, wenn sie etwas von mir verlangt. Ich helfe ihr einfach, soweit es in meiner Macht steht.«

»Ist sie hier bei uns im Zimmer?«

Amber lachte. »Oh Gott, nein.«

Ich wusste nicht, was ich sagen sollte. Das war Ambers Geheimnis gewesen? Ein Gefühl der Zuneigung explodierte schmerzhaft in meiner Brust. Amber hatte sich von Anfang an für das kleine Ding aufgeopfert und auch jetzt dachte sie an sie, weil es selbstverständlich für sie war. Und ich war wieder einmal abfuck genug gewesen, sie dazu zu bringen, mir zu sagen, worum es ging. Anstatt ihr die Loyalität zu Valentina zu lassen. Amber brachte mir so viel Vertrauen entgegen wie keine Frau – kein Mensch zuvor. Nicht einmal Ly würde mir jemals so sehr vertrauen.

Und ich verdiene dieses Scheißvertrauen nicht im Mindesten! Amber weiß nicht, was ich wirklich getan habe!

»Warum kannst du mit deiner unschuldigen Existenz nicht jemand anderen quälen?«, fragte ich sie bebend. »Wieso musst du ausgerechnet mich zwingen, dich zu wollen?«

»Ich bin verliebt«, flüsterte sie. »Lieber leide ich an deiner Seite, als dass ich ohne dich leben müsste. Mein altes Leben ist wie weggewischt, seitdem ich dir begegnet bin, als hätte ich vorher nur existiert, aber nie richtig geatmet. Ich will nicht in diesen Zustand zurück. Ich will bei dir bleiben, auch wenn es bedeutet, dass mein Herz bricht, solange ich nur genügend Luft bekomme, halte ich es durch.«

Dieses Geständnis saß. Es saß tief und fest und ließ mich mehr als jemals zuvor an mir zweifeln. »Du hast keine Ahnung, wie gebrochen ich wirklich bin«, raunte ich. *Du hast keine Ahnung, WER ich wirklich bin. WAS ich wirklich getan habe.*

»Zeig es mir«, flüsterte sie. »Ich bin stark genug dafür.«

Das ist sie. Sie ist viel zu stark.

Im nächsten Moment prallten unsere Lippen aufeinander und wir atmeten den anderen durch unsere Küsse ein. Ich schob sie gegen die feuchte Wand der Dusche, streifte das Handtuch von ihren Schultern, während sie an meinen Gürtel griff. Sie öffnete die Schnalle und drückte meine Hose nach unten. Als ihre zarten Finger meinen Schwanz berührten, katapultierte sie mich damit in den fucking Himmel.

Ich drehte sie herum und drückte sie gegen die Wand. Als ich meine Hand zwischen ihre Pobacken gleiten ließ und ihr damit ein sanftes Stöhnen entlockte, stellte ich überrascht fest, dass der Plug noch immer in ihrem Arsch steckte. *Perfekt.*

Ich zog ihn heraus und ersetzte ihn durch meine Finger. Während ich sie dehnte, küsste ich ihren Rücken und drückte ihr meine harte Lust gegen die Hüfte. Sie sollte eine Vorstellung davon bekommen, womit ich sie gleich aufspießen würde.

»Willst du es *hart* oder *sanft?*«, fragte ich an ihrem Ohr.

»Lässt du mir eine Wahl?«

»Nein, ich prüfe nur, ob du schon verstanden hast, was ich hören will.«

»Und wenn ich nicht die richtige Antwort gebe?«

»Dann könnte es passieren, dass ich dich bestrafe.«

»Womit?«, fragte sie atemlos.

»Ich glaube nicht, dass du das in Erfahrung bringen willst. Also. *Sanft* oder *hart*?«

»Ich will es hart. Sehr hart.«

Mein Schwanz zuckte gierig. »Braves Mädchen«, flüsterte ich, dann positionierte ich meine Spitze an ihrem Arsch und stieß mich in sie vor.

Sie schrie schmerzerfüllt auf, als ich nicht aufhörte, mich in sie zu bohren. Zwar ließ ich ihr Zeit, sich an meinen prallen Schwanz zu gewöhnen, aber längst nicht so viel, wie sie gebraucht hätte, damit es angenehm für sie gewesen wäre.

»Fuck«, stöhnte sie, biss die Zähne aufeinander, ich sah es an ihrem Profil. Die Hände zu Fäusten geballt, ließ sie mich ein, ließ den Schmerz zu, der die Dehnung an ihrem Hintern verursachte. Langsam, gleichmäßig drang ich in sie vor, ließ mir Zeit, hatte Geduld. Im Gegensatz zu unserem ersten Mal in dieser Dusche besaß ich welche. Der Wunsch, ihr Schmerz zuzufügen, war verglommen. Vielmehr ging es mir nur noch darum, ihr den Schmerz zuzufügen, den sie brauchte, *weil sie bedingungslos darauf stand.*

Als ich mich tief genug in ihr versenken konnte, fickte ich sie mit kleinen Stößen.

»Ich will, dass du deine Hand in deinen Schritt legst«, befahl ich ihr.

Stöhnend riss sie den Kopf in den Nacken, als sie gehorchte.

»Ich werde dich ficken, und wenn du spürst, dass ich komme, wirst du mit mir kommen.«

Sie nickte.

»Bitte mich, dich noch tiefer zu nehmen.«

»Bitte, fick mich tiefer!«

Ich tat ihr augenblicklich diesen Gefallen, drang in ihr enges Loch und ließ mich melken.

»Bitte mich, schneller zu werden.«

»Bitte, sei so schnell, wie du kannst.«

»Hmm«, brummte ich zufrieden, drückte ihren

Oberkörper an die Duschwand und rammte mich in sie. Unnachgiebig trieb ich meine Länge immer wieder und wieder zwischen ihre Pobacken. Dabei betrachtete ich ihr Profil, die Schönheit, das unsichtbare Lächeln auf ihren Lippen. Rausch pulsierte in meinen Adern. Alles davon war besser als jede Droge, die ich kannte.

Ich fickte Amber nicht nur, ich spürte sie. Ihren Körper, das rauschende Blut in ihren Adern, die angespannten Muskeln. Immer wieder versenkte ich mich in ihrem engen Arsch.

Ihr Stöhnen war Musik in meinen Ohren, als sie sich mehr und mehr mit ihren Fingern rieb. Ich griff an ihre Hüfte und ließ schließlich los. Die Ladung, die ich in ihrem Arsch verteilte, hätte ich zu gern noch in viele andere ihrer Löcher gepumpt.

Auch sie zuckte unter mir, wir glitten gemeinsam hinüber in einen Rausch. Ich genoss jede Sekunde, in der sie sich verausgabte, stieß ihre Hand schließlich beiseite und glitt zwischen ihre Schenkel. Sie schrie spitz auf, als ich sie dadurch überreizte, aber ich wusste genau, dass sie nicht weit davon entfernt war, ein zweites Mal über den Druck an ihrer süßen Perle zu kommen.

Sie zuckte unter meinen Fingern, krampfte sich zusammen und stöhnte tief meinen Namen.

Amber hatte viel gelernt, seitdem wir zusammen

waren. Sie wusste genau, was sie tun musste, damit ich ihr verfiel.

Noch eine ganze Weile stand ich da, ließ meinen Schwanz in ihr pulsieren und genoss das Gefühl, sie auf diese Art zu spüren. Als ich mich aus ihr zurückzog, drehte sie sich zu mir um.

»Was ist mit dir?«, fragte sie, nachdem ihr Körper sich beruhigt hatte, sie wieder normal atmete. Ihre Stimme hatte vieles an Härte verloren, war nun geschmeidig und sanft.

»Warum ich kein zweites Mal in dir komme, sondern aufhöre?«

Sie zuckte zögernd die Achseln und nickte.

»Ich bin ein Mann und müde«, flüsterte ich und strich über ihre nasse Haut. »Geh lieber sparsam mit meinem Samen um.«

Sie lachte laut auf und lächelte glückselig.

So dämlich es klang, es stimmte. Im Gegensatz zu ihr konnte ich nicht in aller Früh aufstehen, ein Geisterschiff besteigen, den Kapitän zusammen mit seinem Matrosen von Bord schleppen, mich mit Gefühlen, Hochzeiten und mörderischen Plänen auseinandersetzen und eine Flucht von unserer Insel verkraften und zigmal hintereinander kommen. Der Tag war lang gewesen, ohne eine einzige Minute Ruhe oder Schlaf. Dazu Amber, die mich herausforderte wie keine vor ihr. Ich musste schlafen. Dringend, denn an der Bohrinsel erwartete uns Arbeit.

Vielleicht sogar ein Kampf.

»Du gibst vor mir zu, dass du müde bist?«, fragte sie mit einem süßen Schmunzeln, als ich mich von ihr löste, drehte sich zu mir um und strich über meine Schultern. »Muss ich mir Sorgen um dich machen?«

»Nicht, solange du bei mir bist.« *Holá, Kitsch-Gott.* »Komm mit mir ins Bett.«

Ihr Nicken beruhigte mich. Einen weiteren Kampf hätte ich nicht verkraftet. Zurück im Zimmer, zog ich mich ohne Umschweife aus und fiel ins Bett. Dabei fiel mir mein Laptop auf, dessen Bildschirmschoner noch immer ruhig vor sich hin arbeitete.

»Babe?«, fragte ich matt. Amber hatte sich neben mich gelegt und streichelte zärtlich meinen Körper, küsste meine Schulter. Vermutlich träumte ich. Mein Karma war normalerweise ein Arschloch und bescherte mir keine Momente wie diese. »Wie viele Frauen waren mit dir zusammen in den Käfigen?«

Sie blickte auf, die Augen geweitet. »Wie bitte?«

»Es waren nicht mehr als zwanzig, oder?«

Amber schüttelte den Kopf. »Als ich mich das erste Mal umgesehen habe, habe ich ungefähr vierzehn gezählt. Mehr als zwanzig waren es definitiv nicht.«

Ich sank ins Kissen und strich gedankenverloren durch ihr volles Haar. Auf der Liste, die wir vom Captain erhalten haben, standen achtzehn Frauennamen. Die von Maria und Regina, also denjenigen, die wir offiziell gekauft hatten, fehlten. Entweder Camacho hatte seine Finger mit im Spiel oder es war die CIA selbst.

Denn an einen Zufall glaubte ich nicht.

Aber warum zur Hölle sollten die Amerikaner alle Frauen suchen, nur nicht unsere?

AMBER

FRAG LIEBER NICHT NACH DER WAHRHEIT ODER WILLST DU, DASS SIE DICH TÖTET?

»Beauty?«

Ich blickte auf. Nachdem Crack fünf Minuten geschwiegen hatte, war ich davon ausgegangen, dass er schlief. »Ich bin hier«, flüsterte ich und zog weiter mit den Fingern die Ränder seiner Tattoos nach.

»Erzähl mir von deinem Leben in New York.«

Diese Forderung kam für mich völlig überraschend. »Als Einschlafgeschichte?«, fragte ich lachend.

»Ist es einschläfernd?«, fragte er und klang dabei sanft und konzentriert. Wie gerne würde ich in seinen Kopf hineinsehen können. In seinen Gedanken lesen, wie er in meinen blättern konnte.

»Im Gegensatz zu deinem Leben ist es das ganz sicher.«

Das dünne Lächeln auf seinen Lippen war kein echtes. »Mein Leben ist ein verdammter *Albtraum*. Das ist kein Vergleich.«

Er hatte recht. Das, was ich bisher darüber erfahren hatte, ließ mich zweifeln, ob es überhaupt eine schöne Kindheitserinnerung für ihn gab. »Was soll ich dir erzählen?« Vielleicht suchte er Ablenkung, eine leichte Geschichte über ein völlig banales Leben irgendeiner Amerikanerin. Das konnte ich ihm bieten. Langweiliger ging es wohl kaum.

»Wer sind deine Freundinnen?«, fragte er und tat so, als würde er das nicht bereits wissen. Er hatte mich bisher nicht ausgefragt, weil er jeden einzelnen Kontakt meiner Adressliste bereits durchgegangen war. Aber es war niedlich, dass er mir urplötzlich das Gefühl geben wollte, er hätte keine Ahnung. »Du hast sie seit deiner Entführung nicht gesprochen, nehme ich an?«

»Wie sollte ich das getan haben?«

»Wir organisieren dir eine Möglichkeit«, sagte er mit vollem Ernst in der Stimme. *Was hat ihn so verändert?*

»Schon gut«, entgegnete ich gedankenverloren. »Ich wüsste nicht, was ich ihnen erzählen sollte. Ich ... bin einfach anders. Und das habe ich ihnen nie offenbart. Sie wären schockiert, wenn sie irgendetwas von dem erfahren würden, was ich getan habe.«

»Du vertraust ihnen nicht?«

»So wie du Ly und Wres vertraust? Das kann man überhaupt nicht vergleichen.« Was etwas traurig war, denn erst seitdem ich die drei Männer kennengelernt hatte, wusste ich, was Freundschaft wirklich bedeuten konnte – und dass ich sie bisher nicht in diesem Maße erfahren hatte. »Ich bin so verdammt anders als eigentlich alle, die ich kenne. Ich glaube, das ist es, was mich die ganze Zeit davon abgehalten hat, mein Leben so zu leben, wie ich es gerne getan hätte. Dieses Gefühl, *anders* zu sein.«

Crack drehte sich auf die Seite, den Kopf auf seinen Arm aufgestützt, und richtete den Blick auf meine Lippen. »Anders?«

»Das ist doch lächerlich«, sagte ich ausweichend. »Mein Leben ist nichts. Meine Vergangenheit ein blasser Schimmer gegen deine. Ich bin … Du wirst denken, ich sei die totale Langweilerin und nähme mich selbst viel zu wichtig, wenn ich dir davon erzähle.«

Er schwieg lange, sodass ich nervös wurde. Als er wieder sprach, klang seine Stimme noch fester, noch bestimmter als zuvor. »Du wirst mir jetzt davon erzählen. Ich hätte schon viel früher fragen sollen. Erzähl mir alles.«

»Aber was denn?!«

»Du warst unglücklich. Warum?«

»Das ist doch eine bescheuerte Frage ...«

»Du verschließt dich vor mir?«, fragte er erstaunt. »Nach allem verschließt du dich vor mir? Warum bist du anders? Was bedeutet das für dich, ›anders‹ zu sein?«

»Keine Ahnung!«, rief ich aufgelöst. »Ich bin es seit meiner Geburt. Die Tochter von zwei Müttern, die Tochter von zwei ›Lesben‹. Ich wurde so oft als eine beschimpft, dass ich gar nicht weiß, wie es sich für ein normales Kind an einer Schule anfühlt. Und auf der anderen Seite wurde mir gesagt, dass das gut sei. Dass es doch super sei, anders zu sein, weil jeder Mensch unterschiedlich ist, dass es aber eigentlich keine Unterschiede geben darf, da wir alle gleich sind, und sorry, ich bin nicht in New York oder San Francisco zur Schule gegangen, sondern in Missouri. Als Kind bin ich bei dieser bescheuerten Logik und dem Kampf meiner Mütter gegen die rückständige, verklemmte, amerikanische Weltanschauung einfach nicht mitgekommen.« Was ich erzählte, lag so völlig fernab von dem, was er als Kind erleben musste, dass ich nicht glaubte, dass er auch nur ein Wort verstand.

»Verstehe.«

»Du lügst.«

»Ich verstehe, dass auf diesem Planeten zwei Welten nebeneinander existieren können. Du hast nicht mal jetzt in New York Freunde?«

»Ich nenne sie meine Freundinnen, aber wenn ich ehrlich bin ... habe ich nie gelernt, was Freundschaft bedeutet.«

»Du wurdest also dein Leben lang als Lesbe beschimpft, weil deine Eltern welche waren. Ich gehe mal davon aus, dass es vor allem Jungen waren, die dich so gerufen haben, oder? Für die warst du mit deinem Aussehen bestimmt der Grund für zahlreiche jämmerliche Träume.«

»Aber mit mir ausgehen, geschweige denn auf nette Art mit mir reden wollte trotzdem keiner.«

»Und so wurde aus meiner atemberaubenden Frau eine Jungfrau, die auf jemanden gewartet hat, der sie nicht nur psychisch, sondern direkt physisch verletzt.«

»Super Analyse«, sagte ich ironisch, wusste aber, dass etwas Wahres daran war.

»Du weißt nicht, wie sehr es in meinen Fingern juckt, jeden umzubringen, der dich jemals verletzt hat«, sagte er düster. »Aber dann müsste ich mir wohl als erstes selbst die Kugel geben.«

»Sag das nicht!«, rief ich panisch. Allein die

Vorstellung, er könnte im nächsten Moment tot vor mir zusammensinken, raubte mir den Atem. Fuck! Es wäre das Schlimmste, was mir jemals passieren konnte, wenn er einfach ging! »Bitte nicht …«

Crack lächelte, streichelte über mein Gesicht. »Noch bin ich bei dir. Wegen dieser Dinge fällt es dir so leicht, alles zurückzulassen und mit mir zu kommen?«

»Ich denke ja.«

»Du gibst alles auf. Ich weiß nicht, ob ich das richtig finde.«

»Na, Hauptsache, *du* findest es richtig, oder?«

»Du sollst nicht in meinen Armen landen, nur weil du vor etwas noch viel Größerem fliehst. Wie war dein Boss zu dir?«

»Mein Boss?«

Crack tat so, als wäre das eine ganz normale Frage. »Ihr hattet ein gutes Verhältnis, richtig?«

»Nein! Wie zur Hölle kommst du darauf? Ich habe für ihn gearbeitet. Rund um die Uhr. Mehr nicht.«

»Ihr hattet nie …?«

Ich lachte auf. »Mein Boss …?« Plötzlich fiel mir etwas ein, das ich in all der Panik, all dem Kampf und all dem Chaos vollkommen vergessen hatte. »Wisst ihr etwas darüber, dass meine Kollegen angeblich tot sein sollen?«

»Mit denen du in Mexico warst?«

»Und mein Chef wird angeblich von der Polizei gesucht?«

»Wie kommst du darauf?«, fragte Crack.

»Ihr wisst gar nichts darüber?«

»Dass dein Boss von der Polizei gesucht wird? Ich erfahre gerade zum ersten Mal davon.«

»Da ist doch bestimmt ein Zusammenhang«, grübelte ich laut.

»Ein Zusammenhang?«

»Mein Chef ist nicht am Flughafen erschienen. Abends hat er versucht, mich zu erreichen. Dabei meinte er etwas wie ›es ginge um Leben und Tod‹. Kurz darauf wurden meine Kollegen getötet? Und ich wurde entführt! Es waren dieselben Männer, die zuvor das Hotel gestürmt hatten!« Shit! Wie konnte ich so dumm, so vergesslich gewesen sein? »Bestimmt hat er das alles eingefädelt und im letzten Moment ein schlechtes Gewissen bekommen und versucht, mich zu erreichen! *Er* hat mich an den Menschenhändlerring verkauft!« Als ich aufspringen wollte, hielt mich Crack an meinem Handgelenk zurück. Er umgriff es fest, zu fest.

»Darum kümmern wir uns, sobald wir bei der Bohrinsel angekommen sind. Sag mir nur, woher du diese Informationen hast. Mit wem hast du gesprochen?«

»Rootkat. So hieß der Agent, der mich ausgefragt hat, bevor Camacho ihn erschießen ließ.«

Crack nickte. »Interessant.«

»Lass mich bitte ins Internet! Ich will nachforschen!«

»Beauty, wir können gerade nichts tun. Halpin ist weit weg. Sobald wir unsere großen Probleme im Keim erstickt haben, denken wir über ihn nach.«

»Du hast dir sogar den Namen meines Chefs gemerkt?«

»Ist das so bemerkenswert?«

»Du wolltest schlafen«, erinnerte ich ihn.

Meine Absicht war zu auffällig gewesen, denn Crack begann, spöttisch zu lächeln. »Und wenn ich schlafe, schleichst du dich raus und recherchierst an unserem Computer?«, fragte er. »Der Internetzugang ist passwortgeschützt.«

»Ich ärgere mich, dass ich nicht früher daran gedacht habe«, gestand ich Crack. »Wie konnte ich so etwas Wichtiges vergessen?«

»Beruhige dich. Es hat keine Bedeutung mehr, *wer* dafür verantwortlich ist, dass wir uns begegnet sind. Du bist jetzt bei mir. Hier bei mir.«

Ich fuhr die Konturen seiner Gesichtszüge nach. »Woher wusstest du, wo sie mich hinbringen? Wie hast du mich wiedergefunden?«

»Das fragst du mich *jetzt?*«

»Du hast Ly nicht gesagt, dass du mich suchst. Warum warst du nicht offen zu ihm?«

»Was hätte ich sagen sollen? Kommt, wir müssen ein Mädchen befreien, das mir gerade in einer Bar gratis Sex angeboten hat?«

»Habe ich das?« Kein Wunder, dass ich entführt worden war.

»So in etwa.«

»Aber du wolltest mich nicht mitnehmen. Wieso zur Hölle wolltest du mich nicht kaufen, wenn du doch meinetwegen da warst?«

Crack schloss die Augen. »Weil ich glaubte, schlimmer für dich zu sein als alle anderen.«

Dieses Geständnis nahm mir allen Wind aus den Segeln. Es passte zu ihm, dass er hin- und hergerissen gewesen war, denn so verhielt er sich mir gegenüber von Anfang an. »Gut, lassen wir das«, murmelte ich und legte mich zu ihm. »Erzähl mir etwas aus deiner Vergangenheit. Irgendetwas.«

Er dachte einen Moment nach. »Was ist, wenn ich dir sage, dass mein Vater bei einem Unfall ums Leben gekommen ist? Würdest du mir das glauben?«

»Warum sollte ich dir das nicht glauben?«

»Weil es beim Wasserski passiert ist und seine Leiche, von Haien zerrissen, am Strand angespült wurde.«

»Ich lasse dich schlafen«, flüsterte ich und zog die Decke über seinen nackten Körper. »Ich gehe eben in die Küche und hole mir etwas zu essen.«

Er murmelte zustimmend, aber als ich mich aufrichtete, umfasste er plötzlich mein Handgelenk. »Wohin du auch gehst«, sagte er eindringlich mit einem durchbohrenden Blick seiner tiefgrün schimmernden Augen. »Du entkommst mir nicht.«

Dieses Mal war mein Lächeln echt. »Ich weiß.«

Er atmete zufrieden ein, schloss die Augen und legte sich zurück. Ich schaltete das Licht aus und verließ sein Zimmer.

C

ALBTRAUM. VERSCHONE MICH ENDLICH.

Ich hatte selten so traumlos geschlafen. Als ich nach rechts fasste, wurde mein Albtraum allerdings wahr. Ich sollte sie an mich ketten. Hatte Amber überhaupt geschlafen?

Zügig duschte ich mich kalt und versuchte mit ein paar Liegestützen meinen Körper aufzuwecken. Ich fühlte mich durch und durch verkatert. Nachdem ich fast einen Liter Wasser getrunken hatte, verließ ich das leere Zimmer. Es war längst Tag. Die Karibiksonne verteilte ihren unruhigen Glitzer auf den Wellen.

In einer Stunde würden wir die Bohrinsel erreichen. Dafür, dass die Gefahr gebannt zu sein schien und wir entkommen waren, war das Schiff nach wie vor noch ein unruhiges Wespennest. Ich ignorierte die Frauen, die ängstlich vor mir zurückzuckten, als ich den Salon betrat – wer konnte es ihnen verübeln, ich hatte schließlich bewiesen, wie wenig mir ihr Leben wert war – und stieg aufs Oberdeck. Nur hier konnten Wres, Ly und Amber sich ungestört aufhalten und es überraschte mich daher nicht, die drei vorzufinden. Als wären sie bereits eine Einheit, steckten sie ihre Köpfe zusammen, einen großen Gebäudeplan der Bohrinsel vor sich ausgebreitet. Waffen und Munition lagen ebenso selbstverständlich auf den Sitzflächen wie Croissants, Baguette und frisches Obst auf dem Frühstückstisch. Einer der Stewards hatte ihnen sogar Champagner eingeschenkt, der unberührt seine Bläschen in die Luft abgab.

»Störe ich eure harmonische Runde?«, fragte ich und trat zu ihnen.

Die drei zuckten zusammen und hörten auf zu reden. *Wurde ich schon zu einem Fremden degradiert, den man nicht einmal mehr einweiht?*

»Ausgeschlafen?«, fragte Ly, aber seine freundliche Art konnte nicht darüber hinwegtäuschen, dass etwas nicht stimmte.

Amber trug Shorts und darüber nur ein Top. Das Raubtier in mir meldete sich zu Wort, da ich genau wusste, dass Ly seine Augen nicht oberhalb gewisser Körperregionen behalten konnte. »Im Gegensatz zu euch, offensichtlich.«

Sie schwiegen. Ihre Grabesmienen, die sie zusammen geprobt zu haben schienen, damit sie exakt gleich aussahen, ließen mich stark an mir zweifeln.

»Habe ich etwas falsch gemacht?«, fragte ich beunruhigt. Hatte ich verschlafen? Hatte ich etwas Wichtiges verpasst? Warum überhaupt griff ich nicht jeden Tag zu Kokain, um diesen Wahnsinn zu überleben?

»Etwas falsch gemacht?«, fragte Ly verwirrt.

Wres schickte den Steward wieder weg, der hinter mir erschienen war. »Haben wir jemals erlebt, dass C uns fragt, ob er etwas falsch gemacht hat?«

»Nicht, dass ich wüsste.« Ly zündete sich eine Zigarette an. Ich streckte die Hand nach der Schachtel aus, aber er schob sie zuerst Amber rüber.

Für mich völlig unerwartet nahm sie sich eine heraus, ließ sich von Ly über den Couchtisch hinweg Feuer geben und setzte sich zurück, als wäre Rauchen für sie das Normalste der Welt.

»Darf ich dann jetzt?«, fragte ich und griff nach der Schachtel, die weder sie noch Ly mir reichten. »Wollt ihr mich mobben?«

»Mobben?«, fragte Ly erstaunt, Amber unterdrückte ein schwaches Lachen.

»Ja, ihr vögelt euch gerade platonisch, was soll

der Scheiß? Geht eure Verbundenheit wegen ein paar Schießübungen schon so tief?«

»Wir haben dich schlafen lassen, weil wir nicht schlafen konnten«, schaltete sich Wres mit dunkler Stimme ein. »Aber bei dem, was wir gleich vorhaben, muss wenigstens einer ausgeschlafen sein.«

Ich setzte mich zu ihnen. Es gefiel mir einerseits unbeschreiblich gut, dass Amber sich mit den beiden verstand. Schließlich bedeuteten sie mein Leben, waren alles, was ich jemals über meinen materiellen Besitz hinaus gehabt hatte. Andererseits störte es mich, wenn sie sich ihnen näher fühlte als mir. »Was ist passiert?«

»Wir haben noch immer keine Nachricht von der Bohrinsel«, sagte Ly.

»Also gar keine«, ergänzte Amber.

»Wir vermuten, sie wurde besetzt«, kam von Wres.

Ich starrte die drei an. »Okay, ignorieren wir die Scheiße, die ihr gerade abzieht. Statt mich zu wecken, habt ihr euch also schon einen Plan ausgedacht, nehme ich an?«

»Wir müssen mit dem Schlimmsten rechnen«, sagte Ly.

Wres ließ einen Stift mit geschlossener Spitze über unsere Geheimzugänge der Bohrinsel wandern. »Das ist das einzige Rohr, von dem wir wissen, dass es niemand sonst kennt.«

»Es wird als Abwasserrohr genutzt«, erinnerte ich ihn.

»Für die Waschküche«, sagte Ly, aber ich sah ihm an, dass er sich schon jetzt davor ekelte, darin eingepfercht nach oben zu steigen. »Aber alle anderen Wege sind zu riskant, solange wir nicht wissen, was vor Ort abgeht.«

Ich fluchte innerlich und fuhr mir mit der linken Hand durchs Haar. Die Bohrinsel bedeutete mir nicht so viel wie unsere Zuflucht auf der Karibikinsel, aber sie war ein strategisch wichtiger Ort für uns und unsere Arbeit. Frauen zu kaufen, anzustellen und schließlich freizulassen war ja nur ein Hobby, das wir betrieben. Auf der Bohrinsel fand das Business statt. Sie in den Händen unserer Feinde zu glauben, behagte mir nicht. »So weit hätte es niemals kommen dürfen.«

»Es war riskant, Camacho zu töten«, sagte Ly und drückte seine zu schnell gerauchte Zigarette als Erster aus. »Das wussten wir von Anfang an. Wir haben den Krieg begonnen, jetzt müssen wir ihn ausfechten.«

»Niemand von euch hat geschlafen?«, fragte ich die Gruppe und sah in drei blasse Gesichter. »Wo warst du die ganze Nacht?« Diese Frage richtete sich an Amber.

Sie presste die Lippen zusammen. Gut möglich, dass sie bei Valentina gewesen war oder sich auf andere Weise die Zeit vertrieben hatte.

»Sie war bei mir, die meiste Zeit«, brummte Wres.

Worüber haben sie die halbe Nacht geredet?

»Und ich hab mehr oder weniger auf der Brücke gepennt.« Ly rieb sich den Nasenrücken und setzte seine Sonnenbrille auf. Dahinter verschwanden die Augenringe. »Und auf Nachricht gewartet, die nicht kam.«

»Dann sind wir ja ein hervorragend vorbereitetes Team, das jeder Gefahr trotzen wird«, lobte ich sie und zog die Karte zu mir heran. »Ly wird vorgehen, Wres schließt. Sollte jemand oben auf uns warten, wird Ly schießen, und sollten wir fallen, wird Wres uns halten. Wir werden die Ölplattform in ausreichendem Sicherheitsabstand umrunden, bis wir mit der passenden Strömung unbemerkt bis zur Plattform tauchen können. Auf der Insel werden wir uns zuerst in unsere Panic Rooms begeben und von dort aus der Yacht melden, was zu tun ist.«

»Es gibt einen Haken an diesem simplen Plan.« Ly zündete sich die nächste Zigarette an. Er war nervös, eindeutig. »Wir haben Gäste. Wenn die tot sein sollten und das Weiße Haus davon erfährt …«

Amber vergaß den Rauch ihrer Zigarette einzuatmen. »Das Weiße Haus? Was hat der amerikanische Präsident …?«

»Der amerikanische Präsident«, klärte Wres sie auf, »ist … sagen wir, ein alter Freund von uns.«

»Er *ist* ein Freund«, verbesserte ich Wres. Zumindest der Präsident und Wres durften sich so nennen. »Ein Sportfreund. Und er wird nicht begeistert davon sein, wenn wir es nicht geschafft haben, die Bohrinsel ausreichend zu sichern.«

Amber weitete die Augen. Sie verstand.

»Er war noch kein Präsident, als er Wres das erste Mal nach einem Kampf begegnet ist und prompt seine immerwährende Unterstützung zugesagt hat.«

»Die umgebaute Bohrinsel sollte mal ein wichtiger Bestandteil seines Wahlkampfes werden«, führte Ly die Erklärung aus. »Grüne Politik, Wiederverwertung und so weiter. Aber dann hat man sich doch dafür entschieden, die Finanzierung als Steuerschlupfloch zu missbrauchen, und die Ölplattform zu einem hafenlosen Hotel mitten im Meer umgebaut. Eine Insel voller Spiel, Spaß und Glück.«

»Deswegen die ganzen Politiker, die dort

einfallen wie Maden«, ergänzte Wres und ließ uns seinen Unmut spüren. »Sie wohnen umsonst, genießen Vorzüge, die sie nirgends sonst bekommen, lassen eine Menge Trinkgeld da und wir ... können uns ab und an in Washington D.C. melden, wenn uns etwas unter den Nägeln brennt.«

»Das ist doch ein Scherz«, sagte Amber und blickte zwischen uns hin und her. »Ich habe euch schon dabei beobachtet, wie ihr Drogen dealt, dann kauft ihr reihenweise Frauen frei, aber niemand weiß, dass ihr sie nicht versklavt, ihr tötet gestandene Männer wie Fliegen ... Und ihr habt Beziehungen zum Weißen Haus?«

Ly lachte und drückte die zweite Zigarette aus. »Die Welt wird von einem kleinen Kreis aus psychotischen Männern regiert, Amber, nicht von rechtschaffenen Menschen. Die meisten der Politiker sind nur Marionetten, Schauspieler, die mit der Erfüllung banaler Wünsche zufriedengestellt werden. Eigentlich ist niemand frei, außer denjenigen, die wissen, wie sie sich in dieser seit Jahrhunderten andauernden Kriegsschlacht zurechtfinden können.«

»Und ihr?«, fragte sie. »Seid ihr Marionetten oder Krieger?«

»Wir sind Feiglinge.« Es überraschte mich nicht, dass Wres an Lys Statt antwortete. »Nur Feiglinge überleben den Krieg. Deswegen lassen wir unsere Prostituierten für diese Hurensöhne arbeiten, umsorgen die wenigen Millionärsschlampen mit Schmuck und Kleidern und tun so, als würden wir nebenbei etwas gegen den Menschenhandel unternehmen, der in der ganzen Welt stattfindet, weil es Männer wie uns gibt und Männer, die noch kranker sind als wir.«

Das Gespräch nahm eine deprimierende Wendung. »Kehren wir zu der ursprünglichen Kernfrage zurück: Wie kriegen wir es hin, die Bohrinsel zu erreichen und nicht zu sterben? Soll ich euch vielleicht ein paar Amphetamine bringen lassen, damit ihr nicht anfangt, wegen der hungernden Kinder in Afrika zu flennen? Das könnte sonst eure Sicht verschleiern. Oder probiert es mit Champagner.« Ich deutete auf die unberührten Gläser.

»Kannst du aufhören, so ein Idiot zu sein?«, zischte Amber.

»Ein Idiot?«, fragte ich, mein Kiefer verspannte. »Wegen der Kinder in Afrika?«

»Du ziehst alle wichtigen Themen ins Lächerliche.«

»Sicher nicht«, knurrte ich. »Wer zur Hölle wollte *unbedingt mitmachen*? Was dachtest du, worüber wir reden, wenn wir uns absprechen? Über den nächsten Trick bei Micky Mouse?«

»Also soll das nur der Abschreckung dienen?«, fragte sie. »Ihr werdet die Bohrinsel besteigen, dabei vielleicht sterben, aber das ist ja kein Problem, weil eigentlich nichts passieren wird und du mir nur mal wieder Angst machen und beweisen willst, wie wenig ich dafür geeignet bin, mitzukommen?«

»Okay, Scheiße.« Ich fixierte sie unverwandt mit den Augen. »Glaubst du auch nur eine Sekunde, ich lasse dich auf der Yacht zurück?«

Amber öffnete ihren Mund und schloss ihn wieder.

»Sie darf mit auf die Insel?«, fragte Ly erstaunt.

»*Darf*?«, wiederholte ich dunkel. »Wie war das? Amber ist sowieso dabei, oder?«

»Du willst das Leben deiner noch völlig unausgebildeten, schwächlichen und weiblichen Zukünftigen riskieren?«, fragte Ly. »Weil Wres 'nen Vogel hat und einen dummen Vorschlag gemacht hat? Nö, da bin ich raus.«

»Ich werde sie nicht auf dem Schiff zurücklassen«, stellte ich klar.

Amber war vollkommen verstummt.

»Dann braucht sie einen Namen«, sagte Wres tonlos.

»Du meinst das mit ihrem Grabstein wirklich ernst, oder?«, fragte Ly ihn fassungslos.

»Das ist doch nicht so schwer.« Ich beugte mich vor und löschte die Zigarette in dem Aschenbecher. »Sie heißt Beauty. Beauty Gold.«

Für einen Moment zuckte ein Lächeln über ihre Mundwinkel.

»Ich kriege Ärger mit jeder zukünftigen Frau, wenn ich Amber ständig Beauty rufe«, beschwerte sich Ly prompt. »Und sie wird ja nun mal viel bei uns sein.«

»Nenn sie B«, schlug ich genervt vor. »Also, wer von uns überprüft die Taucherausrüstungen, wer packt die Waffen zusammen?«

»Ich bin wirklich dabei?«, fragte Amber vorsichtig. »Ich meine, ich soll wirklich mitkommen?«

»Ja«, sagten wir alle gleichzeitig. Ich ungeduldig, Ly erstaunt, Wres voller Nachdruck.

»Ja, du bist dabei.« Ly schüttelte Amber in einer übertriebenen Geste die Hand. »Freut mich, dich kennengelernt zu haben.«

»Aber was bedeutet das überhaupt?«, setzte sie an, nachdem Ly ihre schlaffe Hand losgelassen hatte. »Ich werde euch doch nur im Weg sein, meint ihr nicht?«

»Ja, aber C hat dazugelernt.« Wres grinste plötzlich breit. So breit, dass ich mich fragte, wie es aussehen würde, wenn ihm ein Zahn fehlte. »Es ist richtig, dich nicht auf dem Schiff zurückzulassen, denn es ist kein sicherer Ort. Ganz im Gegenteil. Wer auch immer auf der Bohrinsel für Ärger sorgt, könnte schlussfolgern, dass jemand an Bord ist, mit dem wir erpresst werden können.«

»All die Frauen sind hier und all eure Männer«, wisperte sie. »Mit ihnen könnt ihr nicht erpresst werden?«

»Alter, nein!« Ly griff schon wieder nach der Schachtel Zigaretten. »Was denkst du, wer wir sind? Die Kirche? Menschenleben müssen einem in unserem Job egal sein. Frag C, der kennt sich damit am besten aus.«

Sie fragte mich nicht. »Wie lange haben wir noch, bis wir nah genug sind und aufbrechen müssen?«

Wres schaute auf Lys Armbanduhr. »Vierzig Minuten.«

»Könnt ihr mir dann noch kurz erklären, gegen wen ... wir ... kämpfen werden?«

Wir alle sahen sie an, aber ich war der Erste, der einen Stift zur Hand nahm und den Lageplan herumdrehte. Ich zeichnete grob Florida, Texas, Mexiko und ein paar karibische Inseln ein.

»Es gibt drei Hauptquellen für moderne Sklaven. Frauen im Speziellen werden entweder aus

Asien an die Westküste oder aus ganz Lateinamerika in den Süden des Landes verschleppt.« Ich zog entsprechende Linien. »In Mexiko hält ein amerikanischer Mafioso die Haupthandelswege fest im Griff. Kaum eine gehandelte Frau wird an seiner Nase vorbei in die Staaten geschleust. Du solltest auch in einen seiner Clubs verkauft werden.«

»Sein Name ist José Sanchez«, sagte Ly.

»Das alles war, bevor Camacho den Keller gestürmt hat. Wir können nur vermuten, dass es sich dabei um das Statuieren eines Exempels gehandelt haben muss, zu dem Camacho sich bereit erklärt hat. Drahtzieher im Hintergrund ist jemand anderes. Wir sind Camacho nie zuvor begegnet, er muss also jemand sein, der wenig Macht besessen hat und seine große Chance witterte, als die Regierung ihn bat, zu helfen.«

»Die mexikanische Regierung?«, fragte Amber.

Ly antwortete. »Geh immer davon aus, dass die, die du am häufigsten im Fernsehen siehst und die sich nicht ›Schauspieler‹ nennen, die wahren Arschlöcher sind.«

»Die mexikanische Regierung«, stimmte ich zu. »Sanchez hat am Frauenhandel Milliarden verdient, dabei sind die meisten gehandelten Frauen Mexikanerinnen. Das wäre so, als würden die Amerikaner

AMBER

ICH SAGTE DOCH, ES WIRD TÖDLICH. WER WUSSTE SCHON, DASS ICH DAMIT DEIN HERZ MEINTE?

»Ich hätte nicht gedacht, dass du das jemals zulassen wirst«, sagte ich leise, als wir die Pistolen gemeinsam in einem der Vakuumrucksäcke verstauten.

Crack verschloss den Rucksack und prüfte sein Gewicht. Er wog mehr als fünfzehn Kilo. »Was?«

»Mich mitnehmen. Mir vertrauen. Überhaupt irgendetwas von alldem.«

Als er aufsah, hatte ich das Gefühl einem völlig neuen Mann ins Gesicht zu blicken. Die Schatten unter seinen Augen waren verschwunden, er wirkte zum ersten Mal seit meiner Rückkehr ausgeschlafen und gepflegt. »Mir ist es lieber, wenn du mit uns kommst. Dann können dich drei der besten Kämpfer dieser Welt beschützen, als wenn du

Er unterbrach mich sofort. »Wir werden *nicht* streiten. Dafür haben wir keine Zeit.«

»Ich will nicht streiten, ich will dir nur sagen, …«

»Nein«, knurrte er. Ein Blick genügte und ich schwieg. Er verschloss den letzten Rucksack, dann warf er ihn wütend aufschnaubend fort und zog mich an sich. Im Sitzen fiel ich gegen ihn, als er eine Hand in mein zusammengestecktes Haar und seine andere an meinen Hals legte. »Du. Bedeutest. Mir. Mehr. Als. Mein Leben. Du. Bist. Meine Schwäche. Und alles, was ich jemals zu begehren gedenke. Also diskutiere nicht mit mir, denn ich allein weiß, worauf wir uns gleich einlassen werden, wie gefährlich es wird und dass wir verdammt noch mal dabei draufgehen könnten, wenn wir uns einen Fehler erlauben.«

»Bist du der Einzige, der Angst haben darf?«, fragte ich ihn flüsternd.

Seine Brauen zogen sich zusammen. »Bitte?«

»Darf ich auch Angst um dich haben? Darf ich auch wollen, dass ich wenigstens genug Waffen habe, um mich – und dich – notfalls verteidigen zu können? Falls du verletzt wirst? Darf ich auch jemanden haben, der mir etwas bedeutet und für dessen Leben ich viel riskieren würde? Wie Valentina? Kannst du mir das nicht *auch bitte* zugestehen?«

Seine Augen klärten sich und er ließ mich langsam los. Als er etwas erwidern wollte, hörten wir Schritte. Ich betete, er möge trotzdem aussprechen, was er dachte, doch Wres kam ihm zuvor.

»Können wir?« Er warf mir einen Neoprenanzug zu. Er selbst trug eine lockere Badehose und ein schwarzes Neopren-Shirt, das von seinen beachtlichen Muskeln gesprengt wurde. Die Bohrinsel war bereits am Horizont auszumachen.

Ich fing den Anzug auf. »Wie lange werden wir tauchen?«

»Ein Stück. Wir hätten üben sollen, gestern. Aber ihr musstet euch ja unbedingt vermählen.« Er lächelte kurz, dann schnappte er sich einen der Rucksäcke und schnallte ihn sich probeweise um. Daraufhin nahm er sich gleich den nächsten. An ihm wirkten die Rucksäcke wie winzige Modeaccessoires.

»Leute?« Ly kam ebenfalls zu uns aufs Deck. Er nahm gerade ein Fernglas herunter und reichte es an Crack weiter. »Rauch, seht ihr das? Kein besonders gutes Zeichen.«

Crack richtete sich auf und überprüfte die näherrückende Bohrinsel. »Nein. Das ist nicht nur ein kleines Feuer.«

»Sie versuchen das Scheißteil zu versenken, kann das sein?!«

»Sie sind mit einer Flotte aus drei Schiffen gekommen«, sagte Crack. »Sie wollen uns wirklich auslöschen.«

»Gabriela ist dort.« Ly wirkte nun nicht mehr ganz so cool wie vorhin noch, als er behauptet hatte, Menschenleben bedeuteten ihm nichts.

»Gabriela war hoffentlich schlau genug, sich rechtzeitig zu verstecken.« Crack reichte das Fernglas an Wres weiter.

Dieser gab es mir, ohne hindurchzusehen. »Wir haben nur drei große Flaschen, C. Du bist der beste Taucher von uns, also solltest du die kleinere nehmen.«

»Wie viele haben wir insgesamt?«, fragte Crack.

»Ein paar weitere kleinere, warum?«

»Wir werden noch jemanden mitnehmen.«

Ich nahm das Fernglas wieder herunter, bevor ich es auf die Bohrinsel hatte richten können. Wres sah Crack vermutlich genauso verblüfft an wie ich selbst. »Und wen?«, fragte er.

»Valentina. Amber wird sie holen.«

Auch wenn Wres behauptet hatte, der Tauchgang

würde eine knappe Stunde gehen, kam er mir wie zehn Minuten vor. Kaum hatte ich mich daran gewöhnt, hinter ihm herzuschwimmen und von ihm gezogen zu werden, erreichten wir ein Rohr, das mitten ins Meer ragte. Erst als ich nach oben sah, bemerkte ich die riesigen Schwimmer der Ölplattform, die uns in Schatten tauchten.

Crack gab uns ein Zeichen, dass wir unsere Flossen ausziehen und den Druck ausgleichen sollten, sobald wir nach oben steigen würden und ließ Ly den Vortritt. Er verschwand in dem schmalen Rohr, dann schickte Crack Cira, schließlich mich. Er und Wres folgten.

Das Rohr stand in Wasser und es dauerte einige Zeit, es zu erklimmen. Mein Trommelfell schien zu platzen, je höher ich stieg. Der Druck schmerzte, aber ich ignorierte ihn, so gut es ging, weg. Endlich verließen wir die Wasseroberfläche.

Ly rief uns von oben etwas zu. »Zieht die Flaschen aus und reicht sie nach unten!«

Ich beobachtete Cira dabei, wie sie Ly nachmachte. Erst reichte sie mir Lys, dann ihre eigene Flasche. Alles reichte ich weiter an Crack. Wres verstaute sie unter sich an einer der Metallstiegen.

Es war bereits jetzt anstrengend, in der Luft zu hängen und ich musste mehrmals durchatmen, um das klaustrophobische Gefühl loszuwerden, das mich ungehindert beschlich.

Ewigkeiten ging es hinauf. Viel länger als der Tauchgang kamen mir die endlosen Treppenstufen vor. Cira war leichter und kleiner. Ich konnte mir vorstellen, dass ihr der Aufstieg leichter fiel als mir. Sie hatte wieder ihr Mädchengesicht aufgesetzt, sich schutzlos, ängstlich und hilflos gegeben und mir in keiner Sekunde gezeigt, was sie wirklich davon hielt, dass ich darauf bestanden hatte, sie mitzunehmen. War es ihr recht? Wusste sie, was uns erwartete?

War es überhaupt klug von mir, sie dieser Gefahr auszusetzen?

Andererseits stellte ich mir vor, wie es sein würde, wenn die Yacht unter fremde Kontrolle gebracht werden würde, wie es Crack schwarz ausgemalt hatte ... Nein, ich würde mir mein Leben lang Vorwürfe machen.

Die Frage war nur, ob ich überhaupt überleben würde.

»Wir sind gleich da«, rief Ly von oben. »Ich gehe vor. Valentina, du folgst erst, wenn ich ein Zeichen gebe!«

Wir warteten einige Minuten, bis dieses Zeichen kam, dann kletterten wir weiter.

Der Ausgang aus dem Rohr war gerade groß

genug, dass jemand wie Wres durchpassen würde, und führte in eine Waschküche. Dort angekommen merkte ich erst, wie sehr ich außer Atem war.

»Das habt ihr super gemacht.« Ly nickte uns Frauen anerkennend zu.

Valentina war blass geworden, ihre normalerweise sonnengebräunte Haut wirkte milchig.

»Ist alles in Ordnung mit dir?«, fragte Crack mich, sobald er aus dem Rohr geklettert war und untersuchte mich mit seinem Blick von Kopf bis Fuß.

Ich nickte.

Dann folgte Wres. Er hatte es noch nicht verkraftet, dass Valentina lebte, und sie diejenige gewesen war, die mir die Waffe gebracht hatte, mit der ich Camacho bedrohen konnte. Auch wenn ich wusste, dass er bestimmt froh war, sie lebendig vor sich zu haben, war er genauso vehement dagegen gewesen, sie mitzunehmen, wie Crack zu Anfang. Aber Crack hatte nur zu mir genickt und Wres hatte schließlich brummend eingewilligt.

Jetzt betrachtete er Cira mit denselben Augen, wie er sie schon an dem Abend im Käfig betrachtet hatte. Er wollte sie beschützen. Dabei war ihm nicht klar, dass sie gar nicht so schutzlos war, wie sie es vorgab, zu sein.

»Teilen wir uns auf?«, fragte Ly und blickte in

unsere Runde. Er hatte seinen Kopf und die Hände unter einem der Spülbecken abgewaschen. Mir war gar nicht aufgefallen, dass wir durch ein Abwasserrohr nach oben gestiegen waren. Dafür war ich viel zu nervös.

»Müssen wir«, sagte Wres.

Crack war noch dabei, die Waffen aus seinem Rucksack hervorzuholen und gab mir zwei.

»Für Valentina auch.«

Er verengte die Augen, reichte Cira dann aber eine kleine Pistole.

Sie nahm sie gespielt verschüchtert entgegen. Ihre Rolle beherrschte sie perfekt.

»Ich nehme die beiden Frauen«, sagte Wres. »C und du nehmt dafür den gefährlicheren Weg und –«

Eine ohrenbetäubende Explosion riss uns auseinander. Eine ungeahnte Wucht traf mich, ich schleuderte zurück. Alles ging viel zu schnell, um sich zu orientieren. Das Waschbecken, das eben noch Ly bedient hatte, flog neben meinem Kopf vorbei. Dann schlug mein Schädel auf und ich verlor für einen Moment die Orientierung vollkommen.

Mein Atem brannte in den Lungen, Schmerz durchzuckte jedes meiner Glieder. Schnell begriff ich, dass die Detonation den Raum zum Einstürzen gebracht hatte. Nicht die Waschküche, sondern das, was auch immer sich darüber befunden hatte, war nach unten gekracht.

»Cira?«, fragte ich panisch, als ich ihr Bein neben meinem entdeckte. Sie rappelte sich in eben diesem Moment auf. Wir waren von den Männern abgetrennt worden.

»So ein Scheiß«, fluchte sie, als auch sie es bemerkte. Kein Druchdringen zum anderen Teil des Raumes. »Meinst du, sie leben überhaupt noch?«, fragte sie mich zweifelnd, als sie auf den Berg aus Trümmern blickte.

»Wir müssen hier weg.« Schnell stand ich auf, verstaute die Waffe an meinem Neoprenanzug und nahm zwei Metallstangen in die Hand, die aus der Wand gebrochen worden waren. Sie sollten mir notfalls als Waffe dienen. Cira tat es mir gleich. Eine kleine Öffnung rechts von uns war freigesprengt worden. Über uns wurde mit einem Maschinengewehr geschossen. Wir sollten nicht hierbleiben und uns erschießen lassen.

»Wo willst du jetzt hin?«, fragte Cira mich. »Du kennst dich doch gar nicht aus, oder?«

»Du etwa?«, fragte ich sie, als ich durch das Loch in der Wand durchschaute und dahinter ein Gewirr aus Metallleitern und Plattformen entdeckte.

»Natürlich, ich habe mich hier ja schon verstecken müssen.« Cira ging vor und krabbelte flink durchs Loch in der Wand. Ich fragte mich, ob sie vielleicht weniger wie ein abgemagertes Kind aussehen würde, wenn sie einfach mehr aß.

Wir versuchten einen Weg durch die Metallstriemen zu finden und nicht nur sie zuckte zusammen, wenn wir eine weitere Detonation hörten.

»Was versuchen die bloß?«, fragte Cira mich. »Worum geht es hierbei überhaupt?«

»Die Mexikaner wollen Camachos Tod rächen und verhindern, dass Ly, Wres und Crack für die amerikanische Seite arbeiten.«

»Tun sie das denn?«, fragte Cira bestürzt.

»Nein. Aber sie sind auch nicht mehr neutral.«

Cira blieb vor einer glatten Betonwand stehen und schaute nach oben. »Warum wolltest du unbedingt, dass ich mitkomme? Es ist doch auf der Yacht viel sicherer als auf diesem Schlachtfeld hier ...«

Ich hielt sie an ihrem Arm zurück und zeigte nach rechts. Durch einen Spalt in der Konstruktion konnte man aufs Meer blicken. Die Yacht glitzerte weit unter uns weiß und majestätisch im Wasser – umgeben von zwei viel größeren Schiffen, die bedrohlich darauf zusteuerten.

»Ah«, machte Cira. »Verstehe.«

»Weiter.«

Cira drehte sich nach links. »Wir haben die

Wahl, oben lang zu laufen. Zurück in die Richtung, aus der wir gekommen sind, wo die Männer vielleicht verschüttet worden sind. Oder wir verstecken uns hier im Untergeschoss.«

»Wie hoch ist die Wahrscheinlichkeit, dass man uns findet oder wir von einer Bombe getroffen werden?«

Ein weiterer ohrenbetäubender Knall über uns ließ uns zusammenzucken. Irgendetwas stürzte in sich zusammen.

»Groß?«, vermutete Cira. Sie sah mich an, als erwartete sie von mir, dass ich die richtige Entscheidung fällen würde.

»Ist es gefährlich, wenn wir den Weg zurück nehmen?«

Sie nickte. »Wir könnten gesehen werden.«

Wieder eine Explosion, etwas weiter weg, aber dennoch nah genug, um mich fürchten zu lassen, dass wir gleich keinen Boden mehr unter den Füßen hatten.

»Okay, geh vor.« Ich nickte zur Treppe, die nach oben führte, und wir liefen hintereinander hinauf.

Oben angekommen linste Cira hinter einer Metallwand hervor, prüfte, ob uns jemand bemerken würde. Dann warf sie mir einen Blick zu und wir rannten los.

Von der ehemals undurchdringbaren, aber auch

ordentlichen Ölplattform war nichts mehr wiederzuerkennen. Jedenfalls nicht hier unten. Was oben stattfand, mochte ich mir nicht ausmalen. Die Ebene, auf der ich zuletzt Scrilla mit einem Rohr versucht hatte, ihm eines überzuziehen, war in Chaos versunken. Der erste Teil der Treppe, die nach oben zur Hotelebene führte, war vollständig zerstört.

Plötzlich hörten wir Schüsse.

»Schneller!«, rief ich Cira zu.

Sie drehte sich im Laufen panisch um, sah jemanden hinter uns und stürzte. Im ersten Moment dachte ich, das wäre unser Ende, aber als ich mich zu ihr nach unten bückte, um ihr aufzuhelfen, flogen Kugeln über unsere Köpfe. Sie hatten uns nur knapp verfehlt.

Männerrufe und -schritte.

»Wir müssen hier weg!«, rief ich Cira zu, ließ die Eisenstangen am Boden liegen und zog dafür meine Waffe. Ich schoss in die Richtung, aus der die Männer zu uns stürmten, während Cira sich aufrappelte. So schnell wir konnten, flohen wir über die Plattform auf eine Tür zu.

Cira riss sie auf und schlug sie hinter mir zu.

Nur ein paar Sekunden später trafen Projektile in das Metall und hinterließen Beulen.

»Wir müssen sie verbarrikadieren!« Ich sprach

diesen Gedanken kaum aus, da hatten wir schon zu zweit nach der Kiste gegriffen, die neben anderen Gegenständen wild im Lagerraum rumstand. Wir schoben sie mit vereinter Kraft gegen die Tür.

Dann hievten wir eine weitere davor. Keine Ahnung wie, aber wir schafften es, sie anzuheben und auf die andere zu stellen.

Doch die Mexikaner hatten begriffen, dass wir leichte Beute waren.

»Wir haben uns eingesperrt«, flüsterte Cira, als wir nichts weiter tun konnten, als zuzusehen, wie die Mexikaner von außen versuchten, die Tür aufzubrechen. Wir wichen an die Wand zurück. Der Raum war klein, das Licht kam von ein paar Luftlöchern. Keine Luke, kein Fenster.

»Wir müssen versuchen, sie zu erschießen, bevor sie es tun«, wisperte ich zurück und zog die zweite Waffe.

Cira tat es mir gleich, richtete ihre Pistole auf die Tür.

Die Sekunden verstrichen, in denen wir nichts tun konnten, als darauf zu warten, dass die Mexikaner es schafften, zu uns einzudringen oder die Lust verloren.

Einundzwanzig, zweiundzwanzig ...

»Vielleicht kommen ja die Männer und befreien uns«, sagte ich hoffnungsvoll.

Doch an Ciras Gesicht erkannte ich, dass sie daran noch weniger glaubte als ich.

Die Tür brach auf, doch die Kisten hielten einiges ab. Wir feuerten drauf los, erwischten einen Mann, der in dem schmalen Spalt zwischen Tür und Metallwand sichtbar geworden war. Er hatte uns gesehen, bevor er zu Boden gesunken war.

Seine Männer riefen ihm etwas zu und er sagte ihnen nuschelnd, wie wir aussahen. Daraufhin sprachen sie sich ab.

Wir versuchten zu lauschen, aber auch Cira verstand kein Wort. Dafür war um uns herum einfach zu viel Tumult. Wieder vielen Schüsse. Dann hörte ich nur einen Satz.

»Wir sprengen die Tür auf!«

Ich sah Cira an, sie blickte zurück.

Wir saßen in der Falle, eindeutig.

Wie zuvor arbeiteten wir wieder Hand in Hand, ohne uns abzusprechen. Wir manövrierten eine weitere Kiste vor die Tür, stießen den Tisch im Raum um und verschanzten uns dahinter.

Dann pressten wir die Ohren aufeinander. Gerade rechtzeitig, denn die Explosion raubte mir die Sinne.

Der Tisch wurde von dem Druck der Explosion gegen uns gepresst, Eisen wurde durch die Luft geschleudert, Rauch wallte auf. Wir waren eingequetscht worden, konnten uns nicht regen, und mussten darauf warten, dass jemand den Tisch beiseitezog und uns endgültig erschoss.

Mein Herz raste, als mir klar wurde, dass ich sterben würde. Dass keiner der Männer uns zu Hilfe kommen würde, dass wir keine Chance hatten, dass dies nun einmal die Realität war und ich mich völlig unvorbereitet hineingestürzt hatte.

»Werden wir sterben?«, fragte Cira mich nach langer Zeit und sah mich aus hilflosen Augen an. Obwohl ich mittlerweile wusste, dass sie älter war, fiel mir jetzt wieder auf, wie viel jünger sie war als ich.

»Ich habe keine Ahnung«, sagte ich mit trockenem Mund. Wir blieben wie erstarrt sitzen und warteten darauf, dass etwas geschah.

Aber auch nach einer Ewigkeit bewegte sich nichts.

Die Kämpfe draußen waren vollkommen verstummt, kein Schuss mehr, keine Explosion.

Ich schob den Tisch beiseite, doch Cira hielt ihn panisch fest. »Eine Falle!«, flüsterte sie.

Ich schüttelte den Kopf. Irgendetwas stimmte nicht. Mein Bein war eingeschlafen und ich knickte beim ersten Versuch, mich aufzurichten, weg. Das Kribbeln, das durch die zurückkehrende Blutzirkulation in meinem Bein entstand, kam mir noch nie so lächerlich vor wie gerade jetzt.

Schließlich kämpfte ich mich hervor und stieg über die Trümmer nach draußen.

Vor dem Raum, in dem wir uns verbarrikadiert hatten, wartete niemand.

Keine Menschenseele war zu sehen. Nur irgendwo über uns zeugte Rauch von Feuer.

Ich spürte Cira in meinem Rücken auftauchen, als ganz in unserer Nähe ein Metallstück aus der Wand flog. Wir wichen zurück in den halbwegs sicheren Schutz unseres aufgesprengten Verstecks, als wir Wres bemerkten, der sich durch eine Lücke im Boden zwängte. Als er uns sah und sich herausgekämpft hatte, lief er auf uns zu.

»Sie sind weg, oder?«, fragte er uns. Auch seine Augen glitten über unsere Körper, als suchten sie nach möglichen Wunden. »Wurdet ihr von den anderen getrennt?«

»Ja.« Wir nickten.

Wres fuhr sich über die Kopfhaut. »Ich habe durch eine Lücke im Boden ein paar von ihnen erwischt, als sie mit unseren Rettungsbooten fliehen wollten. Aber ich habe ewig gebraucht, um die Trümmer beiseite zu schieben und mich zu befreien. Habt ihr C und Ly gesehen?«

»Nein.«

Wres fluchte. »Bleibt hinter mir.«

Wir folgten ihm. Er fand einen Weg, die zerstörte Feuerleiter nach unten zu ziehen, sodass wir uns daran hochhangeln konnten. Mit jeder Stufe schien er sich sicherer zu fühlen, dass wir nicht mehr angegriffen werden würden, und stieg schneller hinauf.

Oben angekommen öffnete er die Tür, die auf den Platz mit der halbmondförmigen Promenade führte. Die Szenerie wirkte gespenstisch, denn überall lagen Trümmer.

Aber wenigstens keine Leichen.

Vom Springbrunnen war noch der klägliche Überrest des Wassersprenklers übrig, dafür waren einige Fassaden noch vollkommen intakt. Auch die Glasfronten der Geschäfte wirkten unberührt, bis auf ein paar Einschlagslöcher hier und da.

»Warum sind die Pisser verschwunden?«, murmelte Wres mehr zu sich selbst als zu uns. Mit großen Schritten ging er auf das gegenüberliegende Gebäude zu. Er öffnete uns eine Tür zurück ins Gebäudeinnere und sperrte kurz darauf eine Tür mit einem Code auf.

Dahinter kam ein High-Tec-Raum zum Vorschein. Kamerabilder, Computerbildschirme, zahlreiche Waffen, Munition und andere Gerätschaften. Im Raum befand sich niemand.

»Kommt mit rein«, sagte Wres und setzte sich vor einen der Bildschirme. Er suchte die Kamerabilder ab und ich versuchte den schnell wechselnden Bildern ebenfalls zu folgen. Auf keinem der Bilder bewegte sich jemand. Es schien, als sei die Bohrinsel wie ausgestorben.

»Fuck, verdammter.« Wres fuhr sich über den Mund und startete die Suche von neuem. Er spulte einige der Aufnahmen zurück und offenbarte dadurch die Zerstörungen, die auf der Plattform stattgefunden hatten.

»Lass es.«

Wir fuhren gemeinsam herum.

»Du willst die Bilder nicht sehen.« Crack stand in seinem zerschlissenen Neoprenanzug vor uns, die Haare feucht, als hätte er gerade geduscht. »Ich bin bis nach oben gelaufen, aber niemand ist mehr hier. Sie sind geflohen. Unsere Leute sind geflohen, als sie die Übermacht aus mexikanischen Schiffen bemerkt haben, die auf die Bohrinsel zugesteuert kam. Deswegen keine Nachricht an uns. Eine Meuterei, aber keine, die ich ihnen übel nehme. Unsere Männer wollten nicht sterben und sind es auch nicht. Auf den Bildern ist nichts zu sehen außer Vandalismus.«

Wres drehte sich auf dem Stuhl zu ihm herum. »Was ist mit den Feuern? Hast du sie gelöscht?«

Crack nickte. »Ich habe mich bis in einen der anderen Panic Rooms vorgekämpft und musste dafür ein paar brennende Möbel löschen. Ich dachte, es wäre gut, mit einem der Hubschrauber den Schiffen zu folgen. Aber dann sah ich auf den Kamerabildern, dass ihr hier unten entlanggekommen seid.«

»Die Yacht?«

»Hat unserem Befehl entsprechend kehrtgemacht. Die Schiffe der Mexikaner werden sie nicht einholen können. Und werden es auch nicht tun wollen.«

»Wo ist Silver?«, fragte Wres und aus seiner Stimme hörte ich heraus, dass er sich wirkliche Sorgen um Ly machte. »Was ist passiert, C?!«, setzte er nach, als Crack nicht antwortete.

»Ist alles okay mit dir?«, fragte ich besorgt und trat an ihn heran. Er schien unverletzt zu sein, auch wenn seine Haut von zahlreichen Kratzern und Schrammen überzogen wurde.

»Mit mir ist alles okay. Die Mexikaner sind geflohen, denn Washington wurde informiert. In knapp einer Stunde wird es hier nur so vor Agenten wimmeln. Ein hochrangiger Politiker wäre bei seiner überstürzten Flucht beinahe verletzt worden. Dankenswerterweise hat er es sofort als einen Affront gegen sich selbst und seine politische Position gesehen und bisher dürfte das amerikanische Militär nicht wissen, dass die Mexikaner *uns* schaden wollten und nicht irgendeiner amerikanischen Marionette.«

»Das ist gut und schlecht zugleich«, sagte Wres. »Wo ist Silver?«

»Nicht mehr hier.« Crack wirkte, als hätte man aus ihm alles Leben abgesaugt.

»Wo dann?«, fragte ich leise.

Seine Augen huschten in meine und ich erkannte eine unglaubliche Zerrissenheit darin. Schmerz, gepaart mit Hoffnung, versunken in absoluter Dunkelheit. »Sie haben ihn mitgenommen.«

Eine Hand legte sich um mein Herz. »Lebt er noch?«

Crack lächelte, als hätte er eine Maske überzogen, die Fröhlichkeit ausstrahlen sollte. »Das will ich wohl meinen. Sonst hätten sie ihm in den Kopf geschossen und ihn zurückgelassen, wenn es ihnen nicht um sein Leben selbst ginge.«

Die Stille, die auf der Bohrinsel herrschte, schien sich auf quälende Weise zwischen uns auszubreiten.

»Dann müssen wir ihn befreien«, sagte ich. Denn das war schließlich, worum es bei ihrer Freundschaft ging, oder? Dass man für den anderen alles riskierte. Und ich gehörte nun dazu. Ich würde mein Leben für Lys geben, so wie er es – zumindest mit einer gewissen Wahrscheinlichkeit – mittlerweile für mich gegeben hätte.

»Wir können ihn nicht befreien.« Die Maske, die Crack aufgesetzt hatte, wurde müde, zerlief wie geschmolzenes Plastik. »Wir können viel tun, aber nicht das. Wir müssen der mexikanischen Regierung, also den Leuten, die für die Zerstörung der Bohrinsel verantwortlich sind und für die mexikanische Regierung arbeiten, etwas anderes bieten. Sie haben Ly als teure Fracht, aber er ist längst nicht so wertvoll, wie sie glauben. Er ist ein Nichts. Ein Kerl, der mit fremdem Geld in Manhattan Poker spielt. Er hat keine Kontakte, keine Vergangenheit, keine Bedeutung für das Land. Sie werden ihn töten, sobald sie wissen, wie nutzlos sein Leben für die Vorherrschaft im Frauenhandel ist.«

Die Stille zwischen seinen Worten dröhnte mittlerweile in meinen Ohren.

»Ich werde mein Leben im Tausch gegen seines anbieten.«

Wres sprang auf. »Nein!«

»Du meinst, sie würden Ly gehen lassen, wenn du dich ihnen stattdessen ... anbietest?«, fragte ich.

Crack nickte.

»Verfluchter Scheißkerl!« Wres' Stimme hallte durch den kleinen Raum. »Sie werden dich häuten!

Wres wurde noch stiller als sonst. »Es war klar, dass du das sagst. Versuch einfach …«

»Ja?«

»Versuch einfach, nicht daran zu denken, dass C eben gerade gelogen hat. Bild dir ein, dass er Recht haben könnte. Nur so können wir einen kühlen Kopf bewahren.«

Die Hand um mein Herz schloss sich fester. »Warum tut er es dann?«, fragte ich stimmlos. »Warum gibt er sein Leben für Lys?«

Wres' Augenfarbe verdunkelte sich. Seine mächtige Gestalt wirkte zugänglich und weich. »Ich würde mein Leben immer für Scrilla geben. Silver würde sein Leben für niemanden von uns geben. Und C ist der Einzige, der sich sofort für jeden von uns opfern würde, solange er weiß, dass du in Sicherheit bist.«

»Ich?«

»Und er weiß, dass ich immer für deine Sicherheit sorgen würde. Dass mein Wille, im Notfall für ihn zu sterben, sofort auf dich übergehen würde, wäre er nicht mehr am Leben.«

Dieses Versprechen berührte mich. »Warum riskiert er sein Leben für Ly, wenn Ly das niemals für ihn tun würde?«

»Hast du das immer noch nicht begriffen?«

Wres' Worte geisterten durch meinen Kopf, als wir gezwungen waren, den Männern tatenlos dabei zuzusehen, wie sie den Helikopter auf mögliche Schäden hin überprüften. Noch klammerte sich mein Herz an den Strohhalm, den Wres mir hingeworfen hatte, und ich hoffte, dass ich Crack umstimmen konnte, so leichtsinnig zu sein.

Es musste einen anderen Weg geben.

Irgendeinen. Er sollte verdammt noch mal nur gründlicher nachdenken.

Als er mir einen der Kopfhörer reichte, hatte seine Miene noch immer nichts von der Starre verloren, die ihr zu eigen geworden zu sein schien.

Es schmerzte mich, ihn so zu sehen, zu begreifen, dass er bereitwillig in seinen Tod ging, um seinen Freund zu schützen. Seinen Freund, der es nicht verdiente.

»Warte«, sagte ich und hielt Crack davon ab, die Kopfhörer aufzusetzen. Die Rotorenblätter kreisten über uns, aber noch hatten sie den Motor kein zweites Mal angeschaltet, um sich besser absprechen zu können. »Hat Ly mit dir über Salena gesprochen?«

Crack sah mich ausdruckslos an.

»Du warst nicht der Vater des Kindes, mit dem Salena sich in den Tod gestürzt hat.«

Sein verschlossenes Gesicht begann mich zu ängstigen.

»Ly hat mit ihr geschlafen. Und weil Ly sich unsicher war, ob er nicht vielleicht auch in Frage käme, hat er nach ihrem Tod einen Vaterschaftstest machen lassen. Du warst nicht der Vater des Kindes. Und Ly auch nicht.«

Seine Augen ließen nicht einmal erahnen, ob er mich überhaupt hörte. »Warum sagst du so etwas?«

»Weil es stimmt! Ly ist ein Feigling, ein Schwein, ein Lügner! Er hat es mir schon vor Tagen gebeichtet, nur dir gegenüber traut er sich nicht, die Wahrheit zu sagen!«

Crack ließ die Kopfhörer langsam sinken. »Von wem soll das Kind sonst gewesen sein?«

»Von einem eurer Feinde. Sie war eine Hure. Die Hure eures Feindes und sollte Informationen sammeln. Sie war nicht von dir schwanger, sondern von *ihm*.«

Durch seine grünen Augen wirbelte ein Sturm. Der einzige Hinweis darauf, dass ihn diese Information mitriss. »Sie hat mit Ly geschlafen? Ly hat mit Salena geschlafen?«

Ich nickte.

»Es war nicht mein Kind?«

Ich schüttelte den Kopf.

Ein Lächeln kletterte auf Cracks Gesicht und vertrieb zum ersten Mal alle Schatten. Er wirkte um zehn Jahre verjüngt. »Das ändert einiges.«

Seine plötzliche Freude steckte mich an und auch ich spürte, wie endlich etliche Gewichte von meinem Rücken fielen.

»Ein Grund mehr, diesen Hurensohn vor seiner Folter zu retten. Er würde sie nicht überleben.« Er setzte sich die Kopfhörer auf und hielt mir die Hand entgegen, um mir in den Helikopter zu helfen, gerade als Wres den Motor startete. Cira wartete bereits auf einem der Rücksitze.

»Nein«, ich schüttelte vehement den Kopf, »das kannst du nicht tun wollen. Wieso willst du ihn retten? Er hat dein Leben zerstört! Dich glauben lassen, du wärst krank, nicht den Mumm gehabt, dir zu sagen, was er getan hat!« Ich musste gegen die Rotorenblätter anschreien.

»Steig jetzt ein, Amber!«, rief er mir zu.

Nein. Ich blieb, wo ich war. Das konnte er nicht tun wollen. Das konnte er nicht ernst meinen.

»Amber!« Ein Knurren ging durch seine Stimme, dann sprang er wieder zu mir herunter und packte mich.

»Nein!« Ich schrie und kämpfte gegen ihn an. »Du bist wahnsinnig! Er verdient es nicht, dass du das tust! Er ist ein Feigling und wie Wres sagt, er würde das niemals für dich tun! Ly ist ein schlechter Mensch!«

Crack lachte kalt, sodass mir das Geräusch in den Ohren wehtat. »Und was glaubst du, was ich bin?«, rief er über das Donnern des Helikopters. »Glaubst du, ich habe weniger schlechte Dinge getan? Denkst du, ich war immer ehrlich zu ihm? Salena hat keinen Wert mehr für mich, sie bedeutet mir *nichts*, und sie wäre niemals Grund genug, meinen Freund im Stich zu lassen. Hast du das etwa gehofft? Hast du gehofft, mich mit dieser uralten Geschichte umstimmen zu können?«

Ich starrte Crack an.

»Nein!«, rief er. »Und jetzt steig ein, sonst bekommt das amerikanische Militär dich in die Hand und mittlerweile dürftest du nicht mehr wollen, dass irgendjemand davon erfährt, dass Wres noch am Leben ist, oder etwa doch?«

»Das kannst du doch nicht tun«, wisperte ich. »Du kannst doch nicht einfach gehen.«

Er hörte mich natürlich nicht, aber er schien zu wissen, was ich vor mich hingemurmelt hatte, denn er verdrehte nur die Augen und packte mich. Mit einem Ruck, zog er mich an sich und bestieg mit mir unterm Arm den Helikopter. Er setzte mich in die

Mitte, drückte mir Kopfhörer auf den Kopf und schnallte mich an.

Kaum hatte er die Tür hinter uns geschlossen, begann Wres den Helikopter in die Höhe zu steuern.

Paralysiert blickte ich auf das Meer, das sich unter uns in alle Himmelsrichtungen erstreckte. Ich konnte nicht glauben, dass wir in die Luft abhoben. Dass das alles passieren würde. Dass alles enden würde.

Als Crack seine Hand um meine schloss, seine Finger mit meinen verschränkte, wusste ich, dass meine Haut sich tot anfühlen musste. Sämtliches Leben war aus mir gewichen. Ich konnte schlechter atmen als beim Tauchen unter Wasser. Meine Lunge war nicht vorbereitet auf den Schmerz, der durch meine gesamte Brust preschte und den Sauerstoff verdrängte. Nichts in mir war vorbereitet auf das.

Auf dieses Loch, in das ich fiel.

Als wir schließlich die Schiffe der Mexikaner erreichten, die in einer Formation unter uns fuhren, startete Wres ein Gespräch über Funk mit ihnen. Obwohl er direkt neben mir saß, verstand ich kein Wort. Reell für mich war nur der Anblick von Cracks Hand, die sich aus meiner löste, und den Rucksack mit dem Fallschirm, den er überzog. Er öffnete die Tür. Kalte Luft wehte uns entgegen, doch sie war nichts gegen die Kälte, die in mir entstanden war.

»Beauty.« Crack sprach über die Kopfhörer mit mir, nahm meine Handgelenke und umgriff sie fest. Er wartete, bis ich ihm in die Augen sah, bis ich seinen intensiven Blick erwiderte. »Falls wir uns nicht wiedersehen werden, lass mich dir versichern, dass du es nicht bereuen würdest, wenn du alles über mich wüsstest. Ich bin der Lügner. Nicht Ly. Er würde niemals tun, was ich getan habe.«

Vermutlich wäre dies ein Zeitpunkt, um zu weinen. Aber ich fühlte mich viel mehr ausgetrocknet. Als hätte jemand mir das Wichtigste zum Leben genommen. Mein Wasser. Mein Elixier. Meinen Grund.

»Du darfst nicht springen«, flehte ich. Bitte. *Hör doch auf, so einen beschissenen Helden zu spielen. Ich will keinen Helden! Ich will dich! Du sollst an meiner Seite bleiben! Nur du!*

»Na ja«, sagte er mit einem letzten Lächeln. »Ich habe mich noch nie von deinen Verboten beeindrucken lassen, wie du weißt.«

Crack ließ meine Handgelenke los, rückte von mir ab und wandte sich zur Tür.

Dann sprang er und riss mein komplettes Herz mit sich nach unten.

Der laute Schrei aus meinem Mund ließ mein Trommelfell vibrieren. Wres packte mich, als ich mich ihm hinterherstürzen wollte. Er wendete seine komplette Kraft auf, um mich zu halten.

Erst als die Tränen mir die Sicht verschleierten und ich das Meer vom Himmel nicht mehr unterscheiden konnte, gab ich auf. Ich gab auf. Hauchte das Leben aus, das ich einmal hatte.

Der Fallschirm unter uns wurde kleiner, landete schließlich auf einem der Schiffe. Wres drehte ab und sank in einiger Entfernung zu den Mexikanern Richtung Wasser. Er befahl mir etwas, aber nur mein Körper reagierte und ließ das Seil nach unten gleiten. Eine ganze Weile flogen wir dicht über dem Meeresspiegel, bis wir den schwimmenden Ly schließlich auffischten.

Die nächsten Minuten waren die schlimmsten meines Lebens und ich vergaß sie, noch während ich sie erlebte.

Erst sehr viel später, als wir die Yacht erreichten, Wres mit Cira unter Deck gegangen war, und ich auf die Stelle am Horizont blickte, an dem ich zuletzt eines der Schiffe der Mexikaner ausgemacht hatte, spürte ich wieder so etwas wie ein Gefühl.

Mir war kalt.

Mir war so enorm kalt, dass ich zitterte.

Jemand legte eine Decke um meine Schultern. Zögerte und setzte sich schließlich zu mir.

»Weißt du …« Lys Stimme schmerzte in meinen Ohren. *Wieso lebt er! Wieso er und nicht Crack!* »Das ist einer der Gründe, weshalb ich ihn immer hassen werde. C schafft es wie kein anderer, in mir jemanden zu sehen, der es wert ist, sein Leben für ihn zu geben.«

»Wenn du noch etwas sagst, bringe ich dich um.«

Er lachte und verstummte ziemlich schnell. Seine Stimme hatte kehlig geklungen, aber als ein Tropfen auf seiner Handfläche landete, überraschte er mich doch. Als ich aufsah, bemerkte ich die stummen Tränen, die an seinen Wangen hinabliefen. »Ich habe alles in meiner Macht stehende getan, damit er wieder freikommt«, versicherte er mir tonlos. »In fast jedem Gefängnis rund um Mexico City wird jemand dafür sorgen, dass er in Ruhe gelassen wird, sollte man ihn in eines stecken. Und mit etwas Glück schaffen es meine Kontakte die richtigen Leute zu bestechen, damit er am Leben bleibt und einfach nur in ein Gefängnis gebracht wird.«

»Er wird nicht freikommen.« Mein Fatalismus war nicht gespielt. »Er wird sterben. Du brauchst nicht so zu tun, als wäre dir das nicht klar.«

Ly schwieg eine ganze Weile, bis Wres zurück an Deck kam. »Vielleicht hast du recht«, sagte Ly leise. »Aber andererseits hat er dir etwas versprochen, oder?«

Ich sah ihn entgeistert an. Wenn nicht die Angst meine Wutausbrüche lähmen würde, hätte ich Ly eine geknallt.

»Er wird wiederkommen.« Ly lächelte schwach, als würde er den Schwachsinn wirklich glauben, den er von sich gab.

»Genau.« Wres hielt die Arme vor der Brust verschränkt und blickte auf uns herab. »C versucht zwar immer wieder, uns vorzugaukeln, er sei stärker als sein Begehren, aber das ist seine größte Schwäche. Er hat ein Versprechen abgegeben und solange er lebt, wird er dafür sorgen, dass er es auch halten kann.«

»Wovon zur Hölle sprecht ihr?«, fuhr ich die beiden an. »Er ist tot! Und wenn er noch lebt, dann ist er es bald!«

Ly schüttelte den Kopf. »Er kann nicht sterben, kleine B. Denn er wird nicht zulassen, dass du ihm entkommst.«

Ende Band 2

DU FINDEST

MICH:

Ich deale an folgenden Orten:

Auf **Instagram**:
@janes_wonda

Bei **Facebook**:
www.janeswonda.com/janeswonda

In meiner **Facebookgruppe**:
Suche nach DARK WONDALAND

Oder in meinem **Newsletter**:
www.janeswonda.com ganz unten eintragen!